Manfred Mai

# FRÜHLINGSBOTEN

Manfred Mai

# FRÜHLINGS BOTEN

Roman von der Schwäbischen Alb

Silberburg-Verlag

**Manfred Mai**, Jahrgang 1949, lebt und arbeitet in Winterlingen (Zollernalbkreis). Nach einer Malerlehre, drei Jahren Fabrikarbeit und 18 Monaten Wehrdienst wurde er Lehrer und unterrichtete acht Jahre an einer Realschule. Er begann zu schreiben, kündigte seine Stelle und ist nun seit fast dreißig Jahren freier Schriftsteller. Mai hat mehr als 150 Bücher geschrieben, die in 25 Sprachen übersetzt wurden.

1. Auflage 2011



Umschlaggestaltung:
Christoph Wöhler, Tübingen,
unter Verwendung einer Fotografie
von Rainer Fieselmann.
Lektorat: Michael Raffel, Tübingen
Druck: CPI – Clausen & Bosse, Leck.
Printed in Germany.

ISBN 978-3-8425-1146-0

*Es ist nicht wenig Zeit, die wir zur Verfügung haben,*
*sondern es ist viel Zeit, die wir nicht nutzen.*
Seneca

*Wer nicht mehr will, als er kann,*
*bleibt unter seinem Können.*
Herbert Marcuse

*Meinen Töchtern Melanie und Daniela,*
*für die ich sehr dankbar bin.*

# I

Wolfgang Windbacher tat sich mit dem Lesen schwer. Aber seit er mit Hilfe seiner Wolfinia Hesses *Siddharta* geschafft hatte, wusste er, dass es Bücher gab, in denen er etwas über sich erfahren konnte. Deswegen wollte er mehr lesen, wollte mehr erfahren, über sich und über andere, auch wenn es ihn einige Mühe kostete. Ganz besonders genoss es Wolfgang, wenn seine Wolfinia ihm vorlas. Ihrer sanften Stimme zu lauschen, dabei den Kopf in ihrem weichen Schoß geborgen, gehörte zum Schönsten, was Wolfgang bisher erlebt hatte. Meistens dauerte es nicht lange, bis er kaum noch hörte, *was* sie las; auf der zarten Melodie der Sätze glitt er in einen tranceartigen Zustand, in dem alles angenehm weich und leicht wurde. Und nicht selten kam es vor, dass Wolfgang einschlief. Dann streichelte sie ihn so lange, bis er die Augen wieder aufschlug.

Sie, das war die 31-jährige Anna Stolzenburg, der Wolfgang den Namen Wolfinia gegeben hatte, weil dieser Name seiner Meinung nach besser zu ihr passte. Die wohlhabende Witwe und der 17-jährige Malerlehrling waren Mitte der 1960er Jahre ein Hauptthema des Dorfklatsches in der Viertausend-Seelen-Gemeinde Winterlingen auf der Schwäbischen Alb. Die Leute ließen kein gutes Haar an der »lustigen Witwe«, die sich mit Wolfgang einen blutjungen Liebhaber ins Haus geholt habe. Und Wolfgangs Eltern verboten ihrem Sohn den Umgang mit ihr. Doch er hielt sich nicht an das Verbot und entfernte sich mehr und mehr von ihnen, auch wenn er noch zu Hause wohnte.

Bei der Arbeit, beim Training auf dem Sportplatz, im Wirtshaus, überall wurde Wolfgang gefragt, wie es denn mit der Witwe sei. Dabei sah man den gierigen Blicken an, dass die Fragenden am liebsten ausführliche Schilderungen darüber gehört hätten, was Wolfgang und Anna so trieben. Und dass viele ihn um die Beziehung mit der attraktiven Witwe beneideten, war nicht zu überhören.

»Ihr habt doch keine Ahnung«, hatte Wolfgang anfangs gesagt.

»Deswegen fragen wir dich ja, damit wir eine Ahnung bekommen.«

»Das geht euch nichts an!«

Inzwischen sagte Wolfgang nichts mehr, wenn jemand ihn auf Anna ansprach. Ihm war zwar nicht egal, was seine Freunde, Mannschaftskameraden und Arbeitskollegen dachten, aber er wusste, dass er gegen ihre schmutzigen Fantasien vergeblich anreden würde. Also schwieg er.

Dank Annas Hilfe verbesserten sich Wolfgangs Leistungen in der Berufsschule deutlich. Sie gingen gemeinsam die Übungsaufgaben durch, interpretierten Texte und schrieben Aufsätze, redeten über Geschichte und Politik. Zum Schluss der Lehrzeit war er einer der Besten in der Klasse. Als Wolfgang seinen Eltern das Abschlusszeugnis vorlegte, murmelte Eugen Windbacher: »Ein Befriedigend in Werkstoffkunde ist natürlich schlecht.« Er griff nach einem Kugelschreiber, um als Erziehungsberechtigter zu unterschreiben.

Wolfgang nahm ihm das Zeugnis weg und sagte: »Du brauchst es nicht zu unterschreiben!« Schon war er an der Tür.

»Wolfgang!« Hilde Windbacher versuchte, ihn zurückzuhalten.

Aber Wolfgang verließ das Stüble, verschwand in seinem Zimmer und warf das Zeugnis aufs Bett. »Und wenn lauter

Einser da drinstehen würden, hätte der immer noch etwas zu meckern! Nie kann ich es ihm recht machen, gar nie!«

Den Abschluss der Lehre bildete die praktische Prüfung im *Haus des Handwerks* in Ebingen. Eine Woche lang mussten die Lehrlinge unter den gestrengen Augen der beiden Innungsmeister tapezieren, lackieren, Farbkompositionen auf eine Holztafel malen, Schriften aufzeichnen und ausmalen, ein Firmenlogo entwerfen und gestalten. Wolfgang war eifrig bei der Sache, denn er wollte gut abschneiden, um seiner Wolfinia eine Freude zu machen. Und als er den Gesellenbrief endlich in der Hand hatte, ging er damit nicht nach Hause, sondern zu ihr.

»Siehst du, die Anstrengung hat sich gelohnt«, sagte sie und gab ihm einen Kuss. »Jetzt hast du eine abgeschlossene Lehre, das ist wichtig. Darauf kannst du aufbauen.«

»Was aufbauen?«

»Ich vermute mal, du wirst nicht als Malergeselle alt werden; sonst müsste ich mich schon sehr in dir täuschen. In dir steckt nämlich viel mehr, da bin ich ganz sicher.«

Wolfgang freute sich über Annas Worte, sie taten ihm gut. Nie zuvor hatte jemand so etwas zu ihm gesagt.

»So, und jetzt wollen wir deine Gesellenprüfung feiern, das hast du nämlich verdient!« Anna holte eine Flasche Sekt aus dem Kühlschrank und stieß mit Wolfgang an. »Auf dich!«

»Nein, auf dich«, widersprach er. »Ohne dich hätte ich das nicht so gut geschafft.«

»Auf uns beide«, sagte sie lächelnd.

Sie tranken ihre Gläser leer, stellten sie weg, umarmten und küssten sich.

»Komm«, sagte Wolfgang leise, nahm seine Wolfinia an der Hand und führte sie ins Schlafzimmer.

# 2

Am 1. April 1967 betrat Wolfgang zum ersten Mal als Geselle die Werkstatt.

»Ich gratuliere dir zur bestandenen Prüfung«, sagte Meister Traugott. »Jetzt bist du zwar Geselle, aber ausgelernt hast du deswegen nicht. Es gibt immer etwas zu lernen, merk dir das!«

Wolfgang nickte. Aber mehr als kluge Sprüche interessierte ihn sein Stundenlohn als Geselle.

»Jetzt willst du natürlich wissen, was du verdienst«, vermutete der Meister richtig. »Du weißt ja, die Zeiten sind schwierig. Wegen der Wirtschaftskrise sparen die Leute am Renovieren. Wenn nicht bald wieder mehr Aufträge reinkommen, reicht die Arbeit nicht mehr für euch alle. Aber ich würde dich trotzdem behalten, jedenfalls vorerst. Mehr als 2,85 Mark kann ich dir allerdings nicht zahlen.«

2,85! Wolfgang schluckte. Mit weniger als drei Mark hatte er nicht gerechnet. Drei Mark hatte er sich erhofft, vielleicht sogar noch zehn Pfennig mehr. Drei Mark in der Stunde war seine Arbeit auf jeden Fall wert. Davon war er überzeugt.

»Drei Mark«, sagte er. »Ich möchte drei Mark.«

Traugott Gerber nickte. »Das verstehe ich, und ich würde dir ja gern drei Mark zahlen, aber es geht nicht. Jedenfalls jetzt noch nicht.« Er wischte sich eine Haarsträhne aus der Stirn und kratzte sich im Nacken. »Ich mache dir ein Angebot: Wenn du bleibst, bekommst du die drei Mark in einem Jahr.«

Wolfgang hatte schon die Worte »Nein, ich kündige!« auf der Zunge, schluckte sie hinunter und murmelte: »Ich überleg's mir.«

»Gut«, sagte der Meister. »Dann an die Arbeit: Paula Becker möchte ihre Küche frisch gestrichen haben. Sie wohnt neben dem Friseur Schaller in der Bitzer Straße. Du wirst die Paula nicht kennen; sie geht auf die achtzig zu und ist ziemlich fromm. Also reiß dich zusammen, ja!«

Wolfgang nickte.

»Wir laden jetzt alles ein, was du dort brauchst.«

Als das getan war, fuhr Wolfgang los. Noch musste er mit dem Fahrrad fahren, denn anders als die meisten Gleichaltrigen hatte er kein Moped. Er hätte natürlich auch gern eines gehabt, und er hätte sich von seinem Ersparten eines kaufen können; aber er hatte darauf verzichtet, weil er für etwas Größeres sparte: für ein Auto! Er hatte auch schon eines in Aussicht. Wenn alles klappte, würde er den Ford 12M seines Arbeitskollegen Berthold kaufen. Das war zwar nicht gerade sein Traumauto, aber für 2000 Mark gab es eben keine Traumautos. Und Bertholds 12M war gut gepflegt und konnte sich sehen lassen. Und die 2000 Mark waren ein Freundschaftspreis, wie Berthold mehrfach betont hatte. 1500 Mark hatte Wolfgang gespart, 500 wollten seine Eltern dazugeben, »damit wir auch ein Auto im Haus haben«, wie Eugen Windbacher sagte. Wolfgang hätte sein Auto lieber allein bezahlt und hatte sich deswegen auch einige andere Gebrauchte angeschaut, aber für 1500 Mark gab es bei den Autohändlern nur bessere Schrottkisten.

Doch zuerst galt es, den Führerschein zu machen. Der kostete natürlich auch Geld. Das war im Hause Windbacher nicht mehr ganz so knapp wie noch vor wenigen Jahren. Dazu hatten Wolfgangs Schwestern Sieglinde und Brigitte ihren Teil beigetragen. Beide hatten ihren Lohn zu Hause abgeben müssen und nur ein Taschengeld bekommen, bis sie geheiratet hatten und ausgezogen waren. Auch Wolfgang musste seine Lohntüte auf den Tisch des Hauses legen, seit er die Lehre begonnen hatte.

Im ersten Lehrjahr waren monatlich 85 Mark drin gewesen, im zweiten 100 und im dritten 115. Davon hatte er anfangs fünf, dann zehn und im dritten Lehrjahr fünfzehn Mark behalten dürfen. Anders war es mit dem Geld, das er nebenbei verdiente, wenn er bei Verwandten, Nachbarn und Bekannten etwas renovierte. Das floss alles in seine Tasche. Und nur weil er das meiste davon gespart hatte, konnte er überhaupt an ein eigenes Auto denken.

Wolfgang bog gerade in die Bitzer Straße ein, als Traugott Gerber ihn überholte. Unwillkürlich trat er kräftiger in die Pedale und erreichte nur kurz nach seinem Chef das Ziel.

Paula Becker erwartete sie schon. »Mein Kurt und ich haben gestern Abend noch den Tisch und die Stühle aus der Küche geräumt und alles andere mit Tüchern abgedeckt«, sagte sie. »Das war eine arge Schufterei. Aber es soll ja nichts schmutzig werden!«

»Wolfgang passt schon auf«, beruhigte sie Traugott Gerber.

Sie schaute Wolfgang prüfend an. »Dich hab ich schon gesehen; wo gehörst du denn hin?«

»Zu den Windbachers beim Schwimmbad.«

»Ja, das sind rechte Leut«, sagte Paula Becker und nickte zufrieden. »Na, dann kommt mal rein!«

Sie trugen Werkzeuge, Farben und eine Bockleiter ins Haus, wobei Paula Becker sie kritisch beobachtete. Der Meister sagte Wolfgang, was zu tun war. Dann ging er. Wolfgang bearbeitete zuerst das Fensterholz mit Schleifpapier. Dann packte er die Schleifmaschine aus und schliff die Tür ab. Als er mit der staubigen Arbeit fertig war, bekamen Fenster und Tür den ersten Anstrich. Danach machte er erst einmal Vesperpause. Anschließend musste Wolfgang die alte Leimfarbe von der Decke und den Wänden abschrubben. Das war eine Schweinearbeit, bei der er mehrfach leise vor sich hin fluchte.

»Versündige dich nicht, Bub«, sagte Paula Becker, die hereingekommen war, um nachzuschauen, ob Wolfgang auch sauber arbeitete. »Sonst kommst du später einmal nicht in den Himmel.«

»Ja, ja«, brummte Wolfgang.

»Ihr jungen Leute glaubt ja nicht mehr an Gott«, klagte sie. »Aber eines Tages werdet ihr dafür büßen!«

In diesem Augenblick klatschte Wolfgang eine Ladung Schmutzwasser mitten ins Gesicht. »Pfui Teufel!«, zischte er. »Ich glaube, ich büße jetzt schon!« Er wischte sich mit dem Ärmel übers Gesicht.

»Also, das ist doch …« Sie sprach nicht aus, was das ihrer Meinung nach war, und verließ kopfschüttelnd die Küche.

Wolfgang schrubbte weiter, gab sich jedoch nicht mehr so viel Mühe wie zuvor. Die Paula würde ohnehin bald im Himmel oder in der Hölle oder sonst irgendwo sein. Also brauchte er sich hier auch nicht so vollzusauen. Die neue Farbe würde garantiert lange genug halten, auch wenn er die alte Leimfarbe nicht vollständig wegschrubbte. Als er damit fertig war, füllte er Wasser ins Gipsgefäß, schüttete Füllstoff hinein und mischte alles gut durch. Mit dieser Masse spachtelte er alle Unebenheiten glatt. Dann walzte er Decke und Wände weiß. Danach fuhr er nach Hause zum Mittagessen.

»Der Chef hat mir 2,85 Mark Stundenlohn angeboten«, sagte er zwischen zwei Löffeln Flädlesuppe.

Die Mutter schaute von Wolfgang zu ihrem Mann. Der aß weiter, als hätte er nichts gehört.

»Er hat etwas von Wirtschaftskrise und zu wenig Arbeit gefaselt«, redete Wolfgang weiter. »Deswegen kann er mir nicht mehr zahlen.«

»Wenn du in der Zeitung nicht nur den Sportteil lesen würdest, dann wüsstest du, dass wir mitten in einer Wirtschaftskrise stecken«, brummte Eugen Windbacher jetzt. »Jede Woche gibt's mehr Arbeitslose. Da kannst du froh sein, dass der Traugott dich überhaupt behalten will.«

»Froh sein!« Wolfgang ließ sich nicht bremsen. »Wozu habe ich dann überhaupt eine Lehre gemacht, wenn ich jetzt für einen Hungerlohn arbeiten soll? Da verdient ja jeder Hiwi in der Fabrik mehr!«

»Wolfgang!«, rief die Mutter.

»Der Herr Sohn meint wohl, er sei etwas Besseres, weil er eine Lehre gemacht hat!«, schnauzte Eugen Windbacher.

»Jetzt streitet doch nicht schon wieder«, versuchte die Mutter zu beschwichtigen.

»Das kommt nur vom Umgang mit dieser … dieser …« Er bremste sich im letzten Augenblick und ließ das Wort, das ihm schon auf der Zunge lag, ungesagt.

Trotzdem stand Wolfgang auf. An der Tür drehte er sich um und sagte: »Ich arbeite jedenfalls nicht für so einen Hungerlohn!«

»Dann kündige doch!«, rief Eugen Windbacher. »Dann kannst du aber gleich zu deiner Schlampe ziehen!«

»Eugen!«, rief die Mutter und fing an zu weinen.

Wolfgang schlug die Tür hinter sich zu, dass das Zimmer bebte.

# 3

Um fünf Uhr hatte Wolfgang Feierabend und fuhr gleich zu Anna. Er erzählte ihr von dem Angebot seines Chefs und vom Streit mit seinem Vater. Dass der sie eine Schlampe genannt hatte, behielt er jedoch für sich.

»Er hat geschrien, wenn ich kündige, kann ich gleich ausziehen – zu dir.« Wolfgang grinste. »Das ist doch der beste Grund zu kündigen.«

»Weder das eine noch das andere ist gut«, entgegnete Anna. »Wenn wir zusammenbleiben wollen, solltest du erst mal weiter deine Arbeit machen und bei deinen Eltern wohnen. Auch wenn du jetzt nicht mehr Lehrling, sondern Geselle bist, bist du noch immer nicht volljährig. Deswegen könnten sie uns beiden große Schwierigkeiten machen, wenn du zu mir ziehen würdest. Daran hat sich leider nichts geändert.«

»Aber ich bin kein kleiner Junge mehr, dem man vorschreiben kann, was er tun darf und was nicht!«

»Du bist zwar schon ein ziemlich großer Junge«, sagte Anna lächelnd, »aber laut unseren Gesetzen eben noch nicht erwachsen. Deswegen haben deine Eltern das Recht und auch die Pflicht, sich um dich zu kümmern.«

»Kümmern!« Wolfgang lachte spöttisch.

»Sei nicht ungerecht, Wolfi«, sagte Anna. »Deine Eltern haben sich bestimmt bemüht …«

»Meine Mutter schon«, unterbrach er sie, »aber mein Vater will immer nur, dass es nach seinem Kopf geht.«

»Ich finde es sehr schade, dass du mit deinem Vater so oft streitest«, sagte Anna leise.

»Hast du mit deinem Vater nicht gestritten?«

»Manchmal schon – obwohl wir uns sehr geliebt haben.«

»Haben?«, fragte Wolfgang unsicher. »Ist er ... hast du keinen Vater mehr?«

»Er ist gestorben, als ich fünfzehn war«, antwortete Anna. »Ich konnte es nicht fassen, denn bis dahin war er immer für mich da gewesen. Ob es Probleme in der Schule gab oder Streit mit den Freundinnen, ich konnte immer zu ihm kommen. Bei meinem ersten Liebeskummer hat er mich ebenso getröstet wie nach einer Niederlage beim Wettrennen. Als ich begriffen habe, dass er tot war, dass er nie mehr da sein würde, nie mehr, wollte ich auch nicht mehr leben.«

Anna schwieg und Wolfgang traute sich nicht, etwas zu sagen. Die Dämmerung kroch zu den Fenstern herein, setzte sich in die Ecken, um von dort aus ins Zimmer zu greifen.

»Liest du mir etwas vor?«, fragte er schließlich. »Etwas ganz, ganz Trauriges.«

Anna überlegte.

»Oder hast du keine traurigen Bücher?«

»Doch«, sagte sie, »denn leider ist die Literatur voll mit traurigen Geschichten.« Sie ging zum Bücherregal, ließ ihre Augen suchen, bis sie an Gottfried Keller hängenblieben. Sie nahm ein Buch heraus, las das Inhaltsverzeichnis, stellte es wieder zurück, nahm das nächste und setzte sich damit zu Wolfgang. »Das ist eine der traurigsten Geschichten, die ich kenne«, begann sie. »Sie heißt *Romeo und Julia auf dem Dorfe*, und das Traurigste ist, dass der Dichter sie nicht erfunden hat; sie beruht nämlich auf einer wahren Begebenheit und handelt von zwei jungen Menschen, die sich lieben. Aber ihre Väter, zwei Bauern, haben sich wegen eines Ackers zerstritten und wollen die Liebenden auseinanderbringen. Doch die wehren sich dagegen.«

»So wie wir.«

»So wie wir.« Anna schlug das Buch auf, blätterte und überflog einige Seiten, um die Stelle zu finden, die sie lesen wollte.

Wolfgang fragte sich, wie es möglich war, dass seine Wolfinia schon wieder ein Buch in der Hand hielt, in dem anscheinend etwas über sie beide stand. Ob es noch mehr solche Bücher gab?

»Hier«, sagte Anna. »Vrenchen und Sali, so heißen die beiden, haben auf einem Fest so ausgelassen getanzt, als sei es das letzte Mal. Dann sind sie davongelaufen wie Kinder, die jemandem einen Streich gespielt haben.

*Plötzlich fiel Vrenchen etwas ein; es suchte in seinem Brustgewand und sagte: »Ich habe dir noch ein Andenken gekauft, das ich dir geben wollte!« Und es gab ihm den einfachen Ring und steckte ihm denselben selbst an den Finger. Sali nahm sein Ringlein auch hervor und steckte ihn an Vrenchens Hand, indem er sagte: »So haben wir die gleichen Gedanken gehabt!«*

*Vrenchen hielt seine Hand in das bleiche Silberlicht und betrachtete den Ring. »Ei, wie ein feiner Ring!« sagte es lachend; »nun sind wir aber doch verlobt und versprochen, du bist mein Mann und ich deine Frau, wir wollen es einmal einen Augenblick lang denken, nur bis jener Nebelstreif am Mond vorüber ist oder bis wir zwölf gezählt haben! Küsse mich zwölfmal!«*

*So heftig er Vrenchen schon umarmt und liebkost hatte, tat er es jetzt doch ganz anders und stürmischer und übersäte es mit Küssen. Vrenchen fühlte trotz aller eigenen Leidenschaft auf der Stelle diesen Wechsel und ein heftiges Zittern durchfuhr sein ganzes Wesen, aber ehe jener Nebelstreif am Monde vorüber war, war es auch davon ergriffen. Im heftigen Schmeicheln und Ringen begegneten sich ihre ringgeschmückten Hände und faßten sich fest, wie von selbst eine Trauung vollziehend, ohne den Befehl eines Willens. Salis Herz klopfte bald wie mit Hämmern, bald stand es still, er atmete schwer und sagte leise: »Es gibt eines für uns, Vrenchen, wir halten Hochzeit zu dieser Stunde und gehen dann aus der Welt – dort ist das tiefe Wasser – dort scheidet uns niemand mehr und wir sind zusammen gewesen – ob kurz oder lang, das kann uns dann gleich sein.«*

*Vrenchen sagte sogleich: »Sali – was du da sagst, habe ich schon lang bei mir gedacht und ausgemacht, nämlich daß wir sterben könnten und dann alles vorbei wäre – so schwör mir es, daß du es mit mir tun willst!«*

*»Es ist schon so gut wie getan, es nimmt dich niemand mehr aus meiner Hand als der Tod!« rief Sali außer sich.*

*Vrenchen aber atmete hoch auf, Tränen der Freude entströmten seinen Augen; es raffte sich auf und sprang leicht wie ein Vogel über das Feld gegen den Fluß hinunter. Sali eilte ihm nach; denn er glaubte, es wolle ihm entfliehen, und Vrenchen glaubte, er wolle es zurückhalten. So sprangen sie einander nach, und Vrenchen lachte wie ein Kind, welches sich nicht will fangen lassen.*

*»Bereust du es schon?« rief eines zum andern, als sie am Flusse angekommen waren und sich ergriffen; »nein! es freut mich immer mehr!« erwiderte ein jedes.*

*Aller Sorgen ledig gingen sie am Ufer hinunter und überholten die eilenden Wasser, so hastig suchten sie eine Stätte, um sich niederzulassen; denn ihre Leidenschaft sah jetzt nur den Rausch der Seligkeit, der in ihrer Vereinigung lag, und der ganze Wert und Inhalt des übrigen Lebens drängte sich in diesem zusammen; was danach kam, Tod und Untergang, war ihnen ein Hauch, ein Nichts, und sie dachten weniger daran als ein Leichtsinniger denkt, wie er den andern Tag leben will, wenn er seine letzte Habe verzehrt.*

»Ich wollte auch einmal sterben«, flüsterte Wolfgang sehr leise, um die Stille nicht zu verletzen. In Annas Schoß liegend erzählte er fast tonlos in die mehr und mehr einhüllende Dunkelheit hinein von seiner Kindheit – bis Tränen auf sein Gesicht tropften.

»Jetzt will ich nicht mehr sterben, auch nicht mit dir«, sagte er. »Ich will mit dir leben, und ich will alle Bücher lesen, die du gelesen hast.«

# 4

Anna musste wegen ihres neuen Bildbandes, in den sie ein Foto von Wolfgang aufnehmen wollte, für drei Tage nach Frankfurt fahren. Am Abend des dritten Tages radelte Wolfgang, wie vereinbart, zu ihrem Haus. Obwohl er inzwischen einen Schlüssel hatte, läutete er am Gartentor, um sich anzukündigen, doch die Sprechanlage blieb stumm. Er schloss auf und ging hinein. Die Hunde bellten ihm aus dem Zwinger entgegen, Wolfgang sagte ein paar freundliche Worte zu ihnen, ließ sie jedoch drin. In der Haustür blieb er stehen und lauschte, rief »Wolfinia!«, erhielt keine Antwort. Er schaute nach, ob sie vielleicht ein Bad nahm und ihn deswegen nicht hörte, öffnete die Tür zum Keller, rief hinunter und lauschte wieder, aber alles blieb still. Zum ersten Mal war er allein in dem großen Haus, fühlte sich unbehaglich, wollte dennoch auf Anna warten und ging ins Wohnzimmer. Wie schon öfter stand er vor der Bücherwand, ließ seine Augen über Namen und Titel wandern, nahm das eine oder andere Buch heraus, schaute es an, blätterte darin, las ein paar Zeilen und stellte es wieder zurück.

*Peter Weiss – Abschied von den Eltern,* las er, griff nach dem schmalen grünen Bändchen, das er zwischen zwei dickleibigen Wälzern fast übersehen hätte, und schlug es auf.

*Ich habe oft versucht, mich mit der Gestalt meiner Mutter und der Gestalt meines Vaters auseinanderzusetzen, peilend zwischen Aufruhr und Unterwerfung. Nie habe ich das Wesen dieser beiden Portalfiguren meines Lebens fassen und deuten können. Bei ihrem fast gleichzeitigen Tod sah ich, wie tief entfremdet ich ihnen war. Die Trauer, die mich überkam, galt nicht ihnen, denn sie kannte ich kaum, die Trauer galt dem Versäumten, das meine Kindheit und Jugend mit gähnender Leere umgeben hatte. Die Trauer galt der Erkenntnis eines gänzlich mißglückten Versuchs von Zusammenleben, in dem die Mitglieder einer Familie ein paar Jahrzehnte lang beieinander ausgeharrt hatten. Die Trauer galt dem Zuspät, das uns Geschwister am Grab überlagerte und das uns dann wieder auseinandertrieb, ein jedes in sein eigenes Dasein.*

Wolfgang hob den Kopf und dachte über die ersten Sätze des Buches nach, las sie noch einmal, dachte über seine Mutter, seinen Vater, seine Schwestern nach, bemerkte erst, als er weiterlesen wollte, dass es dunkel geworden war, und erschrak.

Es wird ihr doch nichts passiert sein!

Er wollte Licht machen, zog im letzten Augenblick den Finger zurück, hätte nicht sagen können, warum, und schlich aus dem dunklen Haus wie ein Dieb, *Abschied von den Eltern* in der Hand. Die Hunde, die Anna abends immer aus dem Zwinger ließ, bellten ihm klagend hinterher.

Als Wolfgang im Bett lag, konnte er nicht lesen, seine Gedanken machten sich selbstständig und verursachten ihm Herzklopfen. Er versuchte sich zu beruhigen, redete sich ein, wahrscheinlich müsse Anna eben einen Tag länger in Frankfurt bleiben und habe ihm das nicht sagen können, weil sie kein Telefon hatten.

Nach einer schlechten Nacht fuhr Wolfgang am nächsten Morgen einen Umweg zur Werkstatt, um zu sehen, ob Anna vielleicht am späten Abend zuvor doch noch gekommen war. Aber das Haus war immer noch leer, und die Hunde klagten noch jämmerlicher. Auch in der Mittagspause fuhr er wieder hin, sah zwei fremde Autos in der Einfahrt stehen und läutete.

»Ja bitte!«, krächzte eine Männerstimme.

»Äh ... ich ... hier ist Wolfgang«, stammelte er.

»Welcher Wolfgang?«

»Wo ist Wo... Anna?«

»Was wollen Sie von ihr?«

»Ich muss ihr etwas sagen.«

»Moment bitte.«

Ein etwa vierzigjähriger Mann, der dunkel gekleidet war, was seine Haare noch blonder wirken ließ, kam ans Gartentor. Als er Wolfgang sah, sagte er: »Ah, jetzt verstehe ich, meine Schwester hat sie zum Malen bestellt. Tut mir leid ...«

»Nein, nein«, unterbrach ihn Wolfgang. »Ich ... wir ... wo ist sie denn – ist ihr etwas passiert?«

»Sagen Sie mir jetzt bitte, wer Sie sind und was Sie hier wollen!«

»Anna und ich sind ...« Wolfgang sprach nicht weiter. In diesem Augenblick ahnte er nicht nur, er wusste, dass seine nächtlichen Gebete nicht geholfen hatten. »Sie ist tot«, sagte er leise.

Der Mann nickte, und obwohl er immer noch nicht wusste, wer Wolfgang war, spürte er, dass der seiner Schwester sehr nahegestanden haben musste, und bat ihn ins Haus. Wolfgang lehnte ab. Er könne nicht, nicht jetzt, wo sie nicht mehr da sei. Mit Augen, die sie melancholisch genannt hatte, schaute er den Mann an, drehte sich um und wollte gehen.

»Warten Sie! Kann ich etwas für Sie tun?«

Ohne sich umzusehen schüttelte Wolfgang den Kopf. Er nahm sein Fahrrad und fuhr los.

# 5

Drei Tage später wurde Anna Stolzenburg beerdigt. Viele Neugierige versammelten sich vor der Leichenhalle, in der die Angehörigen um den noch offenen Sarg standen, um sich von der Verstorbenen zu verabschieden.

Wolfgang war nicht dabei. Wie an den Tagen zuvor war er mit dem Fahrrad zur Unfallstelle zwischen Winterlingen und Bitz gefahren und saß seit Stunden vor dem mächtigen Apfelbaum, der vom Aufprall ihres Autos schwer gezeichnet war.

Warum?, fragte er sich schon zum hundertsten Mal. Warum? Warum ausgerechnet seine Wolfinia, mit der er so glücklich war? Wie sollte er ohne sie leben, und wozu sollte er ohne sie leben? Was hatte das Leben noch für einen Sinn, jetzt, wo sie nicht mehr da war?

Es tat so weh, so unsagbar weh.

Ein Auto hielt am Straßenrand, der Fahrer stieg aus. »Kann ich Ihnen helfen?«, fragte er.

Wolfgang schaute sich um und schüttelte stumm den Kopf.

Der Mann zögerte. »Geht's Ihnen gut?«

»Fahren Sie bitte weiter«, sagte Wolfgang.

»So was«, murmelte der Mann, stieg in sein Auto und fuhr davon.

Wolfgang blieb sitzen und starrte den zerschundenen Baumstamm an, ohne ihn wirklich zu sehen. Seine Gedanken kreisten um die immergleichen Fragen, wurden zu einem Strudel, und Wolfgang hatte das Gefühl, in ihn hinabgezogen zu werden.

Irgendwann erhob er sich, nahm sein Fahrrad, stieg auf und trat in die Pedale. Ohne auf den Weg zu achten und ohne ein Ziel zu haben, lenkte er das Rad mechanisch nach Hause.

Dort traf er niemanden an und war froh darüber. Er legte sich aufs Bett und schloss die Augen, wollte nichts mehr sehen und nichts mehr hören, wäre am liebsten eingeschlafen und nie mehr aufgewacht.

Er döste tatsächlich ein, wurde von einem Geräusch geweckt und hörte die Stimmen seiner Eltern. Wenig später wurde die Tür geöffnet.

»Er kann nicht den ganzen Tag herumhängen, nur weil diese …«

»Sei still!«, zischte Hilde Windbacher und zog ihren Mann zurück.

»Was soll das? Lass mich los!«

»Du sollst ihn in Ruhe lassen!«

»Ich werde nicht dulden …«

»Ich werde nicht dulden, dass du schlecht über sie sprichst!«, fiel ihm Wolfgang ins Wort. »Also überleg dir genau, was du sagst, sonst passiert ein Unglück!«

»Du willst mir drohen, du mir!«

»Ich will gar nichts, nur meine Ruhe«, sagte Wolfgang, stand auf und drückte sich an seinem Vater vorbei, der ihn nicht zurückhielt.

Draußen setzte er sich auf sein Fahrrad und fuhr davon. Wie von Geisterhand gelenkt, näherte er sich dem Haus von Anna. Als ihm das bewusst wurde, bremste er ab und wollte wenden. Aber er schaffte es nicht, fuhr langsam weiter und hielt vor der Einfahrt, in der wieder die zwei Autos standen, die er schon vor drei Tagen gesehen hatte. Während er noch überlegte, was er jetzt tun sollte, kam der blonde Mann aus dem Haus, der Anna seine Schwester genannt hatte.

»Hallo, Sie!«, rief er. »Sie sind doch der junge Mann, der kürzlich schon mal hier war und nach meiner Schwester gefragt hat.«

Wolfgang rührte sich nicht.

Der Mann kam mit schnellen Schritten die Einfahrt entlang, so, als hätte er Angst, Wolfgang könne wieder davonfahren.

»Was wollten Sie denn von ihr?«, fragte er. »Haben Sie …« Er stockte, und plötzlich schien ihm etwas klar zu werden. »Sind Sie der junge Mann, von dem ich in den letzten Tagen hier im Ort immer wieder gehört habe, der mit meiner Schwester … ja, wie soll ich sagen … zusammen war?«

Wolfgang nickte.

»Äh, kommen Sie doch bitte mit rein, ich würde gern mit Ihnen reden.«

»Ich … ich weiß nicht.«

»Bitte!«

Ohne ein weiteres Wort lehnte Wolfgang sein Fahrrad an den Zaun und folgte dem Mann. Im Flur stellte der sich vor: »Ich heiße Norbert Stolle.« Dann schaute er Wolfgang fragend an.

»Wolfgang Windbacher«, murmelte er.

Im Wohnzimmer saßen zwei Frauen.

»Meine Frau und Frau Schultheiß, meine Schwester«, stellte Herr Stolle die beiden vor. »Und das ist Wolfgang Windbacher.«

Die beiden Frauen hoben die Augenbrauen.

Herr Stolle bot Wolfgang einen Stuhl an. Er setzte sich nur halb drauf, drückte die Knie zusammen und senkte den Blick. Er fühlte sich unbehaglich und bereute schon, dass er mitgekommen war.

»Sie waren wohl der Letzte, der mit unserer Schwester … nun ja … engeren Kontakt hatte«, begann Herr Stolle. »Deswegen würden wir uns gern mit Ihnen unterhalten.« Er machte eine Pause, als warte er auf eine Reaktion.

Wolfgang hob den Kopf, sagte jedoch nichts.

»Wenn wir das richtig verstanden haben, sind Sie in letzter Zeit hier aus- und eingegangen«, redete er weiter.

»Sie sind noch jung, sehr jung«, sagte jetzt Frau Schultheiß, der man ansah, dass sie geweint hatte.

»Wir haben uns geliebt«, murmelte Wolfgang, ohne dabei jemanden anzusehen, »und wir wollten miteinander leben. Sie war der wunderbarste Mensch auf der Welt.«

Frau Schultheiß stiegen Tränen in die Augen, sie putzte sich die Nase.

»Unsere Schwester war eine ungewöhnliche Frau«, sagte Herr Stolle. »Aber dass sie so einen jungen … äh, entschuldigen Sie, Liebhaber hatte, das überrascht mich doch.«

»Norbert!«, sagte Frau Schultheiß vorwurfsvoll.

Wolfgang fühlte sich immer unbehaglicher und hätte sich am liebsten verdrückt.

Frau Schultheiß schaute Wolfgang an. »Wenn Anna sie geliebt hat, müssen auch Sie ein ungewöhnlicher Mensch sein.«

Wolfgang schüttelte leicht den Kopf.

»O doch, sonst hätte Anna Sie nicht geliebt.« Frau Schultheiß putzte sich wieder die Nase. »Wie war sie denn zuletzt?«

»Glücklich«, antwortete Wolfgang, ohne zu überlegen.

Frau Schultheiß entfuhr ein leiser Schluchzer.

»Und was hat sie so gemacht?«, fragte nun Herr Stolle. »Ich meine, woran hat sie gearbeitet?«

»Sie hat viel fotografiert und einen neuen Bildband vorbereitet. Und mit mir für meine Gesellenprüfung gelernt«, fügte Wolfgang noch hinzu.

»Sie sind Maler, stimmt's?«, sagte Herr Stolle.

Wolfgang nickte.

»Haben Sie … äh, wie soll ich sagen?« Herr Stolle suchte nach Worten. »Ich meine … äh … Sie haben vorhin gesagt, Sie und unsere Schwester wollten zusammenleben. Aber gewohnt haben Sie noch nicht hier, oder?«

»Nein, aber ich war mehr hier als zu Hause.

»Haben Sie … äh … gibt es Sachen hier, die Ihnen gehören?«

Wolfgang schaute Herrn Stolle fragend an. Er hatte Waschzeug und eine Zahnbürste hier, Wäsche und ein paar Klamotten. Aber alles hatte Anna für ihn gekauft. Also gehörte es auch nicht ihm.

»Was Ihnen gehört, dürfen Sie selbstverständlich mitnehmen.«

»Also Norbert!«, sagte jetzt seine Frau vorwurfsvoll.

»Was ist? Diese Dinge müssen geklärt werden«, verteidigte er sich. »Und da wir jetzt alle hier sind, machen wir das am besten gleich.«

»Mir gehört hier nichts«, sagte Wolfgang knapp und stand auf, um zu gehen.

»Warten Sie bitte!«, sagte Frau Schultheiß. »Gibt es etwas, was Sie gern haben möchten als Andenken an Anna?«

Zum ersten Mal schaute Wolfgang sie direkt an – und entdeckte eine große Ähnlichkeit mit seiner Wolfinia, was einen warmen Schwall im Bauch auslöste.

»Die Bücher«, antwortete er leise.

»Die Bücher?« Herr Stolle wandte sich zum Bücherregal. »Aber die sind …«

»Alle?«, fragte Frau Schultheiß, die den Blick nicht von Wolfgang gelassen hatte.

Er nickte.

Herr Stolle schüttelte den Kopf und sagte zu seiner Schwester: »Das geht nicht. Was meinst du, was die wert sind?«

»Ihm viel mehr als uns«, entgegnete sie.

»Aber ich …«

»Dafür bekommst du etwas anderes, wenn dir das so wichtig ist«, sagte Frau Schultheiß. »Aber lass uns das ein andermal klären, bitte!«

Herr Stolle willigte ein. »Auch wenn ich eigentlich nicht damit einverstanden bin.« Das konnte er sich nicht verkneifen.

Seine Schwester ließ die Bemerkung stehen und sagte zu Wolfgang: »Ich bin sicher, mit Annas Büchern haben Sie ein Stück von ihr bei sich.«

# 6

Sieben Wochen waren seit jenem Tag vergangen. Wolfgangs Zimmer hatte sich in eine kleine Bibliothek verwandelt. Obwohl er jeden Zentimeter nutzte, war es ihm nicht gelungen, alle Bücher unterzubringen. Die restlichen hatte er in Schachteln auf den Dachboden getragen.

Begonnen hatte er seine Lesereise mit *Abschied von den Eltern*, dem schmalen Bändchen, das er an jenem Abend zufällig entdeckt hatte, als er noch nicht wusste, dass Anna tödlich verunglückt war. Nach *Siddharta,* das er noch mit ihr gemeinsam gelesen hatte, war dieses Bändchen das erste Stück Literatur, an das er sich allein wagte. Und während des Lesens hatte Wolfgang häufig den Eindruck, dieser Peter Weiss schreibe auch über ihn. Manches, was er ahnte und fühlte, aber nicht hätte aussprechen können, stand hier schwarz auf weiß.

*Ein einziges Mal in meiner Kindheit erlebte ich eine Ahnung von körperlicher Freiheit. Ich war mit meinen Eltern und Geschwistern zu Besuch bei einer befreundeten Familie. Fritz W, der Hausherr, war in allem ein Gegensatz meines Vaters, er war kraftvoll, lebhaft, seine Sprache witzig und drastisch, er war kameradschaftlich im Umgang mit seinen Kindern und intim und vital in seiner Annäherung an meine Mutter, die in seiner Gegenwart aufblühte. Ich erfasste deutlich die Rivalität, die zwischen ihm und meinem Vater entstand, bei Fritz war sie überlegen und selbstsicher, bei meinem Vater äußerte sie sich in angestrengter Beherrschtheit.*

*Fritz' Kinder sprangen nackt im Garten umher, zwei Mädchen und ein Junge, gleichaltrig mit mir und meinen jüngeren Schwes-*

*tern. Wir waren in unseren Sonntagskleidern und sahen verlegen den nackten, sonnengebräunten Körpern bei ihrem Spiel zu. Meine Schwestern trugen weiße Kleidchen mit gestärkten Kragen, weiße Kniestrümpfe und Schnallenschuhe, ich hatte meinen dunkelblauen Matrosenanzug an, mit dem dickgeknoteten Schlips, auch weiße Kniestrümpfe, und schwarze Schnürstiefel. Es war Hochsommer. Da kam Fritz plötzlich auf uns zugesprungen und riß mit wenigen Griffen meinen Schwestern die Kleider herunter, ich selbst verkroch mich unter den niedrigen Zweigen einer Tanne, doch er zog mich hervor, streifte auch mir Hose und Bluse ab und schob mich, zusammen mit meinen Schwestern, in den Kreis seiner Kinder. Bestürzt nestelten wir uns selbst den Rest unserer Kleidungsstücke vom Leib und fühlten an der ganzen Haut die warme Luft. Meine Eltern hatten sich aus ihren Gartenstühlen erhoben und sahen dem Geschehnis, völlig überwältigt, zu. Und wir erlebten nun, was wir jeden Sommertag hätten erleben können, aber was nie wiederkam, wie wir in unserer Nacktheit lebendig wurden. Gras, Blätter, Erde und Gestein fühlten wir jetzt mit all unseren Poren und Nerven, balgend und jubelnd verloren wir uns in einem kurzen Traum ungeahnter Möglichkeiten.*

*Noch ein anderes Mal hat Fritz W in mein Leben eingegriffen. Es war zwei Jahre später. Ich kam mit dem Schulzeugnis nach Hause, in dem ein schrecklicher Satz zu lesen war, ein Satz, vor dem mein ganzes Dasein zerbrechen wollte. Ich ging mit diesem Satz große Umwege, wagte mich nicht mit ihm nach Hause, sah immer wieder nach, ob er nicht plötzlich verschwunden war, doch er stand immer da, klar und deutlich. Als ich schließlich doch nach Hause kam, weil ich nicht die Kühnheit hatte, mich als Schiffsjunge nach Amerika anheuern zu lassen, saß bei meinen Eltern Fritz W.*

*Was machst du denn für ein betrübtes Gesicht, rief er mir zu.*

*Ist es ein schlechtes Zeugnis, fragte meine Mutter besorgt, und mein Vater blickte mich an, als sehe er alles Unheil der Welt hinter mir auf-*

*getürmt. Ich reichte das Zeugnis meiner Mutter hin, aber Fritz riß es mir aus der Hand und las es schon, und brach in schallendes Gelächter aus. Nicht versetzt, rief er, und schlug sich mit seiner kräftigen Hand auf die Schenkel. Nicht versetzt, rief er noch einmal, während meine Eltern abwechselnd ihn und mich verstört anstarrten, und zog mich zu sich heran, und schlug mir auf die Schultern. Nicht versetzt, genau wie ich, rief, ich bin viermal sitzen geblieben, alle begabten Männer sind in der Schule sitzen geblieben. Damit war die Todesangst zerstäubt, alle Gefahr war vergangen. Aus den verwirrten Gesichtern meiner Eltern konnte sich keine Wut mehr hervorarbeiten, sie konnten mir nichts mehr vorwerfen, da ja Fritz W, dieser tüchtige und erfolgreiche Mann, alle Schuld von mir genommen hatte, und mich dazu noch besonderer Ehrung für würdig hielt.*

*Diese beiden Begegnungen mit Fritz W waren die Glanzstunden meiner Kindheit, sie zeigten mir, wie anders mein Leben, unter anderen Bedingungen, hätte verlaufen können, und sie zeigten mir den Schatz von unverbrauchter Freude, der in mir war, und der immer noch in mir liegt, unter Geschwüren und Verfilzungen.*

Bei solchen Stellen kamen Wolfgang Tränen. Wenn er an die »ungeahnten Möglichkeiten« dachte, die er in seiner Kindheit versäumt hatte, wäre er am liebsten zu seinem Vater gegangen und hätte ihm die Sätze um die Ohren geschlagen. Aber er tat es nicht und las weiter.

*Im gleichen Zeichen der Fremdheit verliefen die Stunden des Beisammenseins in der Familie. Wie eine Schuld saß ich einen Teil des Abends in Gesellschaft der Eltern ab, schweigend, in einem Buch oder einer Zeitschrift blätternd, während im Radio die eintönigen, anonymen Stimmen von unfaßbaren Geschehnissen berichteten. Aus dieser Zeit würgt sich ein Schrei aus mir heraus, warum haben wir diese Tage und Jahre vertan, lebendige Menschen unterm glei-*

*chen Dach, ohne einander ansprechen und hören zu können. Was war dies für eine Krankheit, die uns so trübte, die uns mit solchem Mißtrauen, solcher Scheu angefüllt hatte, daß wir einander nicht mehr in die Augen blicken konnten. Und doch enthielt diese Zeit, die mir völlig erloschen schien, Äußerungen eines geheimen Lebens. In den Nächten in meinem Zimmer, an den Sonntagen, entstanden Bilder, Zeichnungen, Gedichte, verborgene Äußerungen eines Unbekannten, Verleugneten. In der Tiefe dieser totalen Isoliertheit gab es eine stille Überlegung, aus der heraus ich mir jeden Monat Geld für die Zukunft zurückgelegte … Ich war auf dem Weg, auf der Suche nach einem eigenen Leben.*

Nach dem letzten Satz dieses Buches war Wolfgang nicht mehr derselbe wie vor dem ersten. Ihm fiel wieder ein, was Anna einmal gesagt hatte: Bücher können uns sehen lehren. Wolfgang wollte sehen lernen, und er wollte verstehen, sich selbst und die Welt um ihn herum, unter allen Umständen!

Er hatte *Abschied von den Eltern* neben *Siddharta* ins Regal gestellt und sich gefragt, nach welchen Kriterien er aus den vielen Büchern die nächsten auswählen sollte. Da ihm keine vernünftige Vorgehensweise eingefallen war, hatte er wahllos nach Büchern gegriffen und sich bei der Auswahl auf sein Bauchgefühl verlassen. Das erste Buch, das ihm große Schwierigkeiten gemacht hatte, war *Die Blechtrommel* von Günter Grass gewesen. Mehrfach hatte er den Roman ins Regal zurückgestellt, dann wieder herausgenommen, weil er es als Verrat an seiner Wolfinia empfand, eines ihrer Bücher nicht zu lesen. Also hatte er sich durch die ersten zweihundert Seiten gequält, schließlich doch aufgegeben, seiner Wolfinia aber versprochen, sich den Roman später noch einmal vorzunehmen.

Inzwischen hatte er elf Bücher gelesen, wenn auch drei nur teilweise. Und mit jedem Buch hatte er das Gefühl, einen

Schritt weiter aus Winterlingen hinaus in die Welt zu machen. Er sah sich selbst und die Menschen um sich herum anders als zuvor. Am liebsten hätte er nur noch gelesen. Doch das konnte er nicht, denn jeden Morgen um viertel nach sechs klingelte der Wecker.

Als Wolfgang mal wieder die halbe Nacht durchgelesen hatte, empfing ihn Meister Traugott in der Werkstatt mit den Worten: »Wolfgang, Wolfgang, was ist nur mit dir los? Du siehst ja aus wie eine gekotzte Milchsuppe!«

Wolfgang war noch zu müde für eine Antwort.

»Hast du gestern Abend gesoffen?«

»Nein.«

»Ist dir nicht gut?«

»Doch.«

Traugott Gerber schüttelte den Kopf und schickte Wolfgang mit Hotte und Stefan, dem neuen Lehrling, zu dem Haus in der Friedrichstraße, wo sie am Tag zuvor das Baugerüst aufgestellt hatten.

»Ihr fangt mit dem Dachgesims und den Fenstern an«, sagte der Meister. »Am ganzen Holzwerk blättert die Farbe ab. Also Abkratzen, Schleifen, Grundieren, das volle Programm. Was ihr dazu braucht, hab ich gestern schon in die Garage gestellt.«

Seit Wolfgang vor zehn Tagen die Fahrprüfung bestanden und den Führerschein bekommen hatte, fuhr er mit seinem Ford 12M zur Arbeit.

»Nimmst du mich mit?«, fragte Stefan.

Wolfgang nickte.

Hotte stieg in seine Ente und fuhr voraus. Er hielt genau vor dem Haus mit dem Gerüst. Wolfgang parkte sein Auto zwei Häuser weiter, damit es nicht so verstaubt würde.

Bewaffnet mit Stahlbürste, Schleifpapier, Spachtel und Staubwisch machten sie sich an die Arbeit. Hotte und Stefan unterhielten sich über den letzten Spieltag der Fußball-Bundesliga, bei dem sich Eintracht Braunschweig mit einem 4:1-Sieg gegen den 1. FC Nürnberg den Titel gesichert hatte.

»Dass die Meister geworden sind, ist doch ein Witz«, sagte Hotte, der VfB Stuttgart-Fan war und an allen anderen Mannschaften nur herumkritisierte. »Die haben nicht mal *einen* Spitzenspieler!«

»Lothar Ulsaß ist doch Nationalspieler«, entgegnete Stefan.

»Der!« Hotte lachte. »Der ist ein Weichling! Was meinst du, warum ihn Helmut Schön letztes Jahr nicht zur WM mitgenommen hat? Weil Uwe, Siggi Held und Haller ihn in die Tasche stecken«, beantwortete er seine Frage selbst.

Wolfgang beteiligte sich nicht an dem Gespräch. Nicht deshalb, weil ihn Fußball nicht interessierte. Das tat es sehr wohl. Seit kurzem spielte er in der ersten Mannschaft des FC Winterlingen, genau wie Hotte. Und natürlich verfolgte er die Bundesliga und hatte am Samstag die Sportschau gesehen. Aber wenn bei der Arbeit über Fußball geredet wurde, musste Hotte immer das letzte Wort haben. Und das nervte Wolfgang.

»Bist du krank?«, fragte Hotte.

»Nö.«

»Was ist dann mit dir los?«

»Nichts.«

»Kommst du heute ins Training?«

»Klar.«

»Du weißt, dass wir am Sonntag in Meßstetten gewinnen müssen, wenn wir noch Meister werden wollen.«

»Klar weiß ich das.«

»Also.«

»Was also?«

»Ich mein ja nur.«

»Was meinst du?«

»Wenn du nicht fit bist …«

»Ich bin fit!«

»Dann ist es ja gut.«

Wolfgang ging auf die hintere Giebelseite und kletterte am Gerüst hoch, bis er die Firsthöhe erreichte. Hier oben war es zwar ein wenig wackelig, aber er hatte wenigstens seine Ruhe.

In der Vesperpause setzten sie sich hinter dem Haus auf Farbeimer. Wie jeden Morgen holte Hotte nicht nur ein belegtes Brot und eine Flasche Bier aus seiner alten Schultasche, sondern auch die BILD-Zeitung.

Neben einer halbnackten Frau war das verzerrte Gesicht eines jungen Mannes auf der Titelseite.

»Das ist er«, sagte Hotte, »dieser Dutschke. Wie der schon aussieht, wie ein Verbrecher. Den sollten sie gleich nach drüber abschieben, dann könnte er in einem kommunistischen Staat leben. Das will er doch. Aber der würde sich umgucken, genau wie alle, die nur faulenzen und demonstrieren anstatt zu arbeiten.«

»Gibst du mir den hinteren Teil mit dem Sport?«, fragte Stefan.

Auch Wolfgang hatte keine Lust, sich mit Hotte über die demonstrierenden Studenten zu unterhalten. Doch das Desinteresse seiner Kollegen konnte Hotte nicht stoppen.

»Wir müssen dieses ganze Pack auch noch verhalten. Ich würde die alle zum Arbeiten schicken, dann würde ihnen das Demonstrieren schnell vergehen.«

»Und was sagst du dazu, dass ein Student erschossen wurde?«, konnte Wolfgang sich nun doch nicht verkneifen.

»Wäre er zu Hause geblieben und hätte gelernt, dann wäre er auch nicht erschossen worden«, antwortete Hotte.

Wolfgang schwieg. Hotte war nur sechs Jahre älter als er selbst, aber er redete wie sein Vater.

# 7

Am Sonntag traf sich die erste Mannschaft des FC Winterlingen um halb zwei vor dem Vereinslokal »Engel«. Wie immer kam Walter Gomeringer als Letzter – kurz nach halb zwei. Er hatte seinen Matchsack lässig über der rechten Schulter hängen, eine Zigarette in der Hand und das übliche Grinsen im Gesicht, so, als wollte er damit ausdrücken: Mir kann keiner was, das weiß ich, und ihr wisst es auch.

Es wurde kurz besprochen, wer bei wem mitfahren konnte, dann setzte sich die Kolonne in Marsch, an der Spitze Herbert Gmeiner, der Trainer.

Mit Wolfgang fuhren sein Vater, sein Freund Rudi und Werner, einer der jungen Spieler.

Peter, neben Wolfgang das größte Talent des FC Winterlingen, hatte vor der Saison zum FV 07 Ebingen gewechselt. Der größere Nachbarverein hätte auch Wolfgang gern abgeworben, und ein paar Tage hatte er geschwankt, sich aber doch gegen den Wechsel entschieden. Seit seiner schweren Verletzung machte sein linkes Knie immer wieder Probleme. Das Trainingspensum und die Punktspiele des A-Klassen-Vereins FC Winterlingen schaffte er normalerweise ohne Schmerzen. Doch sobald er mehr tat, musste er es büßen. Und um den Sprung in die erste Mannschaft des FV 07, der in der Ersten Amateurliga spielte, zu schaffen, hätte er mehr trainieren müssen. Deswegen hatte er abgesagt.

Während der Fahrt wurde kaum gesprochen. Nur Rudi und Werner tuschelten hinten. Und einmal sagte Eugen Windbacher: »Da vorne kommt eine Kurve!«

»Die sehe ich selbst«, erwiderte Wolfgang, drosselte die Geschwindigkeit jedoch nicht.

Eugen Windbacher hielt sich demonstrativ am Türgriff fest, sagte aber nichts. Wolfgang lenkte seinen 12M sicher durch die Kurve, verkniff sich jedoch einen Kommentar. Und hinten wurde auch nicht mehr getuschelt.

Alle waren froh, als sie den Meßstetter Sportplatz erreichten. Sie stiegen aus, und Eugen Windbacher ging ohne ein Wort davon. Die drei holten ihre Matchsäcke aus dem Kofferraum und stellten sich mit dem Trainer und den anderen Spielern an den Spielfeldrand, um dem Spiel der Reservemannschaften noch eine Weile zuzuschauen.

Walter Gomeringer machte sich über einen Winterlinger Spieler lustig, der mehr ein Platzfüller als ein Mitspieler war. Einmal flog ein Querschläger auf ihn zu, überhastet trat er nach dem Ball, schlug ein Loch in die Luft, drehte eine Pirouette und landete auf dem Rücken.

»Seht euch das an, wie ein Maikäfer!«, sagte Walter Gomeringer und lachte. Dann rief er über den Platz: »Heini pass auf, dass du dir keinen Knoten in die Beine machst!«

Einige lachten mit.

»Der Heini spielt so gut, wie er kann«, sagte Wolfgang. »Es ist eben nicht jeder ein Beckenbauer.«

Walter Gomeringer schaute Wolfgang an, als habe er nicht richtig gehört. »Seit wann riskieren Jungfüchse bei uns eine große Lippe?«

»Wenn du glaubst …«

»He, was soll das?«, sagte der Trainer. »Hört sofort auf mit dem Scheiß! Geht euch lieber umziehen und macht euch warm!«

Walter Gomeringer warf Wolfgang einen bösen Blick zu. Und auf dem Weg in die Umkleidekabine sagte er zu seinem

Kumpel Heinz: »Der meint wohl, weil er die lustige Witwe ficken durfte, kann er überall mitreden. Da hat er sich aber gewaltig geschnitten, das sag ich dir!«

Zum Glück hörte Wolfgang das nicht, sonst wäre die Sache vermutlich eskaliert.

Beim Umziehen und beim Warmmachen auf dem kleinen Platz hinter dem Spielfeld schaute Walter Gomeringer mehrfach zu Wolfgang, der seinen Blicken standhielt.

»Leg dich mit dem lieber nicht an«, flüsterte Rudi. »Der drückt dich sonst raus wie schon andere.«

»Das kann der doch nur, weil alle vor ihm kuschen«, sagte Wolfgang. »Aber ich werde nicht kuschen. Und wenn du auf meiner Seite bist, sind wir schon zu zweit.«

»Klar bin ich auf deiner Seite.« Das Aber, das er schon auf der Zunge hatte, schluckte Rudi hinunter.

»Psst!«, machte Wolfgang. »Herbert kommt.«

Der Trainer blieb bei den beiden stehen, schaute Wolfgang an und sagte leise: »Lass den Walle reden, ja? Der hat eben eine große Klappe. Das meiste, was er sagt, geht bei mir da rein und da wieder raus.« Er zeigte auf seine Ohren. »So solltest du es auch halten, sonst gibt's nur Ärger. Und das wäre Gift für die Mannschaft.«

»Ich werde nicht vor ihm kuschen«, wiederholte Wolfgang.

»Das verlangt doch auch niemand von dir«, sagte der Trainer schon leicht gereizt. »Aber du musst ihn ja nicht extra provozieren.«

»Das hab ich nicht vor.«

»Dann ist es ja gut.« Der Trainer klopfte Wolfgang auf die Schulter. »Jetzt lassen wir das Thema lieber und konzentrieren uns auf das Spiel.«

Von Beginn an legte Wolfgang sich mächtig ins Zeug. Er spielte, als ginge es um den WM-Titel. Überall war er zu finden, half in der Abwehr aus, wenn es notwendig war, erkämpfte und verteilte Bälle und sprintete auch in die Spitze. Walter Gomeringer wollte ihm natürlich nicht nachstehen und rannte sich ebenfalls fast die Lunge aus dem Leib. Beide schossen ein Tor, und Wolfgang bereitete mit einem herrlichen Pass das dritte Tor durch Rudi vor.

»Jetzt habt ihr in der ersten Halbzeit zwar ganz anders gespielt, als wir es besprochen hatten«, sagte der Trainer in der Halbzeitpause, »aber wir führen 3:1, und deshalb will ich nicht meckern.«

»So sollten wir immer spielen«, meinte Hotte. »Das hat richtig Spaß gemacht!«

»So weit sind wir noch nicht, dass wir immer so spielen können«, entgegnete der Trainer. »Die erste Halbzeit hat einige von euch viel Kraft gekostet, deshalb lasst ihr es nach der Pause ein wenig langsamer angehen. Ich möchte nämlich nicht, dass wir in der letzten Viertelstunde einbrechen, weil ihr euch verausgabt habt. Haben wir uns verstanden?«

Wolfgang nickte, Walter Gomeringer nicht.

»Gut«, sagte der Trainer. »Dann trinkt und erholt euch ein wenig.«

In der zweiten Halbzeit schalteten die Spieler tatsächlich einen Gang zurück. Das reichte immer noch, um das Spiel zu kontrollieren und am Ende 4:1 zu gewinnen.

Auf dem Weg in die Umkleidekabine fielen Wolfgang zwei Mädchen auf, die nicht wie die meisten anderen Zuschauer zum Ausgang strebten, sondern vor dem Vereinsheim standen, als würden sie auf etwas warten. Eine war klein, etwas rundlich und dunkelhaarig; die andere war groß, blond, trug einen engen Pulli, der ihre Formen betonte, und einen Minirock. Sie lächelte Wolfgang an. Er war sicher, sie noch nie gesehen zu haben, also musste sie wohl aus Meßstetten sein. Wolfgang nickte ihr im Vorbeigehen freundlich zu und verschwand in der Kabine. Er duschte nur kurz und schlüpfte schnell in seine

Klamotten. »Ich warte draußen«, sagte er zu Rudi, der sich über das Tempo seines Freundes wunderte.

Als Wolfgang aus der Tür trat, standen die Mädchen immer noch da.

»Du warst gut«, sagte die Blonde.

»Äh … danke.«

»Du heißt Wolfgang, stimmt's?«

»Woher weißt du das?«

Sie antwortete nicht und lächelte ihn wieder an. »Wohnst du in Winterlingen?«

»Klar.«

»Wieso ist das klar?«, fragte jetzt die Kleine. »Wohnen alle netten Jungs in Winterlingen?«

Die Blonde gab ihr einen leichten Stoß mit dem Ellbogen.

»Das glaube ich nicht«, sagte Wolfgang. »Und ob ich ein netter Junge bin, ist gar nicht so sicher.«

Die Kleine kicherte. »Karin findet dich auf jeden Fall nett.«

Diesmal bekam sie einen kräftigeren Stoß.

»Stimmt doch«, sagte die Kleine.

Dann entstand eine Pause. Die Blicke von Wolfgang und Karin streiften sich, suchten irgendwo Halt und blieben aneinander hängen.

»He, Wolfi, wir können fahren!«, sagte Rudi und riss Wolfgang damit von Karins Augen los.

»Hä … ja, klar, ich komme.« Wolfgang wandte sich um, machte ein paar Schritte, schaute noch einmal zurück, als wollte er etwas sagen, tat es nicht, hob nur kurz die Hand und ging mit Rudi und Werner zum Auto.

»Was waren denn das für zwei?«, fragte Rudi.

»Keine Ahnung.«

»Es hat aber so ausgesehen, als würdest du sie kennen.«

Wolfgang schüttelte den Kopf.

»Die Blonde ist ziemlich hübsch und hat ordentlich Holz vorm Haus«, sagte Werner. »Die wär was für Papas Sohn.«

»Du wüsstest doch nicht mal, was du mit ihr machen sollst«, feixte Rudi. »Da müssen richtige Männer ran!«

»Etwa solche wie du?«, fragte Werner grinsend.

»Genau.«

Werner lachte.

Beim Auto wartete schon Eugen Windbacher, und damit war das Thema beendet.

Am folgenden Sonntag erschien Karin auf dem Winterlinger Sportplatz. Vor dem Spiel wechselten Wolfgang und sie ein paar belanglose Worte. Nach dem Spiel wartete sie, bis er aus der Kabine kam.

»Was machst du jetzt?«, fragte sie.

»Ich warte auf Rudi.«

»Ach so.« In diesem »Ach so« klang Enttäuschung mit. »Und was macht ihr dann?«

»Wir gehen meistens in den ›Engel‹. Das ist unser Vereinslokal«, fügte Wolfgang erklärend hinzu.

Karin schwieg.

Rudi kam mit nassen, ungekämmten Haaren aus der Kabine. »Ich hab mich beeilt wie blöd.«

»Man sieht's«, sagte Wolfgang.

»Wo?«, fragte Rudi und schaute an sich hinunter, weil er schon dachte, sein Hosenschlitz stünde offen.

»Deine Haare würden sich über einen Kamm freuen.«

»Ach so.« Er griff in die Gesäßtasche, holte einen Kamm heraus und versuchte, Ordnung in seine Frisur zu bringen, allerdings mit mäßigem Erfolg.

Karin konnte sich ein Grinsen nicht verkneifen. »Du siehst aus wie einer von den Beatles.«

»Wirklich?« Jetzt grinste auch Rudi. »Das sind doch hübsche Jungs.«

»Na ja«, sagte Karin. »Jedenfalls machen sie tolle Musik. ›All you need is Love‹ könnte ich den ganzen Tag hören.«

Wolfgang und Rudi verstanden nur das Wort *Love.*

»Und was heißt das?«, fragte Rudi.

»Alles, was du brauchst, ist Liebe«, antwortete Karin und wurde dabei ein wenig rot.

»Also ich brauch jetzt eine Halbe«, sagte Rudi. »Nach dem Spiel hab ich immer Durst wie ein Fisch. Und du?« Er gab Wolfgang einen freundschaftlichen Puffer. »Du kommst heute vermutlich nicht mit in den ›Engel‹, stimmt's?«

»Ich … äh …ja … warum … nein«, stammelte Wolfgang.

»Alles klar!« Rudi zwinkerte ihm zu und verzog sich.

Wolfgang und Karin gingen zu seinem Auto und stiegen ein. Er startete den Motor und fuhr Richtung Ortsmitte.

»Wohin fahren wir?«

»Keine Ahnung.«

»Da wollte ich schon immer mal hin«, sagte Karin und lächelte Wolfgang an.

Der sah es nicht, weil er auf den Verkehr achtete. »Wie bist du nach Winterlingen gekommen?«

»Mit dem Bus.«

»Soll ich dich nach Hause fahren?«

»Das wäre nett von dir – aber jetzt noch nicht.«

Er schaute kurz zu ihr hinüber und fing ihren Blick auf, den er bis in den Bauch spürte.

Auf halber Strecke zwischen Winterlingen und Meßstetten bog Wolfgang von der Straße ab und fuhr in einen vor Blicken schützenden Wald. Er stellte den Motor ab, lehnte sich zurück und schaute Karin an. »Was machst du?«

Sie verstand die Frage nicht.

»Ich meine, gehst du noch zur Schule, oder machst du eine Lehre?«

»Ich werde Kindergärtnerin. Und du?«

»Ich bin Maler.«

»Das ist ein schöner Beruf. Neulich haben die Maler unser Haus gestrichen. Vorher war es schmutzig, und überall ist die Farbe abgeblättert. Als sie fertig waren, hat es ausgesehen wie neu.«

»Aber man verdient nicht viel als Maler.«

»Als Kindergärtnerin auch nicht«, sagte Karin. »Ich möchte das trotzdem werden, weil mir die Arbeit mit Kindern gefällt.«

»Ich glaube nicht, dass ich mein Leben lang als Maler arbeite.«

»Warum hast du den Beruf dann gelernt?«

Wolfgang zog die Schultern hoch. »Irgendetwas musste ich ja tun. Aber ich will noch mal was anderes machen.«

»Was denn?«

»Weiß ich noch nicht.«

Das Gespräch erstarb.

Die beiden schauten sich an. Wolfgang legte den Arm auf die Sitzlehne und ließ seine Hand zu Karins Haar hinüberwandern. Sie rutschte ein wenig näher, hob die Hand und fuhr mit den Fingerspitzen zart über sein Gesicht. Sie beugten sich einander entgegen, bis sich ihre Lippen berührten.

Da sah Wolfgang plötzlich Anna vor sich, drückte Karin weg und wandte sich ruckartig ab.

Karin wusste nicht, wie ihr geschah. »Was hast du?«

»Ich kann das nicht.«

»Warum nicht?«

Statt eine Antwort zu geben, startete er den Motor, fuhr zurück auf die Landstraße und weiter in Richtung Meßstetten.

# 8

Karin kam noch zweimal zu Spielen des FC Winterlingen, aber Wolfgang wich ihr aus. Seine Mannschaftskameraden wunderten sich, weil Karin ein hübsches Mädchen war. Es gab ein paar anzügliche Bemerkungen, auf die er nicht reagierte.

Am Montag nach dem Spiel gegen Geislingen mussten Wolfgang und Hotte in einem Fabrikneubau die Heizkörper spritzen. Das war eine Schweinearbeit. Die Heizkörper mussten zum Spritzen auf Böcke gehoben und anschließend wieder auf den Boden gestellt werden. Das ging kräftig ins Kreuz. Aber schlimmer war der Farbnebel, der in den Augen biss, die Nasenlöcher verschloss und eklig auf den Lippen klebte.

In der Vesperpause setzten sich Wolfgang und Hotte in einen anderen Raum, um ihre Brote in sauberer Luft zu essen.

Hotte blätterte die BILD-Zeitung durch, las da und dort ein paar Zeilen, legte sie beiseite und sagte unvermittelt: »Du hast eine hübsche Verehrerin.«

Wolfgang hörte auf zu kauen und schaute seinen Kollegen erstaunt an, sagte jedoch nichts.

»Wenn die dir aus Meßstetten hinterherfährt, muss sie ja ziemlich in dich verknallt sein.«

»Darüber will ich nicht reden«, sagte Wolfgang jetzt.

»Warum denn nicht?«, fragte Hotte. »Du solltest dich freuen, dass so ein hübsches Mädchen dir hinterherfährt. Wenn ich du wäre ...«

»Bist du aber nicht«, schnitt ihm Wolfgang das Wort ab. »Und jetzt lass mich damit in Ruhe!«

»Ich frage mich …«

»Ist mir scheißegal, was du dich fragst!« Wolfgang packte das angebissene Brot in die Tasche und stand auf. Er ging in den Spritzraum, startete den Kompressor, wuchtete einen der kleineren Heizkörper auf die Böcke und spritzte ihn.

Als Hotte kam, arbeiteten sie schweigend weiter. Kurz vor zwölf machten sie Schluss und säuberten wenigstens ihre Hände mit Terpentin.

»Mahlzeit«, sagte Hotte, bevor er in seine Ente stieg.

»Mahlzeit«, echote Wolfgang und fuhr mit seinem 12M nach Hause.

»Wie siehst du denn aus?«, fragte seine Mutter. »Man erkennt dich ja kaum.«

Wolfgang schaute in den kleinen Spiegel, der über dem Spülbecken hing. Er sah sein Gesicht, das wie mit einem weißen Schleier überzogen schien. Er drehte den Wasserhahn auf, formte die Hände zu einem Trichter, beugte sich hinunter und rieb sich das Wasser ins Gesicht. Das wiederholte er ein paar Mal, schaute wieder in den Spiegel und musste feststellen, dass der weiße Schleier nicht verschwunden war. Mit dem Handtuch trocknete er sich ab und rubbelte kräftig über die Lippen, um wenigstens dort die Farbe zu lösen.

»Nicht mit dem Handtuch!«, sagte Hilde Windbacher. »Das bekomme ich ja nicht mehr sauber.«

»Ich hab die Schnauze voll!«, rief Wolfgang.

In diesem Augenblick kam Eugen Windbacher herein.

»Wieder mal«, sagte er, ging ins Stüble und setzte sich an seinen Platz.

Wolfgang hängte das Handtuch an den Haken und putzte seine Lippen mit dem Taschentuch. Hilde Windbacher stellte die Reste vom Sonntagsbraten auf den Tisch, dazu frische

Spätzle und gekochte Erbsen. Dann setzte sie sich auch. »Guten Appetit!«, wünschte sie.

Eugen Windbacher und Wolfgang brummelten etwas, das man mit einigem Wohlwollen als »Danke, ebenfalls« interpretieren konnte. Dann füllten sie ihre Teller und begannen zu essen.

»Ich kündige«, sagte Wolfgang in die Stille hinein.

Seine Mutter ließ die Gabel sinken und schaute ihn mit großen Augen und offenem Mund an. Die Gabel seines Vaters verharrte einen Moment in der Luft, bevor sie mit dem aufgespießten Stück Fleisch im Mund verschwand.

»Ich habe keine Lust mehr, für 2,85 Mark Stundenlohn Dreck und Farbe zu fressen. Egal ob wir Fassaden abbürsten, Leimfarben abwaschen, Türen schleifen oder Heizkörper spritzen, immer sehen wir aus wie Schweine und fressen das Zeug in uns rein. Morgen müssen die Heizkörper mit Lack gespritzt werden, dann sehe ich noch mal so aus.« Wolfgang reckte den Kopf demonstrativ vor.

»Das ist ... nun ja ... das ist wirklich keine schöne Arbeit ...«

»Es gibt eben nicht nur schöne Arbeiten«, fiel Eugen Windbacher seiner Frau ins Wort. »Und jemand muss auch die schmutzigen machen.«

»Aber ich nicht. Ich kündige«, wiederholte Wolfgang.

»Und du meinst, du findest so einfach eine schönere Arbeit, die besser bezahlt wird?«, fragte Eugen Windbacher.

»Schlechter kann es jedenfalls nicht werden.«

»Wenn du dich da mal nicht täuschst.« Eugen Windbacher schob eine Gabel voll Spätzle in den Mund und machte damit deutlich, dass er nicht länger darüber reden wollte.

Schweigend aßen sie ihre Teller leer.

Nach dem Essen verschwand Wolfgang in seinem Zimmer. Er setzte sich in den alten Sessel, den er von Anna bekommen hatte, und dachte nach.

Nein, er würde nicht länger Dreck fressen, er würde kündigen, heute noch. Egal, was sein Vater sagte. Er musste Geld verdienen, das war klar. Und er war auch bereit, dafür fleißig zu arbeiten. Aber nicht mehr als Maler. Er hatte gehört, dass man beim August Beck und beim Draht-Fischer im Akkord auf fünf bis sechs Mark in der Stunde kommen konnte, ohne eine Lehre gemacht zu haben. Eigentlich hatte er nie in einer Fabrik arbeiten wollen, aber wenn man dort das Doppelte verdiente, sah die Sache anders aus.

Als Hausmeister hätte sein Vater beim August Beck mal die Fühler ausstrecken können, aber ihn darum zu bitten, kam für Wolfgang nicht in Frage. Lieber würde er sich die Zunge abbeißen.

Er schaute auf seine farbverspritzte Armbanduhr, stand auf und ging in die Küche, wo seine Mutter das Geschirr spülte.

Eugen Windbacher saß noch im Stüble und las die Zeitung. Im Aschenbecher glomm eine *Reval*, im Radio sang Freddy Quinn *Junge, komm bald wieder*. Die Mutter wollte Wolfgang noch schnell ein belegtes Brot machen, doch er wehrte ab. »Ich hab das von heute Morgen noch in der Tasche.«

Er ging hinaus, sie folgte ihm, zog die Tür hinter sich zu und flüsterte: »Du willst doch nicht wirklich kündigen?«

»Doch.«

»Überleg dir das bitte noch mal!«

»Ich hab's mir überlegt.«

»Wolfgang!« Sie schüttelte mit vorwurfsvoller Miene den Kopf, so, wie sie es schon getan hatte, als er noch ein kleiner Junge gewesen war. Damals hatte sie ihn damit manchmal herumgekriegt, aber diese Zeiten waren vorbei.

»Du meinst es gut, ich weiß«, sagte er und ging.

Als er vor dem Neubau ankam, stand Hottes Ente schon da. Hotte saß auf der provisorischen Treppe und rauchte eine *Peter Stuyvesant*. Normalerweise hätte Wolfgang sich noch ein paar Minuten neben ihn gesetzt, aber nun ging er mit einem knappen »Mahlzeit« vorbei.

»Mahlzeit!«, sagte Hotte, zog »den Duft der großen weiten Welt« noch zweimal tief in sich hinein und schnippte den Stummel weg. Dann folgte er Wolfgang.

Bevor der den Kompressor startete, sagte Hotte: »Nun sei doch nicht so empfindlich!«

»Ich bin nicht empfindlich.«

»Das hab ich heute Morgen gemerkt.«

»Dann ist es ja gut.«

»Wieso gut? Schlecht ist das.«

»Wieso lasst ihr mich nicht in Ruhe? Es geht euch doch nichts an, ob ich ein Mädchen aus Meßstetten als Freundin möchte oder nicht.«

»Wir sind schließlich Mannschaftskameraden und Arbeitskollegen«, rechtfertigte sich Hotte.

»Trotzdem«, sagte Wolfgang und startete den Kompressor.

Um halb fünf kam Traugott Gerber auf die Baustelle. Als er Hotte und Wolfgang sah, sagte er: »Das gibt eine Schmutzzulage, Männer.«

Wolfgang schaute ihn aus geröteten, verklebten Augen an und sagte: »Ich kündige.«

»Was?«, fragte Traugott Gerber überrascht.

»Du hast richtig gehört, ich kündige.«

»Wegen der Spritzerei? Ich hab doch eben gesagt, dass ihr eine Schmutzzulage bekommt.«

»Darum geht's nicht.«

»Warum willst du dann kündigen?«

»Muss ich das begründen?«, antwortete Wolfgang mit einer Gegenfrage.

»Du musst nicht«, sagte Traugott Gerber. »Aber interessieren würde es mich schon.«

Weil Wolfgang schwieg, schaute der Meister fragend zu Hotte. »War was Besonderes?«

»Nö«, sagte Hotte nur.

Traugott Gerber wandte sich wieder an Wolfgang. »Willst du nicht noch mal drüber schlafen?«

Er schüttelte den Kopf.

»Hast du es deinen Eltern gesagt?«

»Ja.«

»Und?«

»Das kannst du dir ja denken.«

»Aber du kündigst trotzdem?«

»Richtig.«

»Ob das richtig ist, ist eine andere Frage«, sagte Traugott Gerber. »Aber das musst du selbst wissen.«

»Weiß ich auch.«

»Mensch, Wolfi!«, mischte sich jetzt Hotte ein. »Das ist doch ...«

»Halt du dich da raus!«

»Also Wolfgang, die Schmutzzulage ist klar, und über das andere reden wir morgen«, versuchte es Traugott Gerber noch mal.

»Da gibt's nichts mehr zu reden.«

Traugott Gerber atmete hörbar aus. »Tja, wenn das dein letztes Wort ist, mache ich deine Papiere zum Monatsende fertig.«

Wolfgang nickte.

Der Meister ging wieder. Wolfgang und Hotte spritzten noch den letzten Heizkörper, reinigten das Werkzeug und ihre Hände und machten Feierabend.

Als Wolfgang in seinem Auto saß, fuhr er nicht gleich los. Er spürte, wie etwas in ihm wuchs, wie es größer wurde, immer größer und aus ihm herauswollte.

»Juhu!!!«, schrie er und trommelte mit den Fäusten aufs Lenkrad. »Juhu! Yippiyeahyeah!« Er fühlte sich so gut wie schon lange nicht mehr, fühlte sich frei, völlig frei.

# 9

Am Samstag feierte Wolfgangs Bäsle Jutta Hochzeit. Wolfgang mochte Familienfeiern nicht und wollte sich drücken.

»Du gehst mit!«, bestimmte seine Mutter. »Das gehört sich so. Was meinst du, was die Leute sonst sagen würden.«

»Mir doch egal.«

»Willst du mir schon wieder Kummer machen?«

Nur seiner Mutter zuliebe zog er das weiße Hemd und seinen Konfirmandenanzug an, den sie ihm in seinem Zimmer aufs Bett gelegt hatte.

»Der tut's schon noch mal«, sagte Hilde Windbacher, während sie an Hose und Jackett zupfte und zog. »Du darfst die Hose nur nicht so weit hochziehen, du musst sie mit dem Gürtel um die Hüfte gut festbinden. Und das Jackett lässt du offen, dann sieht man nicht, dass es ein wenig knapp ist.«

»Ein wenig knapp?« Wolfgang lachte spöttisch und streckte die Arme nach vorn, dass sie deutlich aus den Ärmeln hervorragten.

»Hm«, machte Hilde Windbacher und zupfte noch mal an den Ärmeln.

»Das hat keinen Zweck, die werden nicht länger«, sagte Wolfgang. »Soll ich wirklich so zur Hochzeit gehen? Was meinst du, was die Leute dann sagen werden?«

»Dann musst du einen alten Anzug von deinem Vater anziehen.«

»Das ist nicht dein Ernst«, entgegnete Wolfgang.

»Probieren könntest du einen.«

»Warum soll ich überhaupt einen Anzug anziehen?«

»Weil sich das bei einer Hochzeit gehört.«

Wolfgang grinste. »Wenn man nur mit einem Anzug zu der Hochzeit darf, ich aber keinen passenden habe, dann muss ich eben hierbleiben.«

»Das könnte dir so passen«, sagte seine Mutter. »Und verschone mich mit deinen Spitzfindigkeiten! Ich hole jetzt einen Anzug …«

»Dann gehe ich lieber in dem hier«, fiel ihr Wolfgang ins Wort.

Im Anzug mit weißem Hemd und Krawatte fühlte sich Wolfgang ohnehin nicht wohl, und in einem zu kleinen gleich zweimal nicht. Missmutig machte er sich mit seinen Eltern auf den Weg zur Kirche, vor der seine Schwestern Sieglinde und Brigitte mit ihren Männern schon warteten.

Sieglinde konnte sich eine Bemerkung zu dem Anzug nicht verkneifen: »Unser kleiner Bruder ist seinem Konfirmandenanzug nun endgültig entwachsen.«

»Halt die Klappe, sonst dreh ich sofort um und geh heim!«

»Wolfgang!«, wies ihn die Mutter zurecht und schaute sich verstohlen um, ob jemand zugehört hatte. Zu Sieglinde sagte sie leise: »Lass ihn in Ruhe!«

»Ich habe doch …«

»Ich will hier keinen Streit!«, sagte Hilde Windbacher zwischen den Zähnen.

Ihr Mann stand daneben, als ginge ihn das alles nichts an.

Tante Luise und Onkel Gerhard kamen und stellten sich mit ihren Kindern zu ihnen.

»Sieht man dich auch mal wieder«, sagte Tante Luise zu Brigitte, die nach Balingen geheiratet hatte.

»Das ist der Lauf der Welt«, sagte Onkel Gerhard. »Die Kinder werden groß und gehen fort.«

Seine Frau strich ihrer Tochter Sigrid übers Haar. »Bei unseren dauert das zum Glück noch einige Jahre.«

»Und alle gehen ja auch nicht fort«, sagte Hilde Windbacher. »Manche bleiben wenigstens im Ort.«

»Fragt sich nur, ob das immer so gut ist«, sagte Onkel Gerhard.

Bevor jemand dazu eine Meinung äußern konnte, wurden Stimmen laut, die das Brautpaar ankündigten. Das Brautauto hielt am Straßenrand, eine weiße Braut und der Bräutigam im dunklen Anzug stiegen aus. Die Eltern nahmen sie in Empfang und schritten mit ihnen an Verwandten, Freunden und Bekannten vorbei in die Kirche.

Wolfgang hätte sich am liebsten in die letzte Bankreihe gesetzt, aber Hilde Windbacher griff nach seinem Arm und dirigierte ihn stillschweigend nach vorne, wo die Verwandtschaft Platz nahm.

Der Gottesdienst plätscherte an Wolfgang vorbei, ohne dass er viel mitbekam. Er erhob sich, wenn die andern sich erhoben, und setzte sich wieder, wenn sie sich setzten. Nur als das Brautpaar nach vorne ging und auf einem Schemel kniete, hob er den Kopf.

»Bis dass der Tod euch scheidet«, hörte er den Pfarrer sagen.

Wolfinia und mich hat der Tod geschieden. Wir waren so glücklich und wären noch glücklicher geworden, da bin ich ganz sicher. Warum hat Gott den Unfall nicht verhindert?

Gleich beten wir *Vater unser, dein Wille geschehe*. Wenn sein Wille wirklich geschieht, dann hat er Wolfinias Tod gewollt. Und ich muss hier in der Kirche sitzen, im Haus ihres Mörders.

Er schaute zu dem Gekreuzigten hoch und atmete tief ein und aus.

Als spürte Hilde Windbacher, was ihrem Sohn durch den Kopf gehe, legte sie eine Hand auf seinen Arm. Nur diese

Hand hinderte Wolfgang daran, die Kirche sofort zu verlassen.

Als der Gottesdienst zu Ende war, strebten die Verwandtschaft und einige Freunde des Brautpaares ins Gasthaus »Saalbau«, wo schon Kaffee, Hefezopf, Kuchen und Torten auf sie warteten.

Der Brautvater schlug mit dem Löffel gegen seine Tasse und schaute in die Runde, bis die Stimmen verstummten. Dann begrüßte er die Gäste mit einer kurzen Ansprache, wünschte allen einen guten Appetit und ein schönes Fest.

Auf diesen Teil der Hochzeitsfeier freute sich Wolfgang, der ein Süßer war. Er verdrückte ein Stück Apfelkuchen mit Schlagsahne, ein Stück der Käsesahnetorte und als krönenden Abschluss ein Stück Schwarzwälder Kirschtorte.

»Der frisst wieder für zwei«, stichelte Sieglinde, die sich wegen ihrer Figur nur ein Stück vom Marmorkuchen gönnte.

»Lass ihn doch, wenn's ihm schmeckt«, wies Hilde Windbacher sie zurecht.

»Wenn alle so viel …«

Brigitte gab ihrer Schwester einen Puffer. »Sei still!«

»Ich hab gewusst, dass du nur ein Stück essen wirst, weil du nicht dicker werden willst«, sagte Wolfgang lächelnd zu Sieglinde. »Mit meinen drei Stück liegen wir zwei gut im Durchschnitt.«

»Was heißt hier nicht dicker werden?«, fragte sie zurück. »Ich bin nicht dick!«

»Das hab ich doch auch gar nicht behauptet«, sagte Wolfgang und schob ein Stück der Schwarzwälder Kirschtorte in den Mund. »Hmm, die schmeckt wirklich lecker. Ich bin froh, dass du wegen deiner Figur nichts davon isst und ich ein Stück mehr abbekomme. Danke, Schwesterherz.«

»Wenn du glaubst …«

»Schluss jetzt!«, zischte Hilde Windbacher.

»Ich lass mich doch von dem nicht verarschen!«

»Was soll denn das!«, sagte ihr Mann. »Nun gib doch endlich Ruhe!«

Sieglinde warf ihm einen bösen Blick zu, stand auf und preschte davon.

»Wie früher«, klagte Hilde Windbacher. »Kaum seht ihr einander am Kopf, schon müsst ihr streiten.«

»Ich bin gleich fertig«, sagte Wolfgang, »dann gehe ich, und ihr habt eure Ruhe.«

»Du bleibst hier!«, erwiderte die Mutter.

»Mama, dir zuliebe habe ich diesen Anzug angezogen und bin mit in die Kirche gegangen, aber jetzt reicht's mir! Ich gehe!«

»Wolfgang!«

Er ließ einen Rest der Torte auf dem Teller liegen und ging.

# 10

Am Montag sagte Wolfgang zu seinem Chef, er brauche am Dienstagnachmittag Urlaub.

»Das passt mir gar nicht«, brummte Traugott Gerber. »Bei der vielen Arbeit.«

»Aber ich habe noch vier Tage Urlaub gut.«

»Die kann ich dir doch auch auszahlen.« Traugott Gerber seufzte. »Noch lieber wäre mir allerdings, du würdest bleiben. Willst du es dir nicht noch mal überlegen?« Er schaute sich um, ob niemand in der Nähe war und sagte dann leise: »Du bekommst auch drei Mark Stundenlohn.«

Wolfgang schüttelte den Kopf. Es war zu spät. Nicht einmal für vier Mark würde er bleiben.

Traugott Gerber zuckte resignierend mit den Schultern. »Wahrscheinlich könnte ich dir vier Mark bieten und du würdest immer noch nein sagen. Wenn du dir mal etwas in den Kopf gesetzt hast, ziehst du es auch durch.«

»Genau«, rutschte es Wolfgang heraus.

»Im Grunde genommen finde ich es ja lobenswert, dass du weißt, was du willst und es dann auch tust. Aber du machst dir damit nicht viele Freunde.«

»Kann sein«, sagte Wolfgang nur.

Traugott Gerber überlegte. »Ich mache dir einen Vorschlag: Du bekommst morgen Nachmittag Urlaub und lässt dir die anderen dreieinhalb Tage auszahlen.«

Wolfgang war einverstanden, weil er das Geld gut brauchen konnte und weil er nicht wusste, was er mit dreieinhalb Tagen Urlaub hätte anfangen sollen, jetzt, wo niemand Urlaub hatte.

Am Dienstag zog er sich nach dem Mittagessen um und fuhr zum Draht-Fischer, um dort nach Arbeit zu fragen. Im Personalbüro sagte ihm ein grauhaariger Mann, den er vom Sehen kannte, in der Produktion brauchten sie zur Zeit niemand.

Enttäuscht verließ Wolfgang die Fabrik, denn er hatte gehofft, dort eingestellt zu werden. Nun musste er doch beim August Beck fragen, auch wenn er dann seinem Vater täglich über den Weg laufen würde, worauf er gern verzichtet hätte.

Er parkte seinen 12M auf dem Besucherparkplatz. Als er ausstieg, sah er, wie hinter einigen Fenstern der Produktionshalle Köpfe auftauchten. Schnell ging er zum Eingang und zog die schwere Tür auf. Dahinter saß in einem Glaskasten Erika Kissling, die drei Häuser neben den Windbachers wohnte. Sie schaute von der Schreibmaschine auf und war überrascht. »Wolfgang! Ist etwas passiert? Willst du zu deinem Vater?«

Er schüttelte den Kopf. »Ich … äh … ich suche … ich möchte hier anfangen.«

»Du möchtest bei *uns* anfangen?«, wunderte sich Erika Kissling. »Aber du bist doch Maler.«

Wolfgang nickte und sagte: »Trotzdem.«

»Tja, dann geh mal nach oben ins Personalbüro zu Herrn Rauschenbach. Der kann dir sagen, ob du bei uns anfangen kannst.«

»Danke«, sagte Wolfgang und ging die Treppe hoch. Dabei spürte er Erika Kisslings Blick im Rücken. Oben wandte er sich nach rechts. Hinter manchen Türen war Schreibmaschinengeklapper zu hören, hinter anderen war es still. Aus zwei Zimmern drang Stimmengemurmel auf den Flur.

Vor der Tür mit der Aufschrift *Personalbüro* blieb Wolfgang stehen. Er atmete tief durch und klopfte an.

»Herein!«

Noch einmal atmete er durch, drückte dann die Klinke und ging hinein. »Grüß Gott«, sagte er und blieb an der Tür stehen.

Herr Rauschenbach, ein Mann mittleren Alters, der in einem weißen Arbeitsmantel hinter einem Schreibtisch saß, erwiderte seinen Gruß. »Sie wünschen?«

»Ich wollte fragen, ob ich bei Ihnen arbeiten kann.«

Herr Rauschenbach senkte den Kopf ein wenig und musterte Wolfgang über seine Lesebrille hinweg. »Kommt drauf an, was Sie können.«

»Ich … ich habe Maler gelernt.«

»Einen Maler brauchen wir nicht.«

»Ich möchte auch nicht als Maler arbeiten.«

»Sondern?«

»Irgendetwas anderes.«

»Hören Sie, Herr …«

»Windbacher. Wolfgang Windbacher.«

»Windbacher? Sind Sie mit unserem Herrn Windbacher verwandt?«

»Er ist mein Vater.«

»Aha.« Herr Rauschenbach nahm seine Lesebrille ab und deutete auf den Stuhl vor dem Schreibtisch.

Wolfgang setzte sich.

»Warum wollen Sie denn nicht mehr in Ihrem erlernten Beruf arbeiten?«

Mit dieser Frage hatte Wolfgang gerechnet. »Ich bekomme von den Verdünnungsmitteln und den Farbdämpfen immer Kopfschmerzen und Ausschläge.«

»Und trotzdem haben Sie die Lehre beendet und mit der Gesellenprüfung abgeschlossen?«

Wolfgang nickte.

Das imponierte Herrn Rauschenbach. Er stellte noch ein paar weitere Fragen, die Wolfgang alle zu seiner Zufriedenheit beantwortete. Dann machte er ihm folgendes Angebot: »Wenn Sie bei uns in der Schleiferei anfangen, bekommen Sie 4,20 Mark in der Stunde. Sobald Sie eingearbeitet sind, arbeiten Sie im Akkord und können dann deutlich mehr verdienen. Was sagen Sie dazu?«

»Das mache ich.«

# II

Am 1. Oktober 1967 meldete sich Wolfgang zehn Minuten vor sieben bei Herrn Becker, dem Abteilungsleiter der Schleiferei. Herr Becker begrüßte ihn freundlich und stellte ihn den Kollegen vor. Die meisten kannte Wolfgang, am besten Helmut, der mit ihm in der ersten Mannschaft des FCW spielte. Mit ihm hatte Wolfgang auch schon über die Abteilung geredet und wusste, dass die Kollegen in Ordnung waren – bis auf zwei Ausnahmen. Kalle sei ein Kameradenschwein und wolle sich auf Kosten anderer beim Meister einschleimen. Manchmal merke der es leider nicht oder wolle es nicht merken. Und Albert sei ein Eigenbrötler, den man am besten in Ruhe lasse.

Punkt sieben Uhr ertönte ein Hupton und rief die Männer an die Arbeit. Wenig später musste man beim Reden gegen den Maschinenlärm ankämpfen. Der Meister ging mit Wolfgang durch die Abteilung und erklärte ihm, was seine Kollegen taten. Wolfgang passte gut auf.

»Bei uns ist wichtig, dass man sauber und genau arbeitet«, sagte Herr Becker. »Hier kommt's auf Präzision und Fingerspitzengefühl an.« Er führte Wolfgang zu einer Maschine, an der vorne eine Schleifscheibe war. »Ich zeige dir jetzt an kaputten Bohrern und Reibahlen, was du machen und beachten musst. Wenn dir etwas nicht klar ist oder wenn du etwas nicht verstehst, fragst du einfach.«

Wolfgang nickte.

Nach einer guten Stunde wusste Wolfgang, was er zu tun hatte. Er setzte sich an die vom Meister eingestellte Maschine, spannte einen Bohrer zwischen zwei Metallspitzen, drückte den ersten Zahn leicht auf die schmale Stütze und schob ihn gegen die sich drehende Schleifscheibe.

»Nicht schlecht«, sagte der Meister, »aber noch ein bisschen langsamer und gefühlvoller, damit die Zähne nicht blau werden.«

»Mhm«, machte Wolfgang, drehte den nächsten Zahn auf die Stütze und schob ihn deutlich langsamer nach vorn.

»Das war zu langsam.« Der Meister nahm den Bohrer aus der Halterung und zeigte Wolfgang die beiden glatt geschliffen Zahnenden. »Na?«

»Bei dem einen sieht man feine Rillen«, sagte Wolfgang unsicher.

»Genau. Der erste Zahn ist leicht blau, der zweite hat Rillen. Das sieht man schon mit bloßem Auge.« Der Meister ging mit Wolfgang in eine Glaskabine, wo verschiedene Geräte standen. Er hielt den Bohrer unter eine Art Mikroskop, schaltete ein Licht ein und drehte an einem Knopf. »Nun schau mal da rein!«

Das tat Wolfgang und erschrak beinahe. »Das … das sind ja jetzt tiefe Furchen. Und der andere Zahn schimmert in verschiedenen Farben.«

»Und beides darf nicht sein.«

Sie gingen wieder zu der Maschine, und Wolfgang schliff an die nächsten Zähne 30-Grad-Winkel. Der Meister stand neben ihm, korrigierte und gab Tipps. Den vierten Bohrer schauten sie wieder unter dem Mikroskop an.

»Nicht schlecht«, sagte der Meister. »Jetzt musst du die Zähne noch gleichmäßiger an die Schleifscheibe ranschieben, damit die Oberflächenstruktur bei allen Zähnen möglichst gleich wird. Dazu brauchst du noch ein wenig Übung.«

Wolfgang strengte sich an, alles richtig zu machen. Bis zur Mittagspause probierte er an kaputten Werkzeugen. Mit den letzten beiden Bohrern gingen sie noch einmal in die Glaskabine. Der Meister begutachtete sie kritisch und nickte anerkennend. »Du hast schnell gelernt. Heute Mittag zeige ich dir noch bei ein paar anderen Werkzeugen, was du beachten musst. Wenn das auch so gut klappt, kannst du morgen schon mitarbeiten. Natürlich noch nicht im Akkord, dazu fehlt dir noch die Übung. Aber so wie ich das sehe, dauert es bei dir nicht lange, bis du so weit bist.«

Wolfgang freute sich sehr über die Worte, denn er wollte so schnell wie möglich im Akkord arbeiten.

Er gewöhnte sich rasch an die Arbeit in der Fabrik. Nur der Maschinenlärm machte ihm in den ersten Tagen zu schaffen. Aber auch daran gewöhnte er sich, und er fand die Arbeit leicht. Wenn er sie mit dem verglich, was ein Maler alles tun musste, war sie sogar lächerlich leicht. Und dennoch besser bezahlt, viel besser. Das ist doch ungerecht, dachte er. Als Maler musst du drei Jahre in die Lehre. In diesen drei Jahren bekommst du gerade mal um die hundert Mark im Monat. Und wenn du ausgelernt hast – 2,85 Mark Stundenlohn. Und hier fängst du mit 4,20 Mark an, obwohl du keine Ahnung von der Arbeit hast. Und wenn du dich nicht ganz blöd anstellst, kannst du ziemlich schnell im Akkord arbeiten und verdienst noch mehr. Wenn das nicht ungerecht ist! Wer da noch eine Malerlehre macht, ist doch bekloppt.

Nach zwei Wochen bekam Wolfgang eine Kiste mit 500 Bohrern, an deren jeweils sechs Zähne er einen 35-Grad-Winkel schleifen sollte. In der Kiste lag ein Begleitzettel, auf dem stand, wie viel Zeit er hatte, die Maschine einzurichten: Richtzeit 7 Minuten. Darunter stand, wie lange er für jeden Bohrer brauchen durfte: 25 Sekunden. Die Arbeit war in Lohngruppe 5 eingruppiert.

Von Helmut wusste er, was es mit den Zahlen auf sich hatte. Lohngruppe 5 umfasste die einfachen Arbeiten. Wenn man alle

Bohrer in 25 Sekunden schaffte, hatte man genau das Soll erreicht, nämlich 100 Prozent. In Lohngruppe 5 ergab das 4,50 Mark pro Stunde. Arbeitete man schneller, verdiente man entsprechend mehr, brauchte man länger, verdiente man weniger.

Bei diesen 500 Bohrern wollte Wolfgang für sich testen, was er im Akkord verdienen würde. Er rechnete aus, wie lange er brauchen durfte, wenn er die 100 Prozent schaffen wollte und kam einschließlich der Richtzeit auf drei Stunden und 35 Minuten. Die Uhr zeigte 8:09, als Wolfgang begann, die Maschine einzurichten. Das schaffte er in fünf Minuten. Ein Lächeln zog über sein Gesicht. Jetzt hatte er schon zwei Minuten Vorsprung! Doch weil er aufgeregt war, dauerte es eine Weile, bis er den richtigen Rhythmus fand. Für die ersten dreißig Bohrer brauchte er 15 statt der vorgesehenen 12,5 Minuten. Damit hatte er seinen Vorsprung aufgebraucht und schon eine halbe Minute Rückstand auf die Sollzeit. Doch nach weiteren dreißig Bohrern wurden seine Bewegungen und Handgriffe immer selbstverständlicher. Wolfgang musste nicht mehr nachdenken, seine Hände machten automatisch das Richtige. Nach einer Weile nahm er kaum noch wahr, was um ihn herum geschah. Für ihn gab es nur noch die Bohrer, die beiden Metallspitzen, die Stütze und die sich drehende Schleifscheibe.

»Na, klappt's?«

Die Frage von Meister Becker riss Wolfgang aus seinem beinahe tranceartigen Zustand.

Der Meister nahm einen Bohrer aus der Kiste, überprüfte Wolfgangs Arbeit und nickte zufrieden. »Vesperst du heute nicht?«

»Ich … äh … ich hab keinen Hunger.«

»So so«, sagte Meister Becker nur und ging weiter.

Wolfgang fühlte sich gestört. Und nach der Frage des Meisters spürte er tatsächlich, dass er Hunger hatte. Aber er wollte jetzt keine Zeit mit Vespern verplempern. Er griff nach seiner Sprudelflasche und trank ein paar Schlucke. Dann schaute er in die Kiste mit den fertigen Bohrern. Bei der fünften Lage fehlten noch vier Stück. Also hatte er bis jetzt 246 bearbeitet. Um genau rechnen zu können, machte er die vier Bohrer noch, die zur Hälfte fehlten. Dann zeigte die Uhr 9:51. Wolfgang nahm den Zettel, auf dem er ausgerechnet hatte, wie lange er brauchen durfte, und rechnete wieder. Eine Stunde und 42 Minuten habe ich bisher gebraucht, fasste er das Ergebnis in Gedanken zusammen. Wenn ich genau in dem Tempo weiterarbeite, bin ich in drei Stunden und 24 Minuten fertig. Also 11 Minuten schneller als 100 Prozent. Wie viel mehr als 4,50 Mark pro Stunde das geben würde, konnte er nicht ausrechnen; das wollte er Helmut fragen. Jetzt musste er sich wieder an die Arbeit machen, denn die Uhr tickte weiter und zeigte inzwischen schon 9:54.

Es dauerte nicht lange, bis er seinen Rhythmus wieder gefunden hatte und seine Bewegungen automatisch abliefen. Irgendwann spürte Wolfgang, dass er pinkeln musste. Er wollte nicht und versuchte, an etwas anderes zu denken. Ein paar Minuten schaffte er es, sich von dem Druck in seiner Blase abzulenken. Aber dabei ging ihm zu viel durch den Kopf, und er kam aus dem Rhythmus. Ein Bohrer rutschte ihm beim Einspannen ab und fiel zu Boden. Wolfgang hob ihn auf und sah, dass ein Zahn eine Schramme hatte. Er schaute sich um, aber niemand schien etwas bemerkt zu haben. Wolfgang legte den Bohrer beiseite und ging eiligen Schrittes zur Toilette. Im Hinausgehen warf er einen Blick auf die Uhr: 10:38. Als er wieder hereinkam, standen die Zeiger auf 10:42.

Vier Minuten vergeudet, dachte Wolfgang und setzte sich an seine Maschine, ohne mit einem seiner Kollegen auch nur ein Wort zu wechseln.

Punkt 11:37 Uhr legte er den letzten Bohrer in die Kiste und schaute auf seinen Zettel. Sieben Minuten war er schneller als 100 Prozent. Im ersten Moment war Wolfgang ein wenig enttäuscht, dass er nicht mehr Zeit gutgemacht hatte. Aber dann sagte er sich, dass das für den Anfang gar nicht schlecht war. Wenn er noch ein wenig mehr Übung hatte, würde er 110 Prozent schaffen, vielleicht sogar 120 Prozent. Davon war er überzeugt.

# 12

Nach Feierabend lag Wolfgang meistens in seinem Zimmer und las. Unterbrochen wurde seine Lesereise nur vom Training am Dienstag und Donnerstag. Manchmal baten ihn Verwandte oder Bekannte, ein oder zwei Zimmer für sie zu renovieren. Wenn er an das Geld dachte, hätte er am liebsten zugesagt; aber dann hätte er viel Lesezeit verloren, und deswegen lehnte er die meisten Anfragen ab. Er war auf dem Weg zu einem eigenen Leben, und dafür musste er noch mehr wissen und verstehen, viel mehr.

Kurz vor acht ging er in die Stube, um aus der *Tagesschau* zu erfahren, was es in Deutschland und der Welt Neues gab.

Karl-Heinz Köpcke begrüßte die Zuschauer und berichtete in der ersten Meldung, auch zwei Wochen nach dem Tod von Ernesto Che Guevara seien die Hintergründe noch immer nicht geklärt. In vielen Ländern gebe es Proteste gegen die bolivianische Regierung, so auch in der Bundesrepublik. Bei einer Demonstration in Berlin habe der Studentenführer Rudi Dutschke der bolivianischen Regierung vorgeworfen, Che Guevara ermordet zu haben.

Dann wurde ein Film von der Demonstration eingespielt.

»Immer wieder dieser Dutschke«, schimpfte Eugen Windbacher. »Ob es um Vietnam geht oder um Persien oder um diesen Che Guevara, immer spielt der Kerl sich auf, als ob er alles besser wüsste. Und wie der schon aussieht! Lange Haare und unrasiert, wie ein Verbrecher!« Er wandte sich zu Wolfgang um, der nach Meinung seines Vaters dringend zum Friseur musste. »Willst du auch so rumlaufen wie der?«

»Ich laufe so rum, wie's mir gefällt, und lange Haare gefallen mir«, antwortete Wolfgang ruhig.

»Dann kannst du auch gleich mit denen demonstrieren, du bist doch auch immer gegen alles und weißt alles besser!«

»Eugen!«, rief Hilde Windbacher, um ihren Mann zu bremsen.

»Wenn ich nicht in diesem Kaff leben würde, sondern in Berlin, wäre ich auch dabei, da kannst du Gift drauf nehmen.«

»Das glaub ich dir sofort«, brummte Eugen Windbacher, drehte sich wieder zum Bildschirm und murmelte: »Das hätt's beim Adolf nicht gegeben.«

Da war er mal wieder, dieser Satz, den Wolfgang schon als Junge oft gehört, damals aber nicht verstanden hatte. Inzwischen verstand er ihn und konnte ihn nicht mehr hören. »Beim Adolf sind solche wie wir im KZ verschwunden, und du findest das anscheinend richtig …«

»Wolfgang! Sei still!«, fiel ihm seine Mutter ins Wort.

Doch Wolfgang ließ sich nicht bremsen. »Hast du eigentlich vergessen, dass *dein* Adolf einen Krieg angefangen hat, bei dem über 50 Millionen Menschen getötet wurden? Und dass er sechs Millionen Juden vergasen ließ? Wie kannst du da noch sagen, beim Adolf hätt's das nicht gegeben? Da hat's viel schlimmere Dinge gegeben. Dein Adolf ist nämlich der schlimmste Verbrecher, den es je gegeben hat!«

»Du hast doch keine Ahnung«, sagte Eugen Windbacher nur, ohne dabei den Kopf zu drehen.

»Natürlich, ich war im Krieg nicht dabei und kann deswegen auch nicht mitreden«, gab Wolfgang spitz zurück. »Aber ich muss nicht im Krieg gewesen sein, um zu wissen, dass Hitler ein Verbrecher war und dass ihr ihm zugejubelt habt.« Er stand auf und verließ die Wohnstube.

Ich muss ausziehen, oder ich brauche einen eigenen Fernseher, sagte er zu sich, als er auf seinem Bett lag. Aber wohin? Wenn Wolfinia noch leben würde, wüsste ich wohin. Bei dem Gedanken an seine Wolfinia spürte er wieder das Ziehen vom Magen bis in die Brust. Warum?, fragte er zum tausendsten Mal. Warum?

Er stand auf, zog Schuhe und eine Jacke an, holte sein Rad aus dem Schuppen und fuhr ziemlich flott in die Dämmerung hinaus.

Vierzig Minuten später lag er wieder auf seinem Bett und griff nach dem Buch, in dem er seit vorgestern zu lesen versuchte: *Deutsches Lesebuch – Gedanken und Geschichten*. Beinahe hätte er es wieder weggestellt, weil Lesebuch ihn an die Schule erinnerte. Aber dann schlug er es doch auf und entdeckte schon vor dem Inhaltsverzeichnis einen Vierzeiler, unter dem *Erich Kästner* stand. Von ihm hatte Wolfgang *Emil und die Detektive* gelesen:

*Ich könnte euch Verschiedenes erzählen,*
*was nicht in euren Lesebüchern steht.*
*Geschichten, welche im Geschichtsbuch fehlen,*
*sind immer die, um die sich alles dreht.*

Der Vierzeiler gefiel Wolfgang. Er sollte dem Leser wohl sagen, dass in diesem Lesebuch die Geschichten standen, um die sich alles drehte. Neugierig gemacht, las er das Inhaltsverzeichnis. Das erste Kapitel war überschrieben mit *In den Trümmern*, das zweite mit *Schuld und Sühne*. Im zweiten Kapitel hatte sich Wolfgang mit drei Texten abgemüht. Einer war von Hannah Arendt, einer von Theodor W. Adorno und der dritte von Jean Améry. Dreimal hatte er aufgegeben, am schnellsten bei Adorno. Wenn meine Wolfinia diese Texte verstanden hat, muss sie noch viel klüger gewesen sein, als ich gedacht habe, fand Wolfgang. Nur ihr zuliebe unternahm er jetzt noch einen vierten Versuch.

Im dritten Kapitel *Wirtschaftswunderwelt* war ein Text von Karl Jaspers abgedruckt: *Wohin treibt die Bundesrepublik?*

*Die Unwahrhaftigkeit aufzuhellen, ist Voraussetzung jeder gedeihlichen Entwicklung. Jetzt geht ein Zug von Verlogenheit durch unser politisches und damit auch persönliches Leben.*

*Die Lügen in ihrem Grunde sind das Gift der Staaten.*

*Bei uns aber gehen die Lügen viel tiefer, begegnen uns sozusagen auf Schritt und Tritt. Man kann sie vielleicht alle um die eine gruppieren: Die Deutschen waren eigentlich nie Nationalsozialisten. Sie sind einem bösen Verbrecher durch ein unbegreifliches Verhängnis in die Hände gefallen. Ihre Denkungsart mag durch den Terror, wie es menschlich ist, hier und da getrübt worden sein. Aber im Grunde waren sie immer anständig, wahrheitsliebend und friedfertig geblieben, waren es vorher und sind es heute …*

*Dies Fortwirken der alte Nationalsozialisten ist ein Grundgebrechen der inneren Verfassung der Bundesrepublik. Alle verdammen Hitler, alle behaupten, nicht eigentlich Nationalsozialisten gewesen zu sein. Die Amerikaner sagten 1945 spöttisch: In ganz Deutschland ist kein Nationalsozialist zu finden. Wie kleinlaut waren sie 1945! Sie rechtfertigten sich, sie seien mißbraucht worden. Wie bescheiden und vorsichtig noch 1948! Seitdem wurden sie mit der Macht der Wirtschaft und der neuen Geltung des Staates in der Welt immer selbstbewußter als Mitglied einer scheinbar wieder aufrückenden Großmacht.*

Wolfgang ließ das Buch auf die Brust sinken. Nach dem Krieg wollte keiner ein Nazi gewesen sein, dachte er. Zumindest nicht, wenn man die Leute fragte. Aber innen waren es viele und sind es immer noch, genau wie *er*. Wie könnte er sonst so oft sagen, beim Adolf hätt's das nicht gegeben. Das sagt man doch nur, wenn man sich wünscht, dass es wieder so wie damals wird. Der ist doch bekloppt! Wie kann er sich das denn wünschen. Er weiß doch, was damals passiert ist. Weiß er es wirklich? Wahrscheinlich will er es gar nicht wissen. Deswegen sagt er immer, wenn sie im Fernsehen etwas über die Nazis bringen: Schalt den Mist aus.

Und Dutschke hat neulich im Fernsehen gesagt, dass in vielen Firmen und Behörden immer noch alte Nazis sitzen. Sogar Bundeskanzler Kiesinger sei in der Nazipartei gewesen. Das passt den Leuten natürlich nicht, dass Dutschke das sagt. Deswegen würden sie ihn am liebsten einsperren oder in die DDR schicken oder gleich umbringen. Aber wenn es doch stimmt. Dieser – Wolfgang schaute nach dem Namen des Verfassers – Karl Jaspers schreibt doch auch, dass es bei uns noch viele alte Nazis gibt. Aber dass so einer sogar Bundeskanzler werden kann, ist doch unmöglich. Bestimmt hat *er* den gewählt, weil er auch ein alter Nazi ist. Ich muss hier raus, so bald wie möglich!

# 13

Es dauerte keine vier Wochen, bis Wolfgang zum ersten Mal die 120 Prozent schaffte. Als er das seinen Kollegen stolz verkündete, freuten die sich keineswegs mit ihm. Im Gegenteil, sie reagierten mit finsteren Mienen.

»Was ist denn los?«, fragte er.

»Bist du so dumm oder tust du nur so?«, fragte Kalle.

»Wieso dumm?« Wolfgang schaute hilfesuchend zu Helmut. »Hab ich was falsch gemacht?«

»Du machst uns die Akkorde kaputt«, sagte Kalle vorwurfsvoll.

Wolfgang verstand nicht, was Kalle meinte.

»Du nix so schnell dürfe arbeite«, radebrechte Umberto. »Sonst komme Refa-Mann mit die Uhr. Das scheiße! Dann wir alle müsse schnell arbeite. Capito?«

Wolfgang guckte Umberto mit großen Augen an.

»Erklär du's ihm!«, sagte Kalle zu Helmut. »Ihr kickt ja auch zusammen.«

Helmut nahm Wolfgang beiseite und redete leise mit ihm. »Das mit den Akkordzeiten ist eine heikle Sache. Also, pass auf: Wenn ein neues Werkzeug hergestellt wird, kommt ein Refa-Mann aus dem Büro …«

»Was ist ein Refa-Mann?«

»Das erkläre ich dir später. Der Refa-Mann stellt sich mit der Stoppuhr neben uns und stoppt, wie lange wir für einen Arbeitsgang brauchen. Wenn der uns stoppt, arbeiten wir möglichst langsam, ist doch klar, oder?«

»Ach so.«

»Aber natürlich nicht so, dass es auffällt«, redete Helmut weiter. »Das ist nicht einfach, weil die Refa-Männer nicht doof sind. Trotzdem gibt es einige Tricks, mit denen wir die Zeit für den Arbeitsgang etwas verlängern können. Die Zeit brauchen wir, damit wir mal aufs Klo können oder eine rauchen oder auch mal ein paar Worte reden. Verstehst du?«

Wolfgang nickte.

»Wenn du als Neuer nun kommst und 120 Prozent machst, fällt das den Refa-Männern natürlich auf. Und wenn das öfter passiert, gehen sie davon aus, dass wir sie bei der Zeitnahme ausgetrickst haben. Das mögen sie gar nicht, wie du dir sicher denken kannst. Dann gibt es zwei Möglichkeiten: Entweder sie stoppen uns neu. Dabei schauen sie besonders kritisch auf jeden Handgriff. Das Ergebnis ist, dass wir weniger Zeit für den Arbeitsgang bekommen. Oder sie kürzen die Zeit ohne neues Stoppen einfach am Schreibtisch. Egal wie sie es machen, wir müssen auf jeden Fall schneller arbeiten, um gleich viel zu verdienen wie zuvor. Ist dir jetzt klar, warum wir uns über deine 120 Prozent nicht freuen?«

»Das … das hab ich nicht gewusst.«

»Deswegen hab ich es dir ja gesagt.« Helmut gab ihm einen freundschaftlichen Puffer. »So, und jetzt muss ich wieder an meine Maschine, sonst komme ich heute nicht mal auf 100 Prozent.«

Wolfgang trottete zu Meister Becker und fragte, was er als nächstes tun solle. Der Meister ging mit ihm zum Regal, wo die Kisten mit den Bohrern und Reibahlen standen. Er griff in die oberste, holte einen Bohrer mit acht Zähnen und den Begleitzettel heraus und las kurz die wichtigsten Angaben. »Das ist HSS-Stahl. Dafür brauchst du eine Spezialschleifscheibe. Die gebe ich dir gleich. Es sind tausend Stück. Die bekommen alle einen 45-Grad-Winkel. Das ist eine schöne Arbeit – in Lohngruppe 6.«

Lohngruppe 6! Wolfgang freute sich. Es war das erste Mal, dass der Meister ihm eine Arbeit in Lohngruppe 6 gab. Bei 100 Prozent verdiente man 4,90 Mark in der Stunde. Wenn ich 110 Prozent schaffe … Aber darf ich das überhaupt? Oder sind 110 Prozent auch schon zu viel? Mache ich damit auch schon den Akkord kaputt?

»Wolfgang, was ist?«, fragte der Meister und riss ihn damit aus seinen Gedanken.

»Äh … ja … danke«, stotterte er, nahm eine Kiste aus dem Regal und trug sie zu seiner Maschine. Dort las er auf dem Begleitzettel, dass 8 Minuten Richtzeit und pro Bohrer 34 Sekunden vorgesehen waren. 15:12 trug Wolfgang in die Spalte *Beginn* ein. Wie lange er brauchen durfte, wollte er zu Hause in Ruhe ausrechnen. Es würden auf jeden Fall etliche Stunden sein, das war klar.

Als er auf die Toilette musste, sah er durch ein Fenster Hotte und Stefan am Haus gegenüber auf dem Gerüst stehen und Fenster streichen, obwohl es nieselte und schon novemberkalt war. Bin ich froh, dass ich bei diesem Wetter nicht da drüben arbeiten muss, sondern hier im Trockenen und Warmen – und dabei auch noch viel mehr verdiene, dachte Wolfgang.

Bei dem Gedanken ans Verdienen drehte er sich vom Fenster weg und ging weiter. Auf dem Rückweg von der Toilette warf er noch mal einen Blick zu seinen ehemaligen Kollegen hinüber. Maler ist schon ein Scheißberuf, murmelte er.

Froh setzte Wolfgang sich wieder an seine Maschine und spannte den nächsten Bohrer ein.

Als der Hupton um halb fünf das Arbeitsende verkündete, zählte Wolfgang die fertigen Bohrer. Es waren 138. Er war gespannt, ob er damit über den 100 Prozent lag, und wenn ja, wie viel.

Im Hinausgehen drängte sich Umberto neben ihn und flüsterte ihm zu: »Du nix immer schnell arbeite wegen Refa-Mann. Capito?«

»Ja, ja, ich hab's kapiert«, beruhigte ihn Wolfgang.

»Dann gut«, sagte Umberto erleichtert und klopfte ihm auf die Schulter.

Draußen zog Wolfgang den Reißverschluss seines Anoraks hoch, lief zu seinem Auto und fuhr nach Hause. Dort nahm er als erstes ein Blatt und rechnete. 138 mal 34 Sekunden ergaben 4692 Sekunden. Die geteilt durch 60 machte 78 Minuten. Dazu kamen noch 8 Minuten Richtzeit. 86 Minuten hätte er also brauchen dürfen, um 100 Prozent zu erreichen. Gebraucht hatte er aber nur 78 Minuten – obwohl er auf der Toilette war und Hotte und Stefan kurz zugeschaut hatte. 8 Minuten Vorsprung, das waren knapp 10 Prozent. Und wenn er gewollt hätte, wäre noch mehr drin gewesen. Aber nach dem Gespräch mit Helmut hatte er nicht gleich Vollgas gegeben. Trotzdem war er schon auf knapp 110 Prozent gekommen. Also musste er morgen aufpassen, dass er nicht zu schnell wurde. Sonst würde er Ärger mit seinen Kollegen bekommen. Und das wollte er nicht.

Wolfgang zog seine Arbeitsklamotten aus und wusch sich. Dann legte er sich auf sein Bett und griff nach dem Buch, das er gestern begonnen hatte. Dass Aldous Huxley seinen Roman *Schöne neue Welt* in der Zukunft spielen lässt, fand Wolfgang interessant. Und als er las, dass Henry Ford in dieser Welt als Gott verehrt wird, weil er die Fließbandarbeit erfunden hat, dachte Wolfgang an seinen Ford 12M und musste schmunzeln. Weniger witzig fand er, dass in dieser neuen Welt alles geplant und nichts dem Zufall überlassen wird, schon gar nicht die Zeugung und das Aufwachsen der Kinder. Der Direktor der Brut- und Normzentrale Berlin-Dahlem erklärt einer Studentengruppe, wie in Brutöfen aus befruchteten Eizellen in Flaschen Embryos gezüchtet und biochemisch genormt werden: Alphas, die künftigen Führungskräfte, erhalten beste Nährstoffe, damit sie sich optimal entwickeln können. Die später unter ihnen stehenden Betas, Gammas, Deltas und Epsilons bekommen nur so viel Nährstoffe, wie sie brauchen, um ihre Aufgaben erfüllen zu können. Außerdem wird bei ihnen die Sauerstoffzufuhr reduziert. Je niedriger die Kaste, desto weniger Sauerstoff. Das garantiert, dass keiner zu intelligent wird. »Wenn wir unsere Kleinlinge entkorken, haben sie bereits ihren festen Platz in der Gesellschaft«, erklärt der Direktor.

Wenn die Embryos dann entkorkt sind, kommen sie in die Kleinkinderbewahranstalt. Dort führt der Direktor die Studenten in die Neo-Pawlowschen Normungssäle und lässt ihnen vorführen, wie acht Monate alte Kinder der Deltakaste genormt werden: Man setzt sie zwischen Blumen und gibt ihnen Bilderbücher.

*Aus den Reihen der krabbelnden Kinder ertönten kleine aufgeregte Schreie, freudiges Lallen und Zwitschern.*

*Der Direktor rieb sich die Hände. »Großartig!« sagte er. »Fast wie auf Bestellung!«*

*Die Flinksten unter den Krabblern waren schon am Ziel. Zaghafte Händchen streckten sich aus, berührten, erfaßten und entblätterten die vom Sonnenlicht verklärten Rosen, zerknitterten die bebilderten Buchseiten. Der Direktor wartete, bis alle seelenvergnügt beschäftigt waren. »Und nun passen Sie auf!« sagte er und gab mit erhobener Hand ein Zeichen.*

*Die Oberpflegerin, die am andern Ende des Saals vor einem Schaltbrett stand, drückte einen kleinen Hebel nieder.*

*Ein heftiger Knall. Gellendes und immer gellenderes Sirenengeheul. Rasendes Schrillen von Alarmklingeln.*

*Die Kinder erschraken und schrien auf, die Gesichtchen von Entsetzen verzerrt.*

*»Und jetzt«, brüllte der Direktor, denn der Lärm war ohrenbetäubend, »werden wir die Lektion mittels eines elektrischen Schlägelchens einbleuen.«*

*Er winkte abermals, die Oberpflegerin drückte einen zweiten Hebel nieder. Das Plärren der Kinder hörte sich plötzlich anders an. Verzweiflung, fast Wahnsinn klang aus diesen durchdringenden Schreikrämpfen. Ihre Körperchen wanden und steiften sich, ihre Glieder zuckten wie von unsichtbaren Drähten gezogen.*

*»Wir können durch diesen ganzen Streifen des Fußbodens elektrischen Strom schicken«, brüllte der Direktor erklärend. »Aber jetzt genug!« bedeutete er der Pflegerin.*

*Die Detonationen hörten auf, die Klingeln verstummten, das Sirenengeheul erstarb Ton für Ton. Die zuckenden Kinderleiber lösten sich aus ihrem Kampf, das irre Stöhnen und Schreien ebbte zu einem gewöhnlichen Angstgeplärr ab.*

*»Geben Sie ihnen nochmals die Blumen und Bücher!«*

*Die Pflegerinnen gehorchten, aber bei der leisesten Annäherung der Rosen, beim bloßen Anblick der bunten Miezekatzen, Hottehüpferdchen und Bählämmer wichen die Kinder schaudernd zurück; ihr Geplärr schwoll sogleich wieder zu Entsetzensgeschrei an.*

*»Beachten Sie das, meine Herren«, sagte der Direktor triumphierend, »beachten Sie das wohl!«*

*Bücher und Getöse, Blumen und elektrische Schläge – schon im kindlichen Geist waren diese Begriffspaare nun zwanghaft verknüpft, und nach zweihundert Wiederholungen dieser oder ähnlicher Lektionen waren sie untrennbar. Was der Mensch zusammenfügt, das kann Natur nicht scheiden.*

*»So wachsen sie mit einem, wie die Psychologen zu sagen pflegen, ›instinktiven‹ Hass gegen Bücher und Blumen auf. Wir normen ihnen unausrottbare Reflexe an. Ihr ganzes Leben lang sind*

*sie gegen Druckerschwärze und Wiesengrün gefeit.« Der Direktor wandte sich an die Pflegerin. »Schaffen Sie sie hinaus!«*

*Ein Student hob zwei Finger: er sehe ja ein, daß es nicht gehe, Angehörige der unteren Kasten ihre der Allgemeinheit gehörende Zeit mit Büchern vergeuden zu lassen, ganz abgesehen von der Gefahr, dass sie etwas läsen, was unerwünschterweise einen ihrer angenormten Reflexe abbiegen könnte, und doch … nein, er verstehe das mit den Blumen nicht. Warum nehme man sich die Mühe, den Deltas die Freude an Blumen psychologisch unmöglich zu machen?*

*Geduldig erklärte es der Direktor. Daß man die Kinder beim bloßen Anblick einer Rose in Schreikrämpfe versetzte, entsprang einer höchst ökonomischen Voraussicht … Primeln und Landschaft, dozierte er, hätten einen großen Fehler: sie seien gratis. Liebe zur Natur halte keine Fabrik beschäftigt. Man hatte daher beschlossen, die Liebe zur Natur abzuschaffen, wenigstens unter den niederen Kasten.*

Das gibt's nicht, dachte Wolfgang. Oder vielleicht doch? Vielleicht sind wir auch alle genormt und wissen es nicht. Aber einen Hass gegen Bücher hat mir jedenfalls niemand angenormt. Ich lese ja gerade ein Buch. Nein, nicht ein Buch, sondern dieses Buch. Und das bringt neue Gedanken in meinen Kopf. Ob die allen erwünscht sind, weiß ich nicht. Ich glaube es zwar nicht, aber ich kann das Buch jedenfalls lesen und mir Gedanken machen. So schlimm wie in der Schönen neuen Welt ist es bei uns nicht. Warum nennt Huxley das Buch überhaupt *Schöne neue Welt?* Das ist doch keine schöne, das ist eine schreckliche Welt.

Wolfgang las weiter. Die nächste Station des Rundgangs ist die Schlafschule. Dort wird den Studenten die Hypnopädie vorgeführt: Den schlafenden Kindern werden durch elektronische Flüsterstimmen ihr jeweiliges Kastenbewusstsein und verschiedene Verhaltensregeln eingeprägt. Aus den Kopfkissen der Betakinder flüstert es gerade:

*»Alphakinder tragen Grau. Sie arbeiten viel mehr als wir, weil sie so schrecklich klug sind. Oh, wie froh bin ich, daß ich ein Beta bin und nicht so viel arbeiten muss! Wir Betas sind etwas viel Besseres als Gammas und Deltas. Gammas sind dumm. Sie tragen alle Grün, und Deltakinder tragen Khaki. Nein, ich mag nicht mit Deltakindern spielen. Und Epsilons sind noch schlimmer. Sie sind zu dumm zum Lesen und Schreiben. Außerdem tragen sie Schwarz, und das ist eine abscheuliche Farbe. Oh, wie froh bin ich, daß ich ein Beta bin!«*

*»Man wiederholt es ihnen vierzig- bis fünfzigmal, bevor sie erwachen, dann Donnerstag und Sonnabend nochmals. Hundertzwanzigmal in der Woche, dreißig Monate lang. Nachher erhalten sie Unterricht für Fortgeschrittene … Bis endlich der Geist des Kindes aus lauter solchen Einflüsterungen besteht und die Summe dieser Einflüsterungen selbst der Geist des Kindes ist. Und nicht nur der des Kindes, auch des Erwachsenen – auf Lebenszeit. Der urteilende, begehrende, Entschlüsse fassende Verstand – er ist aus diesen Einflüsterungen aufgebaut. Und alle diese Einflüsterungen sind unsere Einflüsterungen!«*

*Fast triumphierend rief es der Direktor. »Einflüsterungen des Staates!« Er schlug auf den Tisch, neben dem er stand. »Und daraus folgt …«*

*Ein Geräusch ließ ihn sich umwenden.*

*»Allmächtiger Ford!« sagte er in verändertem Ton. »Jetzt hab ich die Kinder aufgeweckt!«*

Damit war das zweite Kapitel zu Ende. Wolfgang klappte das Buch zu. Ob es so etwas wirklich gibt? fragte er sich. Eigentlich konnte er sich das nicht vorstellen. Andererseits war vieles möglich in einer Zeit, in der man in jeder Winterlinger Stube ein Fußballspiel sehen konnte, das in Stuttgart, München, Hamburg oder sogar in einem anderen Land stattfand.

Jeden Abend sitzen in Deutschland viele Millionen vor dem Fernseher und schauen sich die Tagesschau an. Und alle sehen und hören das Gleiche. Denken sie anschließend auch das Gleiche? Wolfgang schüttelte den Kopf. Bei *ihm* und mir trifft das auf jeden Fall nicht zu. *Er* sieht Rudi Dutschke und sagt, der gehört nach drüben. Das hat Hotte auch immer gesagt, genau wie viele andere. Ab nach drüben! Von denen war doch noch keiner drüben, keiner weiß, wie es in der DDR ist. Aber alle tun so, als wüssten sie es ganz genau, und alle reden das Gleiche daher. Wie kommt dieses Gleiche in die Köpfe?

# 14

Wolfgang war hin- und hergerissen. Er hätte 130 Prozent schaffen und damit knapp 6,50 Mark pro Stunde verdienen können. 6,50 Mark! Davon hätte er vor einem halben Jahr nicht einmal zu träumen gewagt. Und jetzt hatte er es in der Hand. Nein, das hatte er nicht. Er durfte keine 130 Prozent machen, das war ihm klar. Einerseits wollte er so viel wie möglich verdienen. Doch er musste unter 120 Prozent bleiben. Aber wie viel? Waren 115 Prozent noch erlaubt, ohne dass ein Refa-Mann kam? Wolfgang rechnete und überlegte und entschied sich schließlich schweren Herzens für 114 Prozent. Es fiel ihm schwer, langsamer zu arbeiten, als es ihm möglich gewesen wäre. Mehrmals ging er auf die Toilette und hielt dabei nach seinen früheren Kollegen Ausschau. Das Gerüst stand noch, aber von Hotte und Stefan war nichts zu sehen.

Um Viertel nach drei stellte er die dritte Kiste auf die beiden anderen ins Regal und sagte zu Meister Becker, er sei fertig. Der schaute sich ein paar Bohrer genau an und nickte. »Gut gemacht. Na, dann wollen wir mal sehen, was als nächstes ansteht.«

Er gab Wolfgang eine neue Arbeit: 800 Reibahlen mit fünf Zähnen, an die er einen 32-Grad-Winkel schleifen musste.

Wolfgang sah, dass es wieder eine Arbeit in Lohngruppe 5 war und guckte entsprechend.

»Diese Arbeiten müssen auch gemacht werden«, sagte der Meister.

»Klar.« Wolfgang trug die Kiste zu seinem Platz und richtete die Maschine ein. Erst dann trug er in den Begleitzettel des letzten Auftrags 15:26 Uhr in die Spalte *Ende* ein und beim neuen Begleitzettel 15:27 Uhr in die Spalte *Beginn* – obwohl es erst 15:24 Uhr war. Zusammen mit den sieben Minuten Richtzeit hatte er also schon zehn Minuten Vorsprung. Den konnte er gut gebrauchen, denn bei diesen Reibahlen war es seinen Kollegen offensichtlich nicht gelungen, den Refa-Mann auszutricksen. Wolfgang merkte bald, dass er froh sein musste, wenn er diesmal die 100 Prozent schaffte. Und obwohl er alles gab, gelang ihm das nicht. Am Ende reichte es gerade mal zu 93 Prozent, worüber er sehr enttäuscht war.

So ging es ihm auch in den nächsten Wochen und Monaten oft, denn neben guten Arbeiten gab es weniger gute und schlechte. Immer öfter musste Wolfgang an Charly Chaplin in dem Film *Moderne Zeiten* denken. Und manchmal fühlte er sich wie Charly, der am Fließband steht und Schrauben anziehen muss. Weil das Band ziemlich schnell läuft, muss Charly arbeiten wie verrückt. Jede noch so kleine Ablenkung bringt ihn ins Hintertreffen. Und obwohl er alles gibt, schafft er das Tempo irgendwann nicht mehr und wird von der Maschine geschluckt.

An manchen Tagen hatte Wolfgang das Gefühl, er arbeite nicht an der Maschine, sondern hänge an ihr. Seine Bewegungen liefen automatisch, seine Hände, seine Arme und Beine, ja sein ganzer Körper gehörten nicht mehr ihm, sondern der Maschine. Die saugte ihn aus, und er fühlte sich leer, war zu keinem Gedanken mehr fähig und nahm kaum noch wahr, was um ihn herum geschah. Dann schaffte er es nach Feierabend nicht, mit den Arbeitsklamotten auch den Arbeitsrhythmus abzulegen. An solchen Abenden musste er mindestens eine Stunde intensiv laufen oder Rad fahren, um wieder zu sich zu kommen.

Je länger Wolfgang im Akkord arbeitete, desto klarer wurde ihm, dass er das nicht zu lange tun durfte. Sonst konnte es sein, dass er den Absprung nicht mehr schaffte. Als ihm Meister Becker mal wieder einen guten Auftrag gegeben hatte, bei dem Wolfgang zwischendurch kleine Pausen machen musste, um nicht über 120 Prozent zu kommen, beobachtete er seine Kollegen. Hermann und Ludwig, die beiden Ältesten, arbeiteten seit 1948 und 1950 in der Abteilung. 20 und 18 Jahre. Beide schienen mit dem Leben zufrieden zu sein. Wolfgang hatte sie ganz selten meckern und noch nie schimpfen gehört. Meistens waren sie gut gelaunt, und Hermann summte oft ein Lied vor sich hin. Die beiden kamen ihm vor wie Epsilons in Huxleys *Schöner neuer Welt.* Wie konnte man mit diesem Leben so zufrieden sein, wenn man nicht von klein auf dafür genormt worden war? Jeden Tag irgendwelche Winkel an irgendwelche Bohrer und Reibahlen schleifen, fünf Tage in der Woche. Wie konnte ein Mensch das 20 Jahre aushalten und dabei noch fröhlich Liedchen summen? Dafür musste man doch genormt oder auf andere Weise behandelt worden sein.

Wie viele Zähne an Bohrern und Reibahlen hatte Hermann in diesen 20 Jahren abgeschliffen? Zehntausende? Hunderttausende? Millionen?

Wolfgang begann zu rechnen. Als Durchschnittswert nahm er 14 Zähne pro Minute. Das machte in der Stunde 840, am Tag 6.720 und in der Woche 33.600. Wenn man von den 52 Wochen drei Wochen Urlaub abzog, ergab das im Jahr 1.646.400 Zähne. Und in 20 Jahren? 32.928.000! Fast 33 Millionen Zähne hatte Hermann abgeschliffen. Wahnsinn! Und auch jetzt summte er vor sich hin. Vielleicht lag das gar nicht daran, dass er gut gelaunt war, dachte Wolfgang. Vielleicht war er übergeschnappt und verrückt. Bei 33 Millionen Zähnen muss man doch verrückt werden.

Wolfgang wollte wissen, wie viele Zähne es bei ihm gäbe, wenn er bis zur Rente hier arbeiten würde. Er war jetzt neunzehn, hätte also noch 46 Jahre vor sich. Ein gutes Jahr arbeitete er schon hier, machte zusammen 47 Jahre. Er multiplizierte 1.646.400 mit 47 und kam nach langem Rechnen auf 77.380.800. Wolfgang musste lachen, laut lachen.

Meister Becker und seine Kollegen schauten zu ihm her.

»Was ist denn so lustig?«, fragte der Meister.

»77 Millionen!«, gluckste Wolfgang.

»77 Millionen?« Der Meister schaute von Wolfgang zu den andern. »Wisst ihr, was das bedeutet?«

Sie schüttelten die Köpfe.

»He, Wolfi, was ist los?«, fragte Helmut.

»Wenn ich mich nicht verrechnet habe und bis zur Rente hier arbeiten würde, müsste ich 77 Millionen Zähne abschleifen«, antwortete Wolfgang und lachte wieder. »77 Millionen!«

»Hä?«

Umberto machte eine Scheibenwischerbewegung vor dem Kopf. »Der hatte nix alle Tasse in Schrank.«

»Oh, doch«, erwiderte Wolfgang. »Noch habe ich alle Tassen im Schrank, und ich möchte sie auch alle behalten. Deswegen werde ich keine 77 Millionen Zähne abschleifen, das ist sicher!«

»Wie kommst du denn auf 77 Millionen?«, wollte Helmut wissen.

»Hab ich ausgerechnet.«

»77 Millionen hin oder her«, sagte der Meister, »jetzt arbeiten wir alle weiter. Sonst denken die andern noch, hier würde der Aufstand geprobt.«

Die Männer wandten sich wieder zu ihren Maschinen. Auch Wolfgang arbeitete weiter. Vorläufig blieb ihm ja nichts anderes übrig.

# 15

»Hast du auch einen Einberufungsbescheid bekommen?«, fragte Rudi, als sie sich zum Training umzogen.

Wolfgang schüttelte den Kopf.

»Ich muss am 2. Januar in Münsingen einrücken.«

»Selber schuld, wenn du nicht verweigert hast«, sagte Bernhard, der mit ihnen in die Grundschule gegangen war, dann aufs Gymnasium nach Ebingen gewechselt und Abitur gemacht hatte. Zur Zeit arbeitete er bei der Post, um Geld für sein Studium zu verdienen.

»Wenn jeder verweigern würde, hätte der Russe leichtes Spiel«, mischte sich jetzt Walter Gomeringer ein. »Er könnte bei uns einmarschieren und Deutschland zu einer zweiten DDR machen. Dann wäre es aber aus mit verweigern, das kann ich dir sagen!«

»Es verweigert ja nicht jeder«, erwiderte Bernhard, »weil es genug Kerle gibt, die gern Krieg spielen wollen.«

»Und denen haben es Kerle wie du zu verdanken, dass sie in einem freien Land leben können«, gab Walter Gomeringer zurück.

Wolfgang überlegte sich, ob er etwas dazu sagen sollte. Sätze aus Huxleys *Schöner neuer Welt* schwirrten ihm durch den Kopf.

»Du solltest mal zwei Bücher von Herbert Marcuse lesen: *Der eindimensionale Mensch* und *Repressive Toleranz*«, sagte Bernhard zu Walter Gomeringer. »Dann würdest du sehen, dass es mit der Freiheit in unserem Land nicht so weit her ist, wie du glaubst.«

»Dann geh doch nach drüben!«

Bernhard lächelte. »Ich geh jetzt sofort nach drüben – auf den Platz und lauf mich warm.«

Wolfgang und Rudi folgten ihm.

Während sie eine Runde trabten, sagte Wolfgang: »Sobald einer etwas an diesem Land kritisiert, heißt es: Geh doch nach drüben. Man soll also immer schön die Klappe halten. Das ist doch gerade ein Beweis dafür, dass hier nicht alles so frei ist, wie sie immer behaupten.«

Bernhard schaute ihn von der Seite an.

»Ich habe *Schöne neue Welt* von Huxley gelesen«, redete Wolfgang weiter. »Und manchmal kommen mir die Leute hier vor wie Epsilons. Das sind Menschen, die …«

»Ich weiß, was Epsilons sind«, unterbrach ihn Bernhard. »Aber dass du das Buch gelesen hast …«

Ein schriller Pfiff gellte über den Platz, das Training begann.

Nach dem Training ging's ins Vereinslokal, wo die obligatorische Spielerversammlung stattfand. Dabei gab der Trainer die Mannschaftsaufstellung für das Spiel am Sonntag bekannt.

Weil am Stammtisch einige Gäste saßen und die restlichen Plätze nicht für alle Spieler reichten, setzten sich Wolfgang, Rudi, Bernhard und Werner an einen Nebentisch.

Einer der Stammgäste war Ewald Schreiner, ein alter Fußballer, der mindestens schon ein Glas über den Durst getrunken hatte. An den Trainer gewandt, sagte er: »Herbert, ihr müsst offensiver spielen, sonst steigen wir am Ende der Saison wieder nicht auf. Als wir damals in die Zweite Amateurliga aufgestiegen sind, haben wir mit fünf Stürmern gespielt. »

»Ist schon recht, Ewald, das wissen wir alle«, sagte Herbert.

»Angriff ist die beste Verteidigung!«, setzte Ewald Schreiner noch eins drauf.

»Aber so lange man hinten keine Kiste einfängt, hat man nicht verloren«, entgegnete jetzt Walter Gomeringer.

»Nicht verloren, nicht verloren! Wenn ich das schon höre!« Ewald Schreiner wurde lauter. »Gewinnen muss man wollen! Und gewinnen tut man Spiele vorne. Wir haben damals 123 Tore in einer Saison geschossen, und in der Zeitung haben sie vom Wundersturm des FC Winterlingen geschrieben.«

Frieda, die Engelwirtin, stellte sich hinter Ewald Schreiner und legte ihm eine Hand auf die Schulter. »Ist gut, Ewald, ist gut. Jetzt lass die Männer mal in Ruhe ihr Bier trinken.«

Ewald trank sein Glas leer und gab es der Wirtin. »Noch eins!«

Sie zog die Augenbrauen hoch, zögerte kurz, ging dann aber doch zum Zapfhahn.

»Nicht verloren«, grummelte Ewald Schreiner vor sich hin und schüttelte den Kopf.

Herbert nutzte die Gelegenheit, klopfte an sein Glas und verkündete die Aufstellung. Weil alle Spieler fit waren, gab es keine Überraschungen. Kaum hatte Herbert den letzten Namen genannt, stieg der Gesprächspegel wieder an.

»Dass du *Schöne neue Welt* gelesen hast, erstaunt mich«, nahm Bernhard das abgebrochene Gespräch vom Sportplatz wieder auf.

»Du meinst, weil ich nur Volksschüler bin«, sagte Wolfgang.

»'Nur' hab ich nicht gesagt …«

»Aber gemeint.«

»Ich kenne jedenfalls keinen Volksschüler, der solche Bücher liest.«

»Das hab ich auch nicht in der Schule gelernt.«

»Sondern?«

Wolfgang antwortete nicht, trank einen Schluck Spezi und schaute an Bernhard vorbei zum Stammtisch, wo eben laut gelacht wurde.

»Du hast es … bei … bei *ihr* gelernt?«, fragte Bernhard. Er wartete nicht auf Wolfgangs Antwort. »Das ist ja ein Ding! Und die«, er deutete zum Stammtisch, »haben alle gedacht, du hättest sie nur … ich meine …«

In diesem Augenblick verpasste ihm Rudi unter dem Tisch einen Tritt.

»Au! Was soll das?«

»Halt jetzt die Klappe!«, zischte Rudi.

»Wieso? Ich finde das toll!«, sagte Bernhard. »Ich wünsche euch allen Freundinnen, die euch beibringen, wichtige Bücher zu lesen.«

»Kann man den Wehrdienst auch noch verweigern, wenn man den Einberufungsbescheid schon bekommen hat?«, fragte Rudi, um das Thema zu wechseln.

»Den Wehrdienst kannst du überhaupt nicht verweigern, nur den Kriegsdienst«, antwortete Bernhard.

»Hä? Und was ist da der Unterschied?«

»Zum Wehrdienst bist du verpflichtet«, erklärte Bernhard. »Aber wenn du aus Glaubens- oder Gewissensgründen auf niemanden schießen kannst, hast du das Recht, den Dienst mit der Waffe im Ernstfall, also im Krieg zu verweigern. Wenn du als Kriegsdienstverweigerer anerkannt wirst, muss du natürlich auch nicht zum Bund, weil man dort ja für das Töten im Ernstfall ausgebildet wird.«

»Könntet ihr auf einen Menschen schießen?«, fragte Rudi.

Werner schüttelte den Kopf.

»Ich … ich glaube nicht«, sagte Wolfgang. Er musste daran denken, dass er als Junge öfter mit dem Gedanken gespielt hatte, seinen Vater mit einer der Pistolen zu erschießen, die er in einer Höhle gefunden hatte.

»Du glaubst es nur?«, fragte Rudi.

»Kannst du sicher sagen, wozu du in bestimmten Situationen fähig wärst?«, fragte Wolfgang zurück.

»Genau danach fragen sie bei der Verhandlung«, sagte Bernhard. »'Stellen Sie sich vor, ein Mann richtet seine Waffe auf Ihre Mutter, um sie zu erschießen. Sie kommen dazu und sehen eine Pistole auf dem Tisch liegen. Was tun Sie?' Solche Fragen stellen die einem. Und wenn du da nicht auf jedes Wort achtest, das du sagst, wird es nichts mit der Anerkennung.«

»Das ist ja fies«, meinte Werner.

»Wenn ich den Kerl erschieße, ist das doch Notwehr«, sagte Rudi. »Und die ist erlaubt.«

»Darum geht's nicht«, entgegnete Bernhard. »Es geht darum, ob du bereit bist, auf einen Menschen zu schießen oder nicht. Und wenn du als Kriegsdienstverweigerer anerkannt werden willst, darfst du dazu in gar keinem Fall bereit sein.«

»Dann müsste ich also sagen, der Kerl soll meine Mutter ruhig abknallen.« Rudi tippte sich an die Stirn. »Die haben sie doch nicht alle!«

»Wer hat sie nicht alle?«, rief Walter Gomeringer, sprang auf, dass sein Stuhl nach hinten kippte, und packte Rudi am Kragen. »Ihr lästert über uns, ihr verdammten Jungfüchse! Das merke ich schon die ganze Zeit!«

»Lass ihn los!«, sagte Wolfgang.

»Halt's Maul, du Witwenficker!«

Wolfgang schoss hoch und warf sich gegen Walter Gomeringer, dass der rückwärts fiel und Rudi samt dem Stuhl mit zu Boden riss. Blitzschnell war Wolfgang über ihm und verpasste ihm ein paar Schläge, bevor er weggezerrt wurde.

»Seid ihr denn verrückt geworden!«, rief der Trainer.

Walter Gomeringer rappelte sich hoch, wischte sich mit dem Handrücken über den blutenden Mund. »Wenn einer von denen noch mal spielt, spiele ich nicht mehr.«

»Jetzt beruhige dich erst mal«, sagte der Trainer.

»Die oder ich!« Er drehte sich um und ging zur Toilette.

Im Gastraum war es still, sehr still.

»So etwas hätte es bei uns nicht gegeben«, nuschelte Ewald Schreiner in die Stille hinein. »Wir waren noch elf Freunde. Sonst hätten wir niemals 123 Tore geschossen. In einer Saison!«

Niemand sagte, er solle still sein, weil sein Gelaber ihre Gehirne nicht erreichte. Dort wirbelten die Gedanken nur so durcheinander.

Nach und nach setzten sich alle wieder. Die ersten begannen zu tuscheln. Der Trainer schüttelte unaufhörlich den Kopf.

Walter Gomeringer kam zurück, setzte sich und trank sein Glas leer. »Frieda, bring mir noch eins!«

Seine linke Backe war rot, die Oberlippe angeschwollen.

»Ich glaube, es ist besser, wir gehen jetzt alle heim und schlafen über die Sache«, sagte der Trainer.

Walter Gomeringer zündete sich eine Zigarette an. »Für mich gibt's da nichts zu überschlafen«, entgegnete er. »Die oder ich!«

# 16

Am nächsten Tag wusste das ganze Dorf, was im »Engel« geschehen war.

Beim Mittagessen sagte Eugen Windbacher: »Dein Sohn ist mal wieder Mittelpunkt des Dorfklatsches.«

Hilde Windbacher ließ die Gabel sinken und schluckte trocken. Wolfgang aß weiter.

»Der Gomeringer hat zwar eine große Klappe, aber das ist noch lange kein Grund, ihn zu verprügeln. Schließlich ist er dein Mannschaftskamerad.«

»Mannschaftskamerad, der!« Wolfgang lachte spöttisch. »Das Wort Kamerad ist für den doch ein Fremdwort. Er hält sich für den Größten, und alle sollen vor ihm kuschen. Das ist seine Vorstellung von einer Mannschaft.«

»Nun übertreib mal nicht.«

»Ich übertreibe überhaupt nicht!«

»Es heißt, Bernhard, Rudi, Werner und du hättet gegen die älteren Spieler gestänkert.«

»Wer erzählt denn so einen Scheiß?«, rief Wolfgang. »Der einzige, der dauernd stänkert, ist Walle. Nur lassen wir uns nichts mehr von ihm gefallen. Und das stinkt ihm.«

»Wenn's darum geht, gegen einen oder etwas aufzumucken, bist du natürlich vorne mit dabei. Das kennt man ja.«

»Richtig, weil ich kein Duckmäuser bin wie …«

»Wolfgang!«, rief Hilde Windbacher.

»Lass ihn nur reden, ich weiß, was er von mir denkt«, sagte Eugen Windbacher. »Und seit er Bücher liest, hält er sich sowieso für etwas Besseres. Mich wundert nur, dass er noch immer hier wohnt.«

»Eugen!«

Wolfgang schob den Teller weg und stand auf. »Nicht mehr lange.«

»Dass ihr auch immer streiten müsst«, sagte Hilde Windbacher vorwurfsvoll.

Wieder einmal verließ Wolfgang den Mittagstisch, ohne den Teller geleert zu haben. In seinem Zimmer kickte er einen herumliegenden Schuh unters Bett und stellte sich ans Fenster. Draußen lief ein Junge mit einem Ball unterm Arm vorbei.

»Du hast es gut«, murmelte Wolfgang. »Freust dich aufs Kicken und hast keine Sorgen.«

Plötzlich schüttelte er den Kopf. Bin ich blöd! Woher will ich wissen, ob der keine Sorgen hat? Ich hatte in seinem Alter ja auch Sorgen, jede Menge sogar. Und ich konnte weniger dagegen tun als heute. Wenn ich mich überhaupt traute, etwas zu sagen, was selten genug vorkam, und *er* gut aufgelegt war, sagte er: Du hast keine Stimme im Landtag. War er weniger gut aufgelegt, hieß es: Du hast nichts zu wollen, du bist den ersten Brei noch schuldig.

Vielleicht hat der Junge auch einen Vater, der ihn nicht ernst nimmt, vielleicht geht er auf den Sportplatz, weil er trainieren will, um ihm eines Tages zu zeigen, was er alles kann.

Wolfgang musste an die »ungeahnten Möglichkeiten« denken, von denen Peter Weiss in *Abschied von den Eltern* schreibt. Wie viele Kinder können nicht ausleben, was in ihnen steckt, weil ihr Vater es nicht zulässt? Wenn ich mal Kinder habe, möchte ich ein Vater sein wie Fritz W. Meine Kinder sollen keine Angst vor mir haben, sie sollen zu mir kommen, mit allem, was sie beschäftigt. Und sie sollen von den ungeahnten Möglichkeiten so viel ausprobieren wie möglich.

Wolfgang drehte sich um, verließ auf leisen Sohlen das Haus und setzte sich in seinen 12M. Er startete den Motor und fuhr langsam in Richtung Sportplatz. Dort hielt er an und sah, dass der Junge allein war. Er kickte den Ball gegen die Wand des Toilettenhäuschens und stoppte ihn. Nachdem er das etwa fünfzig Mal gemacht hatte, warf er den Ball in die Luft und versuchte, ihn mit der Fußspitze zu stoppen. Das gelang ihm nicht immer. Dann dribbelte er an die 16-Meter-Linie des Tores beim Freibad, legte den Ball behutsam ins Gras, nahm Anlauf und schoss knapp am rechten Pfosten vorbei. Sofort lief er hinter dem Ball her, holte ihn und probierte einen zweiten Schuss.

Während Wolfgang den Jungen beobachtete, fühlte er sich in seine eigene Kindheit zurückversetzt. Er sah sich in dem Jungen, wie er allein auf dem Sportplatz war und mit dem Ball übte. Und er erinnerte sich, wie es ihn damals genervt hatte, dass er den Ball immer aus dem drahtbenetzten Tor oder hinter dem Tor holen musste, um erneut schießen zu können.

Wolfgang stieg aus und ging auf den Platz. Der Junge war überrascht und wusste nicht so recht, was er davon halten sollte.

»Ich stell mich mal ins Tor«, sagte Wolfgang. »Wenn du nichts dagegen hast.«

Der Junge schüttelte den Kopf.

»Wie heißt du?«

»Ingo.«

»Ich bin …«

»Der Wolfi«, kam ihm der Junge zuvor. »Das weiß ich doch. Du hast am Sonntag zwei Tore geschossen. So gut wie du möchte ich auch mal werden.«

Wolfgang lächelte. »Na, dann streng dich mal an!«

Das tat Ingo, und wenn es ihm gelang, ein Tor zu erzielen, freute er sich.

»Versuch mal, dem Ball mehr Schnitt zu geben, damit er in einem leichten Bogen fliegt«, sagte Wolfgang.

Weil das nicht so richtig klappte, kam Wolfgang aus dem Tor und machte es vor.

»Ach so«, sagte Ingo. »Jetzt hab ich's kapiert!« Er legte den Ball auf ein Grasbüschel. Dann lief er an, trat nicht mit dem vollen Spann gegen das runde Leder, sondern halb mit dem Innenrist und gab dem Ball dadurch Effet. Zuerst sah es so aus, als fliege er am rechten Pfosten vorbei. Aber durch den Effet drehte er sich und landete im Tor.

»Prima!«, lobte ihn Wolfgang. »Das war ein klasse Schuss!«

Ingo strahlte.

Wolfgang schaute auf die Uhr. »O, schon dreiviertel vorbei! Ich muss jetzt zur Arbeit. Aber du kannst ja weitertrainieren.«

»Das mache ich«, sagte Ingo. »Danke für den guten Tipp!«

# 17

Wie vor jedem Auswärtsspiel traf sich die erste Mannschaft des FC Winterlingen am Sonntag vor dem Vereinslokal »Engel«. Nach dem Vorfall vom vergangenen Donnerstag spürten alle die knisternde Spannung.

Es war bereits sieben Minuten nach halb zwei, und Walter Gomeringer fehlte immer noch. Einige hofften schon, er werde nicht kommen und das Problem – die oder ich – löse sich damit von selbst. Da tauchte er provozierend spät doch noch auf. Von dem sonst üblichen Grinsen war allerdings nichts zu sehen, er wirkte angespannt.

»Wenn jetzt alle da sind, fahren wir gleich los«, sagte der Trainer.

»Wir müssen erst noch etwas klären«, erwiderte Walter Gomeringer.

Der Trainer ging nicht darauf ein und zeigte stattdessen demonstrativ auf die Uhr. »Wir sind schon spät dran.«

»Willst du die vier spielen lassen?«

»Ich … du … Walle, wir sind doch erwachsene Männer …«

»Das ist keine Antwort auf meine Frage.«

»Nun sei doch vernünftig«, bat der Trainer. »Wenn wir wieder aufsteigen wollen …«

»Die oder ich«, fiel ihm Walter Gomeringer ins Wort. »Du musst dich entscheiden, jetzt!«

»Wir können auf keinen von euch verzichten, wenn wir aufsteigen wollen.«

»Zum letzten Mal: die oder ich!«

»Walle, nun sei doch nicht so dickköpfig! Wir brauchen die vier, das weißt du so gut wie ich.«

Walter Gomeringer machte auf dem Absatz kehrt und ging davon.

»Walle, bleib hier, verdammt noch mal!«

Keiner der Spieler versuchte, Walter Gomeringer zurückzuhalten. Auch sein Kumpel Heinz nicht.

»So ein Arschloch!«, brummte der Trainer. »So ein verdammtes Arschloch!« Er gab den Spielern zu verstehen, dass sie sich in die Autos setzen und losfahren sollten.

Seit Rudi auch den Führerschein und einen gebrauchten Käfer hatte, wechselten er und Wolfgang sich bei Auswärtsspielen mit dem Fahren ab. Heute war Rudi an der Reihe. Bernhard und Werner fuhren mit ihnen.

»Habt ihr gesehen, wie der Walle davongeschlichen ist?«, fragte Rudi.

»Also, geschlichen würde ich das nicht nennen«, erwiderte Bernhard.

»Geschlichen oder nicht, jedenfalls hat er den Kürzeren gezogen«, sagte Werner. »Wahrscheinlich zum ersten Mal, seit er Fußball spielt.«

»Irgendwie hat mir imponiert, dass er keinen Millimeter gewichen ist, egal was der Herbert gesagt hat«, murmelte Wolfgang.

»Imponiert?« Rudi guckte seinen Freund von der Seite an, als habe der nicht mehr alle Tassen im Schrank. »Aber sonst geht's dir gut.«

»Sehr gut sogar«, sagte Wolfgang und schlug mit der geballten Faust gegen die Scheibe.

»He, spinnst du?«, rief Rudi.

»Das hätte der nie gedacht, dass er wegen uns Jungfüchsen mal aus der Mannschaft fliegt.« Mit dem letzten Wort schlug Wolfgang noch einmal gegen die Scheibe.

»Du kannst gleich nach Bisingen laufen, wenn du keine Ruhe gibst!«

»Halt an, und lass mich raus!«

Rudi hielt natürlich nicht an.

»Ich bin froh, dass Walle nicht dabei ist«, sagte Werner. »Und ich hoffe, dass er nie wieder spielt.«

»Aber euch ist hoffentlich klar, dass wir heute gewinnen müssen«, sagte Bernhard. »Sonst ist er der King und wir sind die Deppen.«

»Ich renne für drei«, sagte Wolfgang.

»Ich auch!«

»Ich auch!«

»Und ich natürlich auch!«

»Wenn wir alle für drei rennen, sind wir praktisch schon zu zwölft«, stellte Rudi grinsend fest.

»Der kann ja rechnen wie ein Weltmeister«, rief Werner.

»Tja, entweder man hat's oder man hat's nicht«, sagte Rudi.

So alberten die vier herum, bis sie den Bisinger Sportplatz vor sich sahen.

Beim Umziehen war es stiller als sonst. Der Trainer gab nur bekannt, wer für Walter Gomeringer auflaufen würde. »Ich denke, ihr wisst alle, was heute auf dem Spiel steht.« Mehr sagte er nicht.

Mehr war auch gar nicht nötig. Wolfgang, Rudi, Bernhard, Werner und noch zwei, drei andere Spieler brannten darauf zu zeigen, dass sie nicht auf Walter Gomeringer angewiesen waren. Sie konnten es kaum erwarten, bis der Schiedsrichter das Spiel anpfiff. Und von der ersten Minute an überrannten sie die Bisinger förmlich. Schon in der vierten Minute erzielte Rudi nach einem Traumpass von Wolfgang das 1:0. Und die Winterlinger marschierten weiter. Die Bisinger standen dem Angriffswirbel in der ersten halben Stunde beinahe hilflos gegenüber und kassierten zwei weitere Tore. Erst danach schienen Wolfgang und Co. durchzuatmen und ein wenig Tempo aus dem Spiel zu nehmen. Die Begegnung wurde ausgeglichener, ohne dass die Winterlinger Führung in Gefahr geraten wäre. Den Bisingern fehlten einfach die Mittel, um die laufstarken Winterlinger in Bedrängnis zu bringen. Daran änderte sich auch nach der Halbzeitpause nichts. Erst nachdem Wolfgang und Rudi das 4:0 und 5:0 erzielt hatten, wurden die Winterlinger ein wenig nachlässig, so dass den Bisingern noch der Ehrentreffer gelang.

»Das war Fußball zum Träumen, Jungs!«, lobte der Trainer seine Spieler. »Wenn wir so jeden Sonntag spielen, sind wir unschlagbar.«

Und unausgesprochen lag der Satz in der Luft: Dann brauchen wir Walter Gomeringer nicht mehr.

# 18

Eine Woche nach Rudi erhielt auch Wolfgang seinen Einberufungsbescheid. Am 2. Januar 1969 hatte er sich in der Generaloberst-von-Fritsch-Kaserne in Pfullendorf zu melden.

Am Abend lag Wolfgang mit dem Brief vom Kreiswehrersatzamt Tübingen in der Hand auf seinem Bett. Viele Gedanken schwirrten ihm durch den Kopf. Wenn er an Soldaten dachte, sah er immer Kriegsbilder vor sich. Und er konnte sich nicht vorstellen, im Krieg auf andere Soldaten zu schießen. Wahrscheinlich würde er gar keinen treffen, denn er war ein schlechter Schütze. Auf dem Rummelplatz hatte er am Schießstand mit dem Luftgewehr immer nur Fahrkarten geschossen. Bevor er also einen Feind treffen würde, wäre er bestimmt schon tot.

18 Monate waren eine lange Zeit, und in dieser Zeit verdiente man praktisch nichts. Die paar Mark Wehrsold konnte man vergessen. Wolfgang rechnete aus, wie viel er in den 18 Monaten nicht verdienen würde, und kam auf rund 14.000 Mark netto.

Und die soll ich dem Staat schenken? Niemals! Vorher verweigere ich! Aber dann muss ich Zivildienst machen, da verdient man auch nicht mehr. Womöglich muss ich dann Alte oder Behinderte pflegen. Ich glaube nicht, dass ich das kann. Schweinerei, manche müssen nicht zum Bund und auch keinen Zivildienst machen. Die verdienen 18 Monate Geld. Das ist verdammt ungerecht!

Andererseits komme ich endlich hier raus. Wenn ich verweigere, kann ich mir von den paar Mark keine Wohnung mieten und muss weiter hier wohnen. Dann geh ich lieber zum Bund.

Wolfgang legte den Brief aufs Nachtschränkchen, griff nach dem Buch *Deutsche Erzählungen* und schlug es auf, wo das Lesezeichen streckte.

### *Anekdote zur Senkung der Arbeitsmoral*
### *von Heinrich Böll*

*In einem Hafen an einer westlichen Küste Europas liegt ein ärmlich gekleideter Mann in seinem Fischerboot und döst. Ein schick angezogener Tourist legt eben einen neuen Farbfilm in seinen Fotoapparat, um das idyllische Bild zu fotografieren: blauer Himmel, grüne See mit friedlichen schneeweißen Wellenkämmen, schwarzes Boot, rote Fischermütze. Klick. Noch einmal: klick. Und da aller guten Dinge drei sind und sicher sicher ist, ein drittes Mal: klick.*

*Das spröde, fast feindselige Geräusch weckt den dösenden Fischer, der sich schläfrig aufrichtet, schläfrig nach einer Zigarettenschachtel angelt; aber bevor er das Gesuchte gefunden, hat ihm der eifrige Tourist schon eine Schachtel vor die Nase gehalten, ihm die Zigarette nicht gerade in den Mund gesteckt, aber in die Hand gelegt, und ein viertes Klick, das des Feuerzeuges, schließt die eilfertige Höflichkeit ab. Durch jenes kaum meßbare, nie nachweisbare Zuviel an flinker Höflichkeit ist eine gereizte Verlegenheit entstanden, die der Tourist – der Landessprache mächtig – durch ein Gespräch zu überbrücken versucht.*

*»Sie werden heute einen guten Fang machen.«*

*Kopfschütteln des Fischers.*

*»Aber man hat mir gesagt, daß das Wetter günstig ist.«*

*Kopfnicken des Fischers.*

*»Sie werden also nicht ausfahren?«*

*Kopfschütteln des Fischers, steigende Nervosität des Touristen. Gewiß liegt ihm das Wohl des ärmlich gekleideten Menschen am Herzen, nagt an ihm die Trauer über die verpaßte Gelegenheit.*

*»Oh, Sie fühlen sich nicht wohl?«*

*Endlich geht der Fischer von der Zeichensprache zum wahrhaft gesprochenen Wort über. »Ich fühle mich großartig«, sagt er. »Ich habe mich nie besser gefühlt.« Er steht auf, reckt sich, als wolle er demonstrieren, wie athletisch er gebaut ist. »Ich fühle mich phantastisch.«*

*Der Gesichtsausdruck des Touristen wird immer unglücklicher, er kann die Frage nicht mehr unterdrücken, die ihm sozusagen das Herz zu sprengen droht: »Aber warum fahren Sie dann nicht aus?«*

*Die Antwort kommt prompt und knapp. »Weil ich heute morgen schon ausgefahren bin.«*

*»War der Fang gut?«*

*»Er war so gut, daß ich nicht noch einmal auszufahren brauche, ich habe vier Hummer in meinen Körben gehabt, fast zwei Dutzend Makrelen gefangen …« Der Fischer, endlich erwacht, taut jetzt auf und klopft dem Touristen beruhigend auf die Schultern. Dessen besorgter Gesichtsausdruck erscheint ihm als ein Ausdruck zwar unangebrachter, doch rührender Kümmernis.*

*»Ich habe sogar für morgen und übermorgen genug«, sagt er, um des Fremden Seele zu erleichtern. »Rauchen Sie eine von meinen?«*

*»Ja, danke.«*

*Zigaretten werden in die Münder gesteckt, ein fünftes Klick, der Fremde setzt sich kopfschüttelnd auf den Bootsrand, legt die Kamera aus der Hand, denn er braucht jetzt beide Hände, um seiner Rede Nachdruck zu verleihen.*

*»Ich will mich ja nicht in Ihre persönlichen Angelegenheiten mischen«, sagt er, »aber stellen Sie sich mal vor, Sie führen heute*

*ein zweites, ein drittes, vielleicht sogar ein viertes Mal aus, und Sie würden drei, vier, fünf, vielleicht gar zehn Dutzend Makrelen fangen – stellen Sie sich das mal vor.«*

*Der Fischer nickt.*

*»Sie würden«, fährt der Tourist fort, »nicht nur heute, sondern morgen, übermorgen, ja, an jedem günstigen Tag zwei-, dreimal, vielleicht viermal ausfahren – wissen Sie, was geschehen würde?«*

*Der Fischer schüttelt den Kopf.*

*»Sie würden sich in spätestens einem Jahr einen Motor kaufen können, in zwei Jahren ein zweites Boot, in drei oder vier Jahren vielleicht einen kleinen Kutter haben, mit zwei Booten und dem Kutter würden Sie natürlich viel mehr fangen – eines Tages würden Sie zwei Kutter haben, Sie würden ...«, die Begeisterung verschlägt ihm für ein paar Augenblicke die Stimme, »Sie würden ein kleines Kühlhaus bauen, vielleicht eine Räucherei, später eine Marinadenfabrik, mit einem eigenen Hubschrauber rundfliegen, die Fischschwärme ausmachen und Ihren Kuttern per Funk Anweisungen geben. Sie könnten die Lachsrechte erwerben, ein Fischrestaurant eröffnen, den Hummer ohne Zwischenhändler direkt nach Paris exportieren – und dann ...«, wieder verschlägt die Begeisterung dem Fremden die Sprache. Kopfschüttelnd, im tiefsten Herzen betrübt, seiner Urlaubsfreude schon fast verlustig, blickt er auf die friedlich hereinrollende Flut, in der die ungefangenen Fische munter springen. »Und dann«, sagt er, aber wieder verschlägt ihm die Erregung die Sprache.*

*Der Fischer klopft ihm auf den Rücken, wie einem Kind, das sich verschluckt hat.*

*»Was dann?« fragt er leise.*

*»Dann«, sagt der Fremde mit stiller Begeisterung, »dann könnten Sie beruhigt hier im Hafen sitzen, in der Sonne dösen – und auf das herrliche Meer blicken.«*

*»Aber das tu' ich ja schon jetzt«, sagt der Fischer, »ich sitze beruhigt am Hafen und döse, nur Ihr Klicken hat mich dabei gestört.«*

*Tatsächlich zog der solcherlei belehrte Tourist nachdenklich von dannen, denn früher hatte er auch einmal geglaubt, er arbeite, um eines Tages einmal nicht mehr arbeiten zu müssen, und es blieb keine Spur von Mitleid mit dem ärmlich gekleideten Fischer in ihm zurück, nur ein wenig Neid.*

Wolfgang schaute an die Decke, schüttelte leicht den Kopf und lächelte. Die Geschichte gefiel ihm; er fand sie witzig und klug. Sehr klug sogar. Der Fischer war anders als die Menschen, die er kannte. Die arbeiteten alle, um sich ein Haus, ein Auto, einen Fernseher und all die anderen Dinge kaufen zu können – genau wie ich selbst! Ich habe doch auch auf ein Fahrrad gespart, dann auf ein Auto, auf ein Kofferradio, und jetzt spare ich auf einen Fernseher. Ich bin also genau wie all die andern und nicht wie der Fischer.

Meine Wolfinia war ein bisschen wie der. Sie hat nur Dinge gemacht, die sie interessierten und die sie machen wollte. Aber sie konnte sich das leisten, sie hatte ja alles, was man braucht, nein, sie hatte noch viel mehr. Dann ist es einfach, so zu leben. Bei dem Fischer ist es anders, der will gar nicht so viel haben, sondern nur so viel, wie er zum Leben braucht.

Wolfgang las den Schluss der Erzählung noch mal:

*»Dann«, sagt der Fremde mit stiller Begeisterung, »dann könnten Sie beruhigt hier im Hafen sitzen, in der Sonne dösen – und auf das herrliche Meer blicken.«*

*»Aber das tu' ich ja schon jetzt«, sagt der Fischer, »ich sitze beruhigt am Hafen und döse, nur Ihr Klicken hat mich dabei gestört.«*

*Tatsächlich zog der solcherlei belehrte Tourist nachdenklich von dannen, denn früher hatte er auch einmal geglaubt, er arbeite, um eines Tages einmal nicht mehr arbeiten zu müssen, und es blieb keine Spur von Mitleid mit dem ärmlich gekleideten Fischer in ihm zurück, nur ein wenig Neid.*

Wolfgang verstand, dass der Tourist neidisch war. Aber warum lebte er nicht auch so wie der Fischer? Warum lebten nicht alle Menschen so?

Wie so oft, wenn er über Menschen nachdachte, kamen ihm Huxleys Epsilons in den Sinn. Und je mehr er las und nachdachte, desto sicherer war er, dass die Menschen irgendwie genormt wurden. Dass das so ablief wie in der *Schönen neuen Welt*, glaubte er zwar nicht; aber irgendwer schaffte es, dass die Menschen so funktionierten, wie sie sollten. Jedenfalls die meisten. Und Wolfgang schwor sich, dass er nicht so funktionieren würde. Er wollte selbst bestimmen, was er tat und was nicht. Genau wie der Fischer.

# 19

Seit Silvester schneite es ununterbrochen. Und bevor Wolfgang sich am Morgen des 2. Januar auf den Weg nach Pfullendorf machen konnte, musste er mühsam seinen 12M freischippen. Aber nicht nur deswegen war sein Puls erhöht, als er aus Winterlingen hinausfuhr.

Obwohl er in den letzten Wochen von gewesenen oder aktiven Soldaten viel über den Bund und das Soldatenleben gehört hatte, konnte er sich nicht wirklich vorstellen, was auf ihn zukam.

Auf der Fahrt erwarteten ihn erst einmal zugeschneite und von Schneewehen bedeckte Straßen, so dass er zeitweise nur noch im Schritttempo fahren konnte. Kurz hinter Krauchenwies trieb der Ostwind den Neuschnee vor sich her und hatte die Straße völlig verschwinden lassen. Wolfgang überlegte, ob er anhalten und auf ein Räumfahrzeug warten sollte. Da ruckelte es auch schon, das rechte Vorderrad sackte ab, das Auto saß fest.

»Verdammte Scheiße!«, schimpfte Wolfgang, legte den Rückwärtsgang ein und trat aufs Gaspedal. Die Räder drehten durch. Er schaltete in den ersten Gang, gab noch mehr Gas, kam aber nicht vom Fleck.

»Gottverdammte Scheiße!«, rief er und schlug aufs Lenkrad. Dann stieg er aus, stapfte durch den Schnee und sah, dass das rechte Vorderrad sich tief in den Schnee gefressen hatte. Wütend trat er gegen das Rad und stapfte zurück, da sah er ein Auto näherkommen. Es hielt an, und zwei junge Männer stiegen aus.

»Musst du auch zum Bund?«, fragte der Fahrer.

Wolfgang nickte.

»Und jetzt steckst du fest?«

»Man sieht ja nichts wegen dem verdammten Schnee!«

Der Fahrer streckte Wolfgang die Hand entgegen. »Ich bin der Schorsch. Und das ist der Walter.«

»Aber alle sagen Waldi zu mir.«

»Und zu mir sagen die meisten Wolfi.«

»Waldi und Wolfi, das passt«, stellte Waldi fest.

»Waldi, weck mal Paule! Wir schieben die Karre raus.«

Waldi ging zum Auto, riss die Tür auf, klappte den Beifahrersitz nach vorn und rief: »He, Paule, aufwachen. Es gibt Arbeit!«

Ein Kerl wie ein Bär mit einem zerknautschten Gesicht kam zum Vorschein, grummelte unverständliches Zeug vor sich hin und reckte sich, dass die Knochen knackten. »Mann, hab ich einen Durst.«

»Jetzt wird nicht schon wieder gesoffen«, sagte Schorsch. »Los, pack mit an, wir müssen den Wolfi rausschieben«,

»Welchen Wolfi?«

»Ich bin der Wolfi, und ich häng fest.«

»Verdammter Schnee!«, brummte Paule. »Man kommt sich vor wie in Sibirien!«

Wolfgang setzte sich ins Auto, startete den Motor, legte den ersten Gang ein und gab vorsichtig Gas. Die drei schoben hinten mit ihrer geballten Kraft, und gemeinsam schafften sie es, den 12M wieder flottzumachen. Dann fuhren sie hintereinander weiter und erreichten zwar langsam, aber ohne Zwischenfälle die Kaserne. Am Tor stand ein Wachposten, wies ihnen den Weg zum Parkplatz und sagte ihnen, wo sie sich melden mussten.

Jetzt war Wolfgang froh, dass er im Schnee steckengeblieben war. Ohne diese Panne hätte er die drei nicht getroffen und wäre allein in der Kaserne angekommen. Ein Spruch seiner Mutter fiel ihm ein: Es ist kein Schaden so groß, dass nicht auch noch ein Nutzen dabei ist. Den sagte sie immer, wenn irgendetwas passierte oder schieflief. Wolfgang hatte diesen Spruch – wie manche der sogenannten Lebensweisheiten – für ziemlich beknackt gehalten. Aber jetzt schien ihm, dass zumindest ein Körnchen Wahrheit in ihm steckte.

»Wo ist hier die Kantine?«, fragte Paule. »Ich habe Durst wie im Heuet.«

»Reiß dich mal zusammen!«, schnauzte ihn Schorsch an. Er schaute sich um. »Welches ist jetzt unser Bau?«

»Da vorne kommt einer, den fragen wir«, sagte Waldi.

Sie gingen auf den Mann in Uniform zu.

»Entschuldigung«, begann Waldi und holte den Brief aus seiner Jacke, »wir suchen das Feldartilleriebataillon vier, hunderteins?«

»Ihr seid Jungfüchse«, entgegnete er grinsend. »Habt noch 540 Tage. Ihr tut mir ja so leid.« Dann zog er ein Maßband aus der Hosentasche und hielt es Waldi unter die Nase. »Lies mal die letzte Zahl!«

»Äh … wieso …«

»Nun lies schon!«

»55.«

»Schnapszahl! Noch 55 Tage. Und davon sind 13 Tage Urlaub!« Er steckte das Maßband wieder in die Tasche. »Macht 42 Tage. Wenn ich davon die Wochenenden abziehe, bleiben noch 30 Tage. Versteht ihr, Jungs, ich bin genau noch 30 Tage hier drin! 30 Tage! Dann können die mich alle am Arsch lecken! Vom Uffz bis zum General!«

»Kannst du uns jetzt trotzdem sagen, wo unser Bau ist?«, fragte Wolfgang, den ärgerte, dass der Kerl sie Jungfüchse genannt hatte, genau wie Walter Gomeringer beim Fußball. Und wenn er eins nicht leiden konnte, dann waren es Typen, die ihn von oben herab behandelten.

»Bau ist genau das richtige Wort«, sagte der Uniformierte. »Ihr seid hier wirklich …«

»Kommt«, sagte Wolfgang, »der labert mir zu viel. Wir finden den Weg auch allein.«

»Dir werden sie dein loses Mundwerk schnell stopfen, das kann ich dir versprechen!«, rief der Soldat hinter ihm her.

»Das lass mal meine Sorge sein!«, gab Wolfgang zurück.

Sie gingen zum Ende des Parkplatzes. Dort entdeckten sie auf einer Hinweistafel einen Pfeil, der in Richtung 4./101 zeigte.

»Na also«, sagte Wolfgang.

Links und rechts des Weges standen acht Backsteinblöcke, die sich glichen wie ein Ei dem andern. Nur die Zahlen seitlich der Eingänge zeigten den Neulingen, wo sie erwartet wurden.

Schorsch, Waldi, Paule und Wolfgang betraten die 4./101, folgten dem Hinweisschild *Anmeldung* und landeten in der *Schreibstube.*

»Grüß Gott«, sagte Schorsch, »wir sollen uns hier melden.«

»Tür zu!«, blaffte ein Uniformierter hinter seinem Schreibtisch.

Wolfgang, der als letzter eingetreten war, drückte die Tür zu.

Ein anderer, jüngerer Uniformierter schaute Schorsch an und fragte: »Name?«

»Schorsch … äh … Georg Zauner.«

Der Uniformierte blätterte in einer Liste, machte hinter den Namen einen Haken und sagte: »Zweiter Zug, Stube 210.« Dann hob er den Kopf und wartete – ob auf eine weitere Information von Schorsch oder auf den nächsten Namen, das war nicht klar.

»Wird's bald!«

Wolfgang trat einen Schritt nach vorn, legte den Arm auf den Tresen und nannte seinen Namen.

»Lümmeln Sie hier nicht so auf dem Tresen herum!«, schnauzte ihn der Uniformierte an.

Erschrocken wich Wolfgang zurück. Tresen hatte er bisher nur mit Kneipen in Verbindung gebracht. Dass diese resopalbeschichtete Platte auch ein Tresen war, den man, anders als den in Kneipen, nicht berühren durfte, verwirrte ihn.

Der Uniformierte machte auch hinter Wolfgangs Namen einen Haken. »Zweiter Zug, Stube 210.«

Wolfgang und Schorsch nickten sich lächelnd zu. Auch wenn sie noch nicht genau wussten, was sich hinter den Worten versteckte, so gingen beide davon aus, dass sie auf der gleichen Stube wohnen würden. Und das war doch schon mal ein guter Anfang.

Waldi hieß mit Nachnamen Baumann. Er wurde dem Ersten Zug und der Stube 101 zugeteilt. »Könnte ich nicht …«

»Nein!«

Waldi schluckte.

Bevor Paule sich melden konnte, wurde die Tür wieder geöffnet und zwei junge Männer drückten sich herein.

»Wer eingeteilt ist, kann gehen, sonst wird der Sauerstoff hier drin knapp!«

»Und wohin?«, wagte Wolfgang noch zu fragen.

»Draußen warten!«

Schorsch, Wolfgang und Waldi verließen die Schreibstube.

Draußen sagte Schorsch: »Mein lieber Mann, der hat vielleicht einen Ton drauf!«

»Der soll uns wahrscheinlich gleich klarmachen, wo wir hier sind«, vermutete Wolfgang.

»Ich bin jedenfalls nicht bei euch«, brummte Waldi. »So ein Mist!«

»Vielleicht kann man da noch was drehen«, versuchte Schorsch ihn zu trösten.

»Glaub ich nicht.«

In diesem Augenblick kam Paule aus der Schreibstube.

»Und?«

»Die machen das nach dem Alphabet, und weil ich Wenger heiße, bin ich bei euch in Stube 210.«

»Prima!«, sagte Schorsch.

Waldi guckte ziemlich betrübt. »Warum muss ich auch Baumann heißen?«

# 20

Mit einkleiden, Spinde vorschriftsmäßig einräumen, Betten beziehen und Stube auf Hochglanz bringen verging der erste Tag. Das alles wurde überwacht von Gruppenführern und Hilfsausbildern.

Um 18 Uhr hatten sich alle Rekruten im Trainingsanzug und mit Abendessensmarke vor dem Block einzufinden. Dort mussten sie sich in Dreierreihen aufstellen, um dann von einem Hilfsausbilder zur Kantine geführt zu werden. Dabei fühlten sie sich nicht wie Soldaten, die demnächst das Vaterland verteidigen sollten, sondern wie Jungs im Kindergarten.

»Fehlt nur noch, dass wir uns an den Händen halten«, flüsterte Wolfgang.

Schorsch nickte. »Denen trau ich alles zu.«

Zum Abendbrot gab es Aufschnitt, Schmelzkäse, Butter, dunkles Brot und Tee.

»Tee!«, sagte Paule entsetzt. »Die wollen mich wohl vergiften!«

So wie er taten sich viele schwer mit dem Tee. Aber wer sein Kommissbrot nicht trocken hinunterwürgen wollte, musste wohl oder übel davon trinken.

Zurück wurden sie nicht geführt, sie mussten nur spätestens um 19 Uhr auf ihren Stuben sein. Denn nach dem Abendbrot hatten sie noch keine Ruhe: Bis 21 Uhr stand »Innendienst« auf dem Dienstplan. Den leitete auf Stube 210 der Obergefreite Brenner. Der erklärte zuerst einmal, dass man Meldung machen musste, wenn ein ranghöherer Soldat die Stube betrat.

»Wer den ranghöheren Soldaten als erster sieht, ruft ›Achtung!‹. Dann stehen alle stramm, und der Rufer meldet: ›Stube 210 mit sechs Mann belegt. Sechs Mann beim Innendienst‹ – oder was Sie sonst gerade tun.

Außerdem hat jeden Tag einer von Ihnen Stubendienst. Der muss die Stube nach dem Zapfenstreich in Uniform abmelden. Wenn der UvD eintritt, meldet er: ›Stube 210 mit sechs Mann belegt. Fünf Mann in den Betten. Stube gereinigt und gelüftet. Stubendienst Kanonier X.‹«

Das spielten sie gleich sechsmal durch, damit auch alle drankamen. Danach zeigte der Obergefreite ein Blatt mit den Rangabzeichen und erläuterte sie. »Sie müssen also immer auf die Schulterstücke schauen, damit Sie wissen, wen Sie vor sich haben.«

»Und wenn einer so groß ist, dass ich nicht hinaufsehe?«, gab Willi Vogel zu bedenken, der höchstens 1,65 Meter ans Maßband brachte.

»Dann müssen Sie eben den Hals so lang machen, dass es reicht!«

Willi schluckte.

»Du musst einfach Giraffe spielen«, versuchte Paule ihn aufzumuntern.

»Machen Sie keine Witze!«, wies ihn der Obergefreite zurecht.

Danach sagte keiner mehr ungefragt ein Wort. Schweigend zeichneten sie die Rangabzeichen vom Kanonier bis zum General auf DIN-A4-Blätter.

Punkt 21 Uhr beendete der Obergefreite den »Innendienst«. Jetzt hatten die sechs Kanoniere bis zum »Zapfenstreich« eine Stunde Zeit, ihre Stube »picobello« aufzuräumen, wie der Obergefreite es genannt hatte, sich zu waschen und bettfertig zu machen.

»Männer, jetzt trinken wir erst mal ein Bier«, sagte Paule und holte zwei Flaschen aus seiner Tasche. »Ich bin schon am Verdursten!«

»Spinnst du?«, sagte Willi. »Was ist, wenn einer reinkommt?«

»Nun mach dir mal nicht in die Hose, Kleiner«, gab Paule zurück und hielt ihm die Flasche hin. »Hier, trink!«

»Ich hab keinen Durst.«

»Keinen Durst, das gibt's nicht.« Paule nahm einen kräftigen Schluck. »Ah«, machte er und fuhr mit dem Handrücken über den Mund. »Das tut gut! Jetzt werde ich langsam wieder ein Mensch.«

Die zweite Flasche gab er Schorsch, der einen Moment zögerte, bevor er trank. Dann wollte er sie an Wolfgang weiterreichen.

»Ich trinke kein Bier.«

»Ich auch nicht«, sagte Armin Uhlmann.

Paule schaute Schorsch an und zog die Augenbrauen hoch. »Da sind wir ja in einen tollen Haufen geraten; zwei trinken kein Bier und einer hat die Hosen voll. Na, das kann ja was werden!« Er wandte sich zum sechsten Mann in der Stube: »Bist du etwa auch ein Hosenscheißer, der kein Bier trinkt?«

Bevor Günther Ude antworten konnte, sagte Wolfgang zu Paule: »Jetzt hör mal zu, damit hier gleich eins klar ist: Mir gefällt nicht, wie du uns einteilst. Nur weil Armin und ich kein Bier trinken und Willi vorsichtiger ist als du, sind wir noch lange keine Hosenscheißer!«

»Wir müssen in dieser Bude miteinander leben, was vermutlich nicht einfach wird. Deswegen sollten wir nicht schon am ersten Tag Gräben ziehen«, ergänzte Armin.

»Die beiden haben recht«, sagte Günther. »Und ob einer Bier trinkt oder nicht, ist doch nicht entscheidend. Hauptsache, er ist ein anständiger Kerl.« Er griff nach der Flasche, die Schorsch in der Hand hielt, und nahm einen Schluck.

Paule setzte sich grummelnd an den Tisch und trank seine Flasche leer.

Die andern räumten alles auf, gingen in den Waschraum und legten sich anschließend in die Betten. Paule legte sich als letzter hin.

Plötzlich fuhr Willi hoch, dass er den Kopf an das Bett über ihm schlug. »Au, verdammt!«

»Was ist los?«, fragte Wolfgang, der oben lag.

»Einer von uns muss doch die Stube abmelden!«

»Freiwillige vor!«, brummte Paule.

Freiwillig meldete sich keiner. Nach einigem Hin und Her einigten sie sich schließlich, alphabetisch vorzugehen. Also musste Günther noch mal raus und die Uniform anziehen. Weil er nicht mehr genau wusste, wie der Abmeldespruch ging, übten sie gemeinsam. Der Spruch klappte noch nicht richtig, da wurde die Tür aufgestoßen und der UvD kam herein.

Günther stand stramm und meldete: »Stube 210 mit sechs Mann belegt. Sechs Mann in den Betten. Stube gereinigt. Stubendienst Kanonier Ude.«

»So, so«, sagte der UvD und konnte sich ein kurzes Schmunzeln nicht verkneifen, »sechs Mann in den Betten.« Er ging an Günther vorbei, stellte sich zwischen die Stockbetten und zählte die darin liegenden jungen Männer: »Ich sehe nur fünf.«

Günther wurde rot. »Äh … ich … der sechste bin ich.«

»Wie müssen Sie also melden?«

»Stube 210 mit sechs Mann belegt. Fünf Mann in den Betten. Stube gereinigt. Stubendienst Kanonier Ude.«

»Nächstes Mal das Lüften nicht vergessen«, sagte der UvD. »Gute Nacht.«

»Gute Nacht«, kam es aus den Betten.

# 21

»Kompaniiiiie aufstehn!« Die Stimme des UvD hallte durch die Gänge, unterstützt von einer schrillen Pfeife. Willi fuhr hoch, dass er den Kopf wieder an das Bett über ihm schlug. »Au, verdammt!«

Schorsch linste nach seiner Uhr und grummelte: »Die spinnen ja; ist doch erst dreiviertel sechs.«

Willi rieb sich den Kopf, stand auf und holte seinen Waschbeutel aus dem Spind. »He, Leute, ihr müsst aufstehn!«

»Schnauze!«, zischte Günther.

Wolfgang setzte sich auf, gähnte, dass die Wangenknochen knackten, und rieb sich den Schlaf aus den Augen. Dann rutschte er vom Bett.

»Mach doch nicht so einen Lärm!«, nuschelte Schorsch.

»Willi hat recht, ihr müsst aufstehn!«, sagte Wolfgang.

Schorsch und Armin erhoben sich murrend. Günther drehte sich zur Wand, Paule schnarchte.

Willi war schon auf dem Weg in den Waschraum, Wolfgang, Schorsch und Armin standen mit ihren Waschbeuteln an der Tür.

»Wir können die zwei nicht pennen lassen, sonst bekommen sie Ärger«, sagte Schorsch.

Mit vereinten Kräften schafften sie es, Günther und Paule aus den Betten zu holen. Dann schlurften sie zu den Toiletten und zum Waschraum.

Um halb sieben wurden sie zum Frühstück geführt, um halb acht begann der Dienst.

»Erster und zweiter Zug raustreten!«

Weil viele noch nicht wussten, wohin genau sie treten sollten, wuselten sie durcheinander wie ein aufgescheuchter Hühnerhaufen. Als endlich alle auf dem Appellplatz vor dem Block standen, rief Feldwebel Hacker: »Meine Herrn, das war Kackes! Das machen wir gleich noch mal, aber ein bisschen flotter, wenn ich bitten darf! In die Stuben wegtreten, Marsch, Marsch!«

Die meisten liefen los, einige gingen wie zivilisierte Menschen.

»Nicht so lahmarschig!«, schnauzte der Feldwebel. »Oder soll ich Ihnen Ihre Hammelbeine langziehen?«

Kaum waren auch die Letzten auf ihren Stuben, hieß es schon wieder: »Erster und zweiter Zug raustreten!«

Diesmal kamen alle ziemlich flott aus dem Block.

»Na also«, sagte Feldwebel Hacker. »Sie werden sehen, aus Ihnen machen wir hier richtige Menschen.«

Genormte Menschen, dachte Wolfgang. Lauter Epsilons, die gut funktionieren. Das hättest du gern. Aber mich werdet ihr nicht zu einem Epsilon machen! Mich nicht!

Die neuen Soldaten mussten sich zugweise in Dreierreihen aufstellen und wurden vom Feldwebel mit Hilfe zweier Unteroffiziere der Größe nach geordnet.

»So werden Sie in Zukunft beim Antreten hier stehen«, sagte Feldwebel Hacker. »Einige von Ihnen allerdings mit deutlich kürzeren Haaren«, fügte er hinzu. Dann ging er die Reihen entlang und bestimmte, wer zum Friseur musste. Auch Wolfgang gehörte dazu.

Einen Moment überlegte er, ob er widersprechen sollte, ließ es aber bleiben, weil er nicht schon am zweiten Tag auffallen wollte. Das waren ihm seine Haare nicht wert.

Im ersten Zug sagte einer: »Aber ich … meine Haare sind …«

»Zu lang!«, fiel der Feldwebel dem Soldaten ins Wort und schaute ihn durchdringend an. »Ist das klar?«

»Ja«, antwortete er leise.

»Jawoll, Herr Feldwebel, heißt das!«

»Jawohl, Herr Feldwebel.«

»Na, sehen Sie, geht doch.« Dann wandte er sich um. »Unteroffizier Teufel, führen Sie den ganzen Haufen in den großen Saal!«

»Jawoll, Herr Feldwebel!«

Im großen Saal mussten sich die Rekruten setzen. Kaum saßen sie, rief der Unteroffizier: »Alles auf!«

Hauptfeldwebel Marus, auch »Spieß« oder »Mutter der Kompanie« genannt, kam herein, gefolgt von einem Stabsunteroffizier und einem Gefreiten.

»Guten Morgen, Soldaten!«, grüßte er.

»Guten Morgen!«, riefen die Soldaten, weil sie schon als Kinder gelernt hatten, dass man so mehrere zusammen grüßt.

»Guten Morgen, Herr Hauptfeldwebel, heißt das. Also noch mal!«

»Guten Morgen, Herr Hauptfeldwebel!«, kam es aus 98 Kehlen zurück.

Aha, dachte Wolfgang, hier wird also nur der Ranghöchste gegrüßt. Die andern zählen nicht.

Der Hauptfeldwebel stellte sich kurz vor und sagte dann: »Wie ich den Unterlagen entnehme, sind unter Ihnen gerade mal drei Abiturienten. Das ist sehr erfreulich. Wir haben es also fast nur mit vernünftigen Menschen zu tun.«

»Arschloch!«, sagte Armin tonlos.

Der Hauptfeldwebel ließ den Stabsunteroffizier die Namen aufrufen, der Gefreite musste die Aufgerufenen auf einer Liste abhaken, nachdem sie aufgesprungen und sich mit »Hier!« gemeldet hatten.

Als die Prozedur beendet war und die Soldaten noch einige Belehrungen bekommen hatten, musste der Gefreite den Oberleutnant Guggenberg holen. Der Hauptfeldwebel schärfte den Soldaten noch mal das richtige Grüßen ein.

»Achtung!«, rief er, als der Oberleutnant eintrat.

Die Soldaten sprangen auf und nahmen Haltung an, so gut es ihnen als noch Ungeübten schon möglich war.

Auch der Hauptfeldwebel stand stramm und meldete: »Erster und zweiter Zug bei der Belehrung.«

»Danke«, sagte der Oberleutnant, wobei er die Hand zum Gruß schnittig an den Mützenschild führte.

»Guten Morgen, Soldaten!«

»Guten Morgen, Herr Oberleutnant!«

»Setzen! Ich bin Oberleutnant Guggenberg, stellvertretender Kompaniechef und Ihr Ausbildungsleiter während der Grundausbildung«, begann er. Dann skizzierte er in knappen Worten diese Grundausbildung und sagte, was er von den Soldaten erwartete. »Wir wissen, dass der Dienst bei der Bundeswehr für Sie nicht einfach sein wird, jedenfalls am Anfang nicht. Vieles ist für Sie neu und ungewohnt. Aber wir machen das alles nicht zu unserem Vergnügen oder um Sie zu ärgern. Wir haben eine der wichtigsten Aufgaben zu erfüllen, die es überhaupt gibt: den Frieden zu sichern. Es ist noch kein halbes Jahr her, seit die Truppen des Warschauer Paktes in die Tschechoslowakei einmarschiert sind und die Reformbemühungen der Prager Regierung mit Waffengewalt unterdrückt haben. Die kommunistische Sowjetunion lässt in ihrem Einflussbereich keine Entwicklung hin zu mehr Freiheit und Demokratie zu. Und sie wird jede Möglichkeit nutzen, ihren Einflussbereich in der Welt auszudehnen. Das hat man am Fall Kuba gesehen, wo die Sowjetunion heimlich Raketen mit Atomsprengköpfen stationiert hat, was 1962 beinahe zum Atomkrieg geführt hätte.

Schon an diesen zwei Beispielen sehen Sie, dass unsere Verbündeten und wir für den Ernstfall gerüstet sein müssen. Dafür sind wir hier.«

Hört sich gut an, dachte Wolfgang. Mal sehen, wie die Wirklichkeit aussieht.

Nach der Belehrungsstunde stand »Anzugsordnungen« auf dem Dienstplan. Bisher hatten die Rekruten nur den Trainingsanzug getragen. Nun sollten sie lernen, was zum Arbeits-, Kampf- und Ausgehanzug gehörte und wie sie vorschriftsmäßig getragen wurden. Die Ausbilder überprüften alles.

»Wir sind hier nicht bei einer Modenschau!«, schnauzte ein Unteroffizier einen Rekruten an, der sich wie ein Mannequin bewegte.

Zu Willi sagte er: »In die Feldjacke passen Sie ja zweimal rein. Die können sie als Einmannzelt benutzen.«

»Jawoll, Herr Unteroffizier!«, sagte Willi.

Die Hilfsausbilder konnten sich ein Grinsen nicht verkneifen.

Als sämtliche Anzüge mit sämtlichen Mänteln, Jacken und Kopfbedeckungen überprüft waren, wurden die Rekruten, bei denen etwas nicht passte, zur Bekleidungskammer geschickt, um es umzutauschen.

Nach der Mittagspause mussten sie im Arbeitsanzug zur ersten »Formalausbildung« antreten. Feldwebel Hacker war Zugführer des zweiten Zuges. Er galt als »scharfer Hund«, wie die Rekruten von älteren Soldaten gehört hatten. Und er schien seinen Ruf gleich bestätigen zu wollen. Auf dem Exerzierplatz erklärte er, was die Rekruten nach welchem Kommando zu tun hatten. Dann ging's los.

»Stillgestanden!«

Die Rekruten schlugen die Hacken zusammen und legten die Hände an die Hosennähte.

»Wie hängen Sie denn da? Wie eine Horde Affen auf Urlaub! Stillgestanden heißt, die Arschbacken zusammenkneifen, dass ein Fünfmarkstück die Prägung verliert! Rührt euch!«

Dieses Kommando interpretierten einige zu großzügig, worauf sofort das nächste »Stillgestanden!« erfolgte.

»Das klingt ja, wie wenn eine Ziege aufs Trommelfell scheißt! Rührt euch! Stillgestanden! Rührt euch! Stillgestanden! Rechts um!«

Vor lauter Aufregung drehte sich Willi nach links.

»Kerl, wissen Sie nicht wo rechts und links ist?«, schrie der Feldwebel. »Name!«

»Willi Vogel.«

»So sehen Sie auch aus. Kanonier Vogel heißt das, kapiert?«

»Jawoll, Herr Feldwebel!«

»Eine Runde rechts herum um den Platz, damit Sie lernen, wo rechts und links ist. Aber im Laufschritt!«

Während Willi um den Platz keuchte, ging's weiter.

»Links um! Augen rechts! Augen gerade aus! Die Augen links!«

Alle, die einen Befehl nicht richtig ausführten, mussten eine Runde laufen. Zeitweise lief der halbe Zug.

»Damit Ihnen nicht kalt wird«, sagte Feldwebel Hacker. »Und jetzt machen wir eine Zigarettenpause.«

Nach der Pause musste der Zug wieder antreten.

»Richt euch!«

Die Rekruten versuchten, eine gerade Linie zu bilden.

»Das ist keine Linie, das ist ein Pissbogen! Eine Runde um den Platz!«

So ging es den ganzen Nachmittag. Erst als die Dämmerung den Abend ankündigte, ließ Feldwebel Hacker den Zug zurückmarschieren. Vor dem Block sagte er: »Wenn's klappt, haben Sie gleich Dienstschluss, wenn nicht, marschieren wir noch mal zum Exerzierplatz.« Dann brüllte er: »Stillgestanden!«, wobei er das halbe Wort verschluckte und nicht viel mehr als »Stillstan!« zu hören war. Trotzdem klackten die Hacken der Rekruten gleichzeitig zusammen.

»Na also.« Feldwebel Hacker war mit seinem Werk zufrieden. »Ich habe doch gesagt, dass wir hier richtige Menschen aus Ihnen machen. Heute Nachmittag haben Sie schon den ersten Schritt dazu getan. Rührt euch! Wegtreten!«

In den Stuben warfen sich die jungen Männer auf die Betten.

»Den bring ich um!«, rief Günther.

Keiner der anderen sagte etwas.

»Ich bring das Schwein um!«

»Red keinen Quatsch«, sagte Armin. »Glaubst du, wir hätten nicht alle Lust, diesen Schleifer umzubringen? Aber du bringst den so wenig um wie wir und wie die, die er vor uns geschliffen hat.«

»Schnauze!«

»Und selbst wenn wir den abmurksen würden, hätten wir nichts gewonnen«, sagte Wolfgang. »Dann käme ein anderer für ihn.«

Aus dem unteren Bett war Schluchzen zu hören. »Ich schaff das nicht«, schniefte Willi. »Ich schaff das nicht.«

Wolfgang beugte sich nach unten. »Mensch, Willi, klar schaffst du das, genau wie wir. Wir müssen nur zusammenhalten, dann schaffen wir das.«

# 22

Die Rekruten hatten gehofft, dass sie übers Wochenende nach Hause dürften. Aber diese Hoffnung hatte sich nicht erfüllt. Auch das zweite Wochenende mussten sie in der Kaserne verbringen.

»Verdammte Schweine!«, rief Günther. »Ich muss hier raus! Was meint ihr, was meine Kleine macht, wenn ich wochenlang weg bin?«

»Die wartet auf dich«, sagte Willi und wollte Günther damit beruhigen.

»Du hast doch keine Ahnung!« Günther trat gegen die Tür seines Spindes, dass sie krachend zuflog.

Die Rekruten wünschten den Ausbildern die Pest und Schlimmeres an den Hals.

»Der Blitz soll sie alle beim Scheißen treffen!«, schrie Paule.

Damit die jungen Männer nicht auf dumme Gedanken kamen, wurden sie den ganzen Samstag und am Sonntagmorgen im Gelände und auf dem Exerzierplatz gedrillt. Nur den Sonntagnachmittag hatten sie zur freien Verfügung. Viele ließen sich volllaufen, andere pennten stundenlang, wieder andere hingen im Aufenthaltsraum herum und schlugen die Zeit mit Fernsehen tot, einige spielten Tischtennis.

Wolfgang lag mit Golo Manns *Deutsche Geschichte des 20. Jahrhunderts* auf seinem Bett, die er noch vor Weihnachten zu lesen begonnen hatte.

*Der Erste Weltkrieg hat den Deutschen wie den anderen Völkern Europas am Anfang große Freude gemacht. Er wurde mit Lust und Großartigkeit, ungeheuren Zusammenstößen begonnen; und obgleich auch er sich später erweitert hat durch den Beitritt Italiens, der Balkanstaaten, schließlich Amerikas, so war er doch von Anfang an ganz da. Er blieb, was er war, ein europäischer Krieg mit letztlich unbedeutenden Nebenschauplätzen auf anderen Kontinenten, dort wo Europa regierte. Der Grundcharakter des Kampfes änderte sich während der vier Jahre nicht, wie sehr auch seine Intensität sich steigerte; zum Schluß wurde er mit ungefähr denselben Waffen entschieden, mit denen er begonnen worden war.*

Wolfgang hob den Blick vom Buch – und wusste nicht mehr, was er gelesen hatte. Er begann den Abschnitt noch mal.

*Der Erste Weltkrieg hat den Deutschen wie den anderen Völkern Europas am Anfang große Freude gemacht. Er wurde mit Lust und Großartigkeit, ungeheuren Zusammenstößen begonnen …*

Obwohl Wolfgang gelesen hatte, wie die Stimmung in den europäischen Staaten vor dem Beginn des Krieges gewesen war, fragte er sich, wie die Menschen sich auf den Krieg freuen konnten. Alle mussten doch gewusst haben, dass es viele, viele Tote geben und dass vieles zerstört würde. Trotzdem zogen sie mit Freude in den Krieg. Das war doch verrückt. Aber das beweist nur, was man mit Menschen machen kann, wenn man ihnen lange genug bestimmte Dinge einredet.

Wolfgang musste an das »Milgram-Experiment« denken, von dem er gelesen hatte. Da waren ganz normale Menschen, die man von der Straße weg in ein Labor gebeten hatte, bereit, in einem Experiment anderen Menschen mit Stromschlägen Schmerzen zuzufügen, nur weil ein Professor ständig sagte: Machen Sie weiter, das Experiment erfordert es. Manche verpassten den anderen so starke Stromschläge, dass sie, wenn es echte gewesen wären, daran gestorben wären.

Wenn man die Leute vorher gefragt hätte, ob sie das tun würden, hätten garantiert alle nein gesagt. Aber in einem Labor, in dem ein Professor es von ihnen verlangte, haben es die meisten getan.

Unglaublich! Bevor ich von dem Experiment gelesen habe, hätte ich auch gesagt, dass ich so etwas niemals tun würde. Aber jetzt bin ich mir da nicht mehr so sicher. Vielleicht ziehe ich ja auch mal mit Freude in den Krieg, wenn mir lange genug eingeredet wird, dass die Kommunisten uns sonst alle kaltmachen.

Nein! Das werde ich nicht tun! So weit werden sie mich nicht bringen! Sie können mich marschieren lassen, sie können mich durchs Gelände scheuchen, sie können mich strammstehen lassen und anschreien, aber sie können mir nicht verbieten zu denken.

»Was denkst du?«, fragte Armin, der Wolfgang schon eine Weile beobachtet hatte.

Wolfgang hob den Kopf. »Warum fragst du mich das?«

»Weil ich den Eindruck habe, du hast etwas gelesen, was dich beschäftigt«, antwortete Armin. »So geht's mir auch oft.«

Wolfgang las Armin die Stelle vor und erzählte, was ihm dazu durch den Kopf gegangen war.

Armin war überrascht, das sah man ihm an. »Dass du das Milgram-Experiment kennst, finde ich erstaunlich.«

»Warum?«

»Das ist bei uns noch gar nicht so bekannt …«

»Du kennst es anscheinend auch.«

»Wir hatte einen tollen Lehrer, der hat das Experiment mit uns gemacht.«

»Wirklich? Und wie habt ihr reagiert?«, wollte Wolfgang wissen.

»Leider nicht so gut«, antwortete Armin.

»Erzähl!«

»Im Nebenraum saß einer, der geschrien hat, als wir ihm scheinbar die Stromstöße verpasst haben. Trotzdem haben einige von uns so lange weitergemacht, bis er nicht mehr geschrien hat.«

»Und du?«, rutschte es Wolfgang heraus. »Äh, 'tschuldigung«, fügte er schnell hinzu.

»Ich nicht bis zum Ende, aber auch viel zu lang«, gab Armin zu. »Das hat mir sehr zu schaffen gemacht. Ich war wütend auf unseren Lehrer, aber später war ich ihm dankbar für diese Erfahrung.«

»Kann ich verstehen.«

»Ich wollte auch den Kriegsdienst verweigern, weil ich Angst hatte, einmal Dinge zu tun, die ich gar nicht tun möchte. Aber sie haben mich nicht anerkannt.«

»Warum nicht?«

»Keine Ahnung.«

»Armin, ich bin froh, dass wir auf einer Stube sind«, sagte Wolfgang leise.

»Ich auch«, kam es von unten.

Wolfgang und Armin schauten nach unten zu Willi.

»Jetzt hat der Kerl uns belauscht«, sagte Armin in gespieltem Ernst. »Na warte!« Er sprang vom Bett und kitzelte Willi. Wolfgang half ihm dabei.

Willi lachte und kreischte und wand sich, aber gegen die beiden hatte er keine Chance.

»Hört auf, sonst lach ich mich noch kaputt!«, keuchte Willi.

Wolfgang und Armin ließen von ihm ab.

»Jetzt hast du wenigstens mal gelacht«, sagte Wolfgang. »Das erste Mal, seit wir hier sind.«

Langsam kam Willi wieder zu Atem. »Hier gibt's auch nichts zu lachen.«

»Na, na«, sagte Armin. »Du musst dir den Hacker und die andern Kerle nur in Unterhosen vorstellen, wenn sie dich anschnauzen …«

»Du hast leicht reden, du bist nicht der Kleinste im Zug. Auf mir hacken sie immer rum, das war schon in der Schule und im Betrieb so.«

»Hier hacken die Ausbilder auf uns allen rum, egal ob einer 1,70 oder zwei Meter misst«, entgegnete Armin.

»Genau«, stimmte Wolfgang ihm zu. »Weil sie uns nämlich alle gleich klein machen wollen, damit wir schön funktionieren. Wie die Leute im Milgram-Experiment.«

»Aber wie Wolfi vorhin sagte: So weit werden sie uns nicht bringen! Sie können uns marschieren lassen, sie können uns durchs Gelände scheuchen, sie können uns strammstehen lassen und anschreien, aber sie können uns nicht verbieten zu denken. Wartet mal«, sagte Armin und holte ein Buch von seinem Bett. »Das lese ich zur Zeit. Das müsst ihr auch lesen, dann versteht ihr vieles in unserem Land besser.«

»Wie heißt es?«, fragte Wolfgang.

*Gesellschaft und Demokratie in Deutschland,* antwortete Armin und schlug die Stelle auf, wo sein Lesezeichen steckte. Dann blätterte er ein paar Seiten zurück. »Hier«, sagte er, als er die gesuchte Stelle gefunden hatte. »Hier schreibt Dahrendorf vom Dritten Reich und von Auschwitz und von heute. Hört mal zu!

*Es ist also nicht die Rede von nationalen Neurosen oder historischen Vorbelastungen, sondern davon, daß Hunderte von deutschen Juristen sich wissend an Justizmorden beteiligt haben, Hunderte von deutschen Ärzten wissend Menschen, zum Teil in grausamen Ex-*

*perimenten, ermordet haben, Hunderte von deutschen Offizieren Frauen und Kinder ums Leben gebracht oder ihren Mord befohlen und beaufsichtigt haben. Gerade hier ist Vorsicht gegenüber Zahlen am Platze. Auch sie kann aber an der Tatsache nicht rütteln, daß Tausende von Absolventen deutscher Gymnasien sich durch den gepflegten Humanismus ihrer geistigen Bildung nicht daran haben hindern lassen, Menschen zu zertreten wie Ameisen, die man vielleicht gar nicht sieht, weil man zwar zu den Sternen blickt, aber der Gassen nicht achtet.*

*Zu erklären ist also nicht einfach »Auschwitz«, sondern, wie es möglich war, daß im nationalsozialistischen Deutschland Tausende aus einer ohnehin schmalen Elite zu Mördern wurden.*

*Diese Frage wird hier nicht zum erstenmal und sicher nicht zum letztenmal gestellt. Die Antwort werden auch wir nicht liefern. Das ist eine negative Bilanz; doch gibt es kleine Schritte, die man tun kann, um dem auf die Spur zu kommen, was in diesem Lande Menschen Menschen angetan haben. Es gibt Beobachtungen in der deutschen Gesellschaft von vorgestern, gestern und auch noch heute, bei denen sich der Verdacht aufdrängt, daß sie in einem Zusammenhang mit der Mentalität stehen könnten, die Ärzten und Richtern und Offizieren den Mord erlaubte. Es gibt Winkel dieser Gesellschaft, in denen die oft gedankenlose Unmenschlichkeit als System fortlebt. Es gibt den beißenden Kontrast des Geredes von der Humanität zu der Gleichgültigkeit gegenüber dem Leben …*

*Die Rolle des Nicht-Dazugehörigen hat viele Facetten vom Depressiven bis zum Taximörder, vom Taubstummen bis zum Gastarbeiter. Sie alle sind Fremde, mit denen man sich möglichst nicht belasten möchte und die daher den Preis für den deutschen Konformitätsdruck zahlen müssen. Dieser ist umso höher, je länger der Fremde bleibt und je unentbehrlicher er für die Zugehörigen wird. Seine Unentbehrlichkeit verbietet es, sich vom Fremdarbeiter ganz zu trennen. So wird die Trennung nur symbolisch vollzogen; er kommt ins Ghetto, in die »Anstalt«. Stärker als die Zäune um ihre Baracken – einst Stacheldraht, heute Maschendraht – schirmt das Ghetto eine Welt von Vorurteilen mit geballter Faust von seiner Umwelt ab, darunter vor allem das Vorurteil von der latenten Kriminalität des Fremden …*

*Gehen wir daher einen Schritt weiter, zu den Fremden im eigenen Haus, den Abnormen. Nach dem exzentrisch Gekleideten drehen sich die Menschen in Deutschland feixend um; gäbe es deutsche Beatles, dann würde deren Auftritt eher durch eine »Aktion saubere Bühne« verboten als durch ein Bundesverdienstkreuz belohnt werden. Den, der unorthodoxe Meinungen kundtut, bedrohen nicht nur offizielle Stellen mit Worten und Taten; schon milden Halblinks-Intellektuellen droht häufig mindestens ein Redeverbot. Von dem, der schuldlos krank ist, wenden die Menschen sich ab; dem Contergan-Kind bleibt der Kindergarten versperrt, und der geistig Kranke wird von einem Gerichtsassessor hinter Schloss und Riegel gesetzt, auch wenn er niemanden bedroht. Alle diese Reaktionen – das Feixen, das Verbot, die Drohung, das Sich-Abwenden, die erzwungene* apartheid *– sind Formen der Preisgabe, die es zum Schluß erlaubt, den Mord nur noch als Wohltat für die Ermordeten zu verbrämen: »Euthanasie«.*

*Es ist sicher wahr, daß die meisten Deutschen »nichts gewußt« haben von den nationalsozialistischen Gewaltverbrechen: nichts Genaues nämlich, weil »man« nach dem nicht fragt, was den engen Rahmen des Normalen verlässt. Was für die Konzentrationslager der nationalsozialistischen Zeit galt, gilt nämlich im Grunde auch für die Gefängnisse und Zuchthäuser der Gegenwart: Wer weiß schon, was in ihnen vorgeht? Und wer fragt danach?*

Ein paar Augenblicke war es still. Die drei sahen sich an, als wartete jeder auf einen Kommentar des anderen.

»Kasernen hat er vergessen«, murmelte Willi, noch beeindruckt von dem, was er gerade gehört hatte. »Wer weiß draußen schon, was hier vorgeht? Und wer fragt danach?«

»Dahrendorf zieht Verbindungen vom Dritten Reich zu heute, die einem Angst machen können«, sagte Armin. »Nach dem, was er schreibt, und er ist nicht der einzige, ist ein Viertes Reich keineswegs ausgeschlossen. Es scheint so, als hätten es irgendwelche Führer in Deutschland leichter als in anderen Ländern …«

»Aber das Milgram-Experiment hat man doch in Amerika gemacht«, warf Wolfgang ein.

»Hm«, machte Armin. »Stimmt. Vielleicht …«

»Ich kenne mich da nicht so genau aus«, unterbrach ihn Willi, »aber ich glaube, in allen Ländern gibt es Leute, die …«

In diesem Augenblick stolperten Paule und Günther zur Tür herein.

»Da schau an, unsere Klugscheißer«, lallte Paule. »Sitzen hier drin und quatschen, statt mal einen zu saufen. Was seid ihr nur für Schlappschwänze!«

Günther machte nur eine wegwerfende Handbewegung.

Paule warf sich bäuchlings aufs Bett. Günther hatte das Bett über ihm, aber er schaffte es nicht hinauf und legte sich kurzerhand in das von Schorsch.

»Wer sind hier die Schlappschwänze?«, fragte Armin, ohne eine Antwort zu erwarten.

# 23

Nach einer harten Woche mit einem 20-Kilometer-Marsch als »Höhepunkt« durften die Rekruten am Freitag nach Dienstschluss ins herbeigesehnte Wochenende fahren.

Als Wolfgang auf sein Heimatdorf zufuhr, spürte er eine so unerwartete Freude in sich aufsteigen, dass er laut zu singen begann:

*Kehr ich einst zur Heimat wieder,*
*früh am Morgen, wenn die Sonn' aufgeht.*
*Schau ich dann ins Tal hernieder,*
*wo vor einer Tür ein Mädchen steht.*

Wenn jetzt Wolfinia auf mich warten würde, dachte Wolfgang. Was hätte ich ihr alles zu erzählen! Er schluckte.

So in Gedanken, fuhr er zu schnell in die letzte Kurve vor Winterlingen, kam ins Schleudern und blieb nur mit viel Glück auf der Straße.

Mann, bin ich ein Idiot!, beschimpfte er sich selbst und fuhr langsamer weiter.

Vor seinem Elternhaus blieb er noch einen Moment im Auto sitzen. Dann stieg er aus, holte die prall gefüllte Tasche aus dem Kofferraum und ging ins Stüble, wo seine Eltern beim Vesper saßen.

»'n Abend.«

»Wolfgang!«, sagte seine Mutter und legte das angebissene Brot weg. Sie schaute ihren Sohn von oben bis unten an. »Du bist schmal im Gesicht. Bekommt ihr nicht genug zu essen?«

»Doch, doch.«

»Du hast bestimmt Hunger. Komm, setz dich!«

»Nun lass ihn doch erst mal reinkommen«, sagte Eugen Windbacher.

Hilde Windbacher stand auf, holte ein Vesperbrett, ein Messer und ein Glas für Wolfgang. Der stellte die Tasche ab, holte noch eine Gabel und setzte sich an seinen Platz.

»Was möchtest du?«, fragte seine Mutter. »Wenn ich gewusst hätte, dass du heute kommst, hätte ich mehr eingekauft. Soll ich noch eine Wurstdose aus dem Keller holen?«

»Nein, nein«, wehrte Wolfgang ab. »Ich nehm ein Stück von der Schinkenwurst.«

»Hier sind noch Essiggurken«, sagte seine Mutter und schob ihm das Glas hin.

Wolfgang nahm eine heraus und biss gleich ein Stück davon ab.

Dann wurde es still.

»Nun erzähl doch mal!«, forderte ihn seine Mutter auf.

»Soll er nun vespern oder erzählen?«

Wolfgang spülte mit einem Schluck Apfelschorle hinunter, was er noch im Mund hatte. Dann erzählte er in Kurzform von den ersten zweieinhalb Wochen beim Bund.

»Dass die euch so piesacken«, sagte seine Mutter kopfschüttelnd.

»Gehorchen lernen und ein bisschen Härte hat noch keinem geschadet«, meinte sein Vater.

»Aber 20 Kilometer marschieren, mitten im Winter«, entgegnete seine Frau, »noch dazu mit einem schweren Rucksack auf dem Rücken …«

»Was meinst du, wie viel Kilometer wir in Russland an manchen Tagen marschiert sind«, sagte Eugen Windbacher. »Und gegen den russischen Winter ist es bei uns ja beinahe warm.«

»Damals war ja auch Krieg.«

»Was glaubst du, warum die das machen müssen?«, fragte er und gab die Antwort gleich selbst: »Weil der Russe keine Ruhe gibt. Wenn wir nicht gut gerüstet und wachsam sind, schnappt er uns eines Tages.«

Wolfgang hatte sich vorgenommen, mit seinem Vater nicht zu diskutieren. Aber jetzt konnte er einfach den Mund nicht halten und mischte sich doch in das Gespräch ein. »Ich habe gelesen, dass in beiden Weltkriegen die Deutschen in Russland einmarschiert sind, nicht umgekehrt.«

Hilde Windbacher hielt die Luft an.

Ihr Mann legte das Messer weg, um beide Hände freizuhaben. »Die Schmierfinken schreiben viel. Dass wir nur dort einmarschiert sind, um einem russischen Angriff zuvorzukommen, schreiben sie natürlich nicht.«

»So kann man jeden Angriffskrieg rechtfertigen«, hielt Wolfgang dagegen.

»Ich rechtfertige gar nichts, weil es nichts zu rechtfertigen gibt«, sagte Eugen Windbacher. »Der Russe will mit seinem Kommunismus die ganze Welt beherrschen, das ist doch bekannt. Wenn du so viel liest, müsstest du auch mal was von Kuba gelesen haben, wo er heimlich Raketen stationiert hat. Und wenn Kennedy nicht hart geblieben wäre, wer weiß, wie die Welt heute aussehen würde.«

»Und was machen die Amis in Vietnam?«

»Das ist doch etwas ganz anderes.«

»Natürlich, die …«

»Jetzt war der Junge fast drei Wochen nicht zu Hause«, sagte Hilde Windbacher zu ihrem Mann. »Und du fängst schon wieder zu streiten an!«

»Wer hat denn angefangen? Ich muss mir doch nicht vorwerfen lassen, was wir im Krieg gemacht haben!«

»Ich habe dir nichts vorgeworfen«, sagte Wolfgang ruhig. »Ich habe nur gesagt, dass Deutschland zweimal in Russland einmarschiert ist und nicht umgekehrt. Das ist die Wahrheit, und die wird man wohl noch sagen dürfen.«

»Hört jetzt endlich auf, über Politik zu streiten!«, sagte Hilde Windbacher so energisch, dass ihr Mann sie überrascht ansah – und schwieg.

Schweigend aßen sie weiter.

Nach einer Weile sagte Wolfgang leise: »Ich habe mich wirklich gefreut, nach zweieinhalb ziemlich harten Wochen wieder nach Hause zu kommen. Und ich möchte in der Zeit, die ich hier bin, nicht streiten.«

Eugen Windbacher schaute auf sein Vesperbrett, als gäbe es dort etwas sehr Interessantes zu sehen. Seine Frau wischte verstohlen ein paar Tränen aus den Augen.

Nach dem Vesper half Wolfgang seiner Mutter beim Abräumen des Tischs. Eugen Windbacher blieb wie immer sitzen und zündete sich eine *Reval* an.

»Brauchst du die Wäsche nächste Woche wieder?«, fragte sie.

Wolfgang nickte. »Das meiste habe ich dort zum Waschen abgegeben. Aber man weiß nie genau, wann man die Sachen wiederbekommt. Und das hier brauche ich am Montag unbedingt.«

»Jetzt im Winter ist es zwar nicht so einfach, die Wäsche zu trocknen«, sagte seine Mutter. »Aber wenn ich die Maschine morgen früh gleich laufen lasse und dann die Sachen in der Waschküche aufhänge, sind sie bis am Sonntag trocken.«

»Danke.«

»Du brauchst dich doch nicht zu bedanken, das mache ich doch gern.«

Wolfgang fuhr ihr mit dem Handrücken über die Wange. »Trotzdem danke.«

# 24

Wolfgang schaffte es nicht mehr, aus dem Haus zu gehen, obwohl er das vorgehabt hatte. Nach der *Tagesschau* schaute er im Zweiten noch die neue Folge von *Der Kommissar* an. Aber es interessierte ihn nicht wirklich, wer das Animiermädchen in dem Nachtclub erstochen hatte. Und bevor Kommissar Keller den Mord auflöste, ging er ins Bett.

Am nächsten Morgen schlief er bis halb elf. Als er ins Stüble kam, war der Tisch für ihn gedeckt.

»Guten Morgen!«, begrüßte ihn seine Mutter.

»Morgen.« Wolfgang setzte sich und gähnte kräftig.

»Bist du immer noch müde?«

»Mhm«, machte Wolfgang, und es war nicht klar, ob das Ja oder Nein heißen sollte.

»Ich mach dir Kaffee, und frische Brötchen hab ich auch geholt …«

»Ich hätte auch Brot gegessen«, grummelte Wolfgang.

»Aber frische Brötchen schmecken besser«, sagte seine Mutter. »Und du musst kräftig essen, damit du wieder was auf die Rippen bekommst. Ich koch dir auch noch ein Ei.«

Wolfgang nahm ein Brötchen, schnitt es auseinander und bestrich die eine Hälfte mit Butter und von seiner Mutter selbst gemachter Erdbeermarmelade. Das schmeckte wunderbar. Als ihm auch noch der Duft von frischem Bohnenkaffee in die Nase stieg, fühlte er sich nicht wie zu Hause, sondern so, wie er glaubte, dass man sich im Urlaub fühlte.

Mit jedem Bissen und mit jedem Schluck Kaffee wurde er lebendiger. Nach drei Brötchen, zwei Tassen und einem Ei lehnte er sich zurück und sagte: »Danke, Mama. Das war herrlich!«

»Du brauchst dich doch nicht zu bedanken«, sagte sie wie am Abend zuvor.

»Aber ich möchte es.«

Zusammen räumten sie den Tisch ab. Dabei fragte Wolfgang: »Wo ist Papa?«

»Drüben beim Wilhelm. Er hilft ihm, im Dachgeschoss ein Zimmer auszubauen.«

Wolfgang zog die Augenbrauen hoch. »Dann hat er's hinterher wieder im Kreuz und schlechte Laune.«

»Versprich mir, dass ihr nicht wieder streitet«, bat seine Mutter.

»Ich versuch's, aber …«

»Weißt du, was er vor ein paar Tagen gesagt hat? ‚Unser Bub fehlt mir.'«

Wolfgang sah seine Mutter überrascht an.

»Da schaust du, gell!« Sie lächelte. »Dass du ihm fehlen wirst, habe ich schon gewusst, als du weggefahren bist. Aber dass er es so schnell zugeben würde, das hab ich nicht gedacht.«

Wolfgang wusste nicht, was er sagen sollte.

»Du bist sein Ein und Alles, sein ganzer Stolz«, fuhr seine Mutter fort. »Und er war oft stolz auf dich, auch wenn er das nie zugegeben hat. Er kann halt nicht aus seiner Haut, so wie die meisten Männer.«

»Aber er ist doch nicht dumm«, sagte Wolfgang. »Er kann doch dazulernen.«

»Das tut er ja, aber das geht eben sehr langsam.«

»Dass du ihn immer wieder verteidigst und zu ihm hältst, obwohl er auch zu dir oft alles andere als nett war«, sagte Wolfgang.

»Er ist doch mein Mann.«

Wie am Abend zuvor fuhr Wolfgang seiner Mutter zärtlich über die Wange.

»Ich muss jetzt nach der Wäsche sehen«, sagte sie.

»Soll ich dir beim Aufhängen helfen?«

»Nicht nötig, mach du nur deine Sachen.«

Sie ging in die Waschküche, Wolfgang in sein Zimmer. Eine Weile stand er am Fenster. Dann ging er zum Bücherregal, nahm da und dort ein Buch heraus, stellte alle wieder zurück, ohne hineingelesen zu haben. »Unser Bub fehlt mir.« Dieser Satz ging ihm nicht aus dem Kopf.

Warum hat er nicht zu mir gesagt: Schön, dass du wieder da bist? Warum sagt er so gut wie nie, was er empfindet und fühlt? Er kann halt nicht aus seiner Haut, so wie die meisten Männer, sagt Mama. Aber warum ist das so? Nur wegen dem, was sie im Krieg erlebt haben? Es waren doch nicht alle Männer im Krieg. Wenn Mama recht hat, gibt's nur zwei Möglichkeiten: Entweder ist den Männern angeboren, dass sie keine Gefühle zeigen können, oder es ist ihnen anerzogen – nein, angenormt!

Heul nicht! Mach kein solches Theater! Nun stell dich nicht so an! Du bist ja wie ein Mädchen! Wer sich nicht allein in den Keller traut, ist ein Angsthase. Wer keine Fliege in der Hand zerdrücken kann, ist ein Waschlappen. Wer sich nicht wehrt, wenn er angegriffen wird, ist ein Schlappschwanz.

Weil keiner ein Schlappschwanz sein will, heult man nicht und macht kein Theater. Man stellt sich nicht so an, damit man ja nicht wie ein Mädchen, sondern wie ein Junge ist, nein, wie ein richtiger Junge oder, noch besser, wie ein richtiger Kerl. Hitler hat gesagt, ein deutscher Junge ist flink wie Windhunde, zäh wie Leder und hart wie Kruppstahl. Zu so einem Jungen passen natürlich keine Gefühle. Aus solchen Jungen wurden dann Männer, die nicht mehr aus ihrer Haut können. Dann ist Haut aber das falsche Wort. Zwangsjacke wäre passender.

Die Jungen wurden genormt und stecken alle in Zwangsjacken. Ihr Leben lang. Wie Epsilons. Wenn sie dann Söhne haben, werden die auch genormt und in Zwangsjacken gesteckt. Und wenn sich einer dagegen wehrt, ist er aufmüpfig, vorlaut, ungezogen, frech oder gar ein Revoluzzer. Gut, dann bin ich eben ein Revoluzzer. Ich werde jedenfalls nicht mein Leben lang in einer Zwangsjacke herumlaufen. Die Uniform ist auch eine Zwangsjacke. Die muss ich zwar nicht mein Leben lang tragen, aber schon 18 Monate sind zuviel. Ich werde verweigern. Jawoll, das werde ich!

Wolfgang zog seine Jacke an und fuhr zu Bernhard. Er läutete, und wenig später öffnete Bernhards Mutter die Haustür.

»Grüß dich, Wolfgang«, sagte sie. »Du willst bestimmt zu Bernhard. Er ist oben in seinem Zimmer.«

»Danke«, sagte Wolfgang und ging an ihr vorbei. Dabei streifte er mit dem Arm ihren prallen Busen. »'tschuldigung«, murmelte er und spürte, wie ihm das Blut in den Kopf stieg.

Sie sagte nichts und drückte die Tür zu.

Es wäre schön, mal wieder einen Busen zu streicheln, dachte er, während er die Treppe hochging.

Bernhard saß an seinem Schreibtisch, im Hintergrund lief leise Musik.

»Wolfi!«, sagte Bernhard überrascht. »Hast du Heimaturlaub oder wie das bei euch heißt?«

Wolfgang erzählte seinem Fußballkameraden, warum er gekommen war. Bernhard fand ganz super, dass Wolfgang nun doch noch verweigern wollte, und gemeinsam setzten sie ein Schreiben an das Kreiswehrersatzamt Tübingen auf. Bernhard hatte eine Schreibmaschine und tippte den Brief. Als Wolfgang ihn unterschrieben hatte, steckte Bernhard ihn in ein Kuvert und fragte: »Hast du zu Hause eine Briefmarke?«

»Ich glaube nicht.«

Bernhard schaute zur Uhr. »Es ist gleich eins, da hat die Post schon zu. Warte, ich hol dir eine. Dann geht er morgen früh weg und ist am Montag in Tübingen.«

»Danke!«

»Nun erzähl mal, wie es beim Bund ist!«

Wolfgang erzählte. Zwischendurch klopfte Bernhards Mutter und fragte, ob sie keinen Hunger hätten. Aber weil beide spät gefrühstückt hatten, verneinten sie. Über das, was Wolfgang erzählte, schüttelte Bernhard immer wieder den Kopf.

»Wie läuft's eigentlich beim Studium?«, fragte Wolfgang, der nicht länger über die Bundeswehr reden wollte.

»War schon 'ne Umstellung, aber ich find's interessant, und mir gefällt's«, antwortete Bernhard. »Jedenfalls bis jetzt.«

»Was machst du eigentlich genau?«

»Dass ich an der PH Weingarten bin, weißt du?«

Wolfgang nickte.

»Ich werde Grund- und Hauptschullehrer mit den Fächern Deutsch und Geschichte. Aber wir müssen auch Vorlesungen und Übungen in Pädagogik, Philosophie, Soziologie und sogar Theologie belegen.«

»Klingt ziemlich schwierig.«

»Das hört sich schlimmer an, als es ist«, sagte Bernhard. »Ich muss natürlich viel lesen und lernen, aber ich finde das meiste wirklich interessant.«

»Das würde ich auch gern machen, lesen und lernen«, murmelte Wolfgang.

»Dann tu's doch!«

»Wie denn?«, fragte Wolfgang. »Zum Studieren braucht man das Abitur. Die nehmen doch keine Volksschüler.«

»Mit mir haben drei angefangen, die auch kein Abi haben …«

Wolfgang sah Bernhard zweifelnd an.

»Wirklich. Die mussten eine Eignungsprüfung machen. Und jetzt sind sie genau die gleichen Studenten wie wir.«

In Wolfgangs Gehirn arbeitete es, das sah man ihm an. »Was muss man bei dieser Eignungsprüfung können?«

Bernhard zog die Schultern hoch. »Keine Ahnung. Aber wenn du willst, frag ich nächste Woche mal einen der drei.«

Wolfgang nickte. »Das wäre nett.«

# 25

Wolfgang, Bernhard und Rudi hatten sich für den Abend verabredet, um mal ein paar Stunden nicht an Ausbilder und Dozenten zu denken. Wolfgang sollte fahren, weil er kein Bier trank. Er holte die beiden um halb acht ab, dann fuhren sie nach Straßberg, wo im »Adler« *The Birds* aus Ebingen spielten.

»Heute reiß ich eine Puppe auf, Jungs!«, verkündete Rudi. »Bei so 'nem Schwof läuft alles rum, was nicht in festen Händen ist.«

»Und du meinst, die warten alle nur auf dich?«, fragte Bernhard grinsend.

»Na klar! Aber alle will ich gar nicht. Mir reicht eine. Ihr sollt ja auch noch was abbekommen.«

»Danke, das ist sehr großzügig von dir.«

Wolfgang beteiligte sich nicht an der Neckerei. Er hielt nach einem Parkplatz Ausschau. Durch die vielen Schneehaufen am Straßenrand gab es keinen. Er musste fast bis zur Kirche fahren. Rudi meckerte, weil sie in der Kälte so weit zurückgehen mussten. »Ich komm mir vor wie bei unserm Geländemarsch am Donnerstag. Fehlt nur noch …«

»Kein Wort vom Bund!«, unterbrach ihn Wolfgang.

»Hast recht«, sagte Rudi. »Das haben die Schleifer gar nicht verdient.«

Vor dem »Adler« standen ein paar bibbernde Pärchen, teils nur händchenhaltend, teils schon knutschend. Drinnen war es ziemlich voll. Der Mief von unzähligen Hochzeiten und anderen Festen, die in den vergangenen fünfzig Jahren in diesem

Saal gefeiert worden waren, hing in der Luft und reizte zusammen mit den Rauchschwaden die Schleimhäute.

»Hier ist ja eine Luft zum Schneiden«, sagte Bernhard und wedelte mit der Hand vor dem Gesicht.

Sie schauten sich um, sahen einige bekannte Gesichter, grüßten durch das Heben des Kopfes oder einer Hand und gingen langsam durch den Saal.

»Na ihr drei, auch auf der Jagd?«

»Immer«, antwortete Rudi.

»Hallo Wolfi, wie geht's als Schütze Arsch?«

Darauf reagierte Wolfgang nicht.

»Rudi, altes Haus! Haben sie dich auch rausgelassen?«

»Dich nehmen sie ja nicht mal, weil dir einer ins Gehirn geschissen hat«, gab Rudi zurück.

»Pass gut auf deine Kumpels auf, Berni!«

»Pass du nur gut auf dich auf, dann hast du genug zu tun!«

So ging das, bis sie am Ende der mittleren Tischreihe zwei Stühle entdeckten.

»Setzt euch schon mal«, sagte Rudi. »Ich hole noch einen Stuhl.«

»Bisschen weit vom Schuss«, meinte Bernhard.

»Von hier hat man alles im Blick und keinen Feind im Rücken«, sagte Rudi. »Das ist immer gut.« Er ging und schleppte wenig später einen Stuhl an. »So, jetzt brauche ich noch eine Halbe, dann kann's losgehen!«

Es dauerte ziemlich lange, bis eine Bedienung kam, und es dauerte noch mal eine Weile, bis sie das Bier für Rudi und Bernhard und ein Spezi für Wolfgang brachte.

Rudi hing auf dem Stuhl, als ginge es zu Ende mit ihm. »Ich hatte schon Angst, wir müssten in einer Wirtschaft verdursten«, hauchte er schwach.

»Ihr seid nicht die einzigen hier, die Durst haben«, gab die Bedienung spitz zurück. Sie stellte die Getränke auf den Tisch und öffnete ihren Geldbeutel. »Ich muss gleich kassieren.«

»Ach, das Kassieren geht ruckzuck«, sagte Rudi, der nun wieder sehr lebendig war.

»Wenn ich nicht …«

Die weiteren Worte der Bedienung gingen in *Rock and Roll Music* unter. Mit diesem *Beatles*-Song eröffneten *The Birds* den Abend. Und schon die ersten Takte schienen die jungen Leute zu elektrisieren. Viele Mädchen drängten sich vor die Bühne und schmachteten die Bandmitglieder an, als stünden die Beatles persönlich oben.

Die Bedienung rief Rudi, Wolfgang und Bernhard zu, was sie bezahlen mussten, zählte mürrisch das Rückgeld auf den Tisch und ging.

Die drei stießen an, tranken und schauten dann nach vorn.

»Was die Weiber an den Typen da oben nur finden?«, fragte Rudi.

»Die können eben singen …«

»Das kann ich auch.« Und sofort legte Rudi los: »Marmor, Stein und Eisen bricht, aber unsere Li-i-iebe nicht!«

Etliche drehten sich um und tippten sich an die Stirn.

»Halt die Schnauze!«, brüllte einer.

»Du hast wirklich eine Macke«, sagte Wolfgang.

»Hast du keine?«

Darauf antwortete Wolfgang nicht.

Der erste Song war zu Ende, das Publikum klatschte begeistert, einige Mädchen kreischten.

Der Sänger begrüßte die Leute, bedankte sich für den tollen Empfang, stellte sich und seine Kollegen kurz vor und wünschte allen einen schönen Abend. Dann kündigte er den zweiten Song an, *Poor Boy* von *The Lords*. Sofort kreischten wieder einige Mädchen.

Bernhard sang leise mit, Wolfgang summte nur, weil er kein Englisch konnte. Rudi schaute sich um, stieß Wolfgang in die Seite und sagte: »He, dort vorne sitzen vier Mädels. Die seh ich mir mal genauer an. Kommst du mit aufs Klo?«

Wolfgang schüttelte den Kopf.

Rudi stand auf, ging auffällig unauffällig nach vorne und auf der Höhe der vier Mädchen besonders langsam. Auf dem Rückweg blieb er stehen, sagte etwas zu ihnen, die daraufhin kicherten. Er setzte sich, redete mit ihnen und nach einer Weile ging er zurück zu Wolfgang und Bernhard.

»Los, kommt, bei den Mädels ist Platz, weil die andern vorne sind!« Er zwinkerte. »Da ist was zu machen, das spür ich im Urin.«

»Du mit deinem Urin«, sagte Wolfgang.

»Kommt schon!«, drängte Rudi. »Bevor sich andere an die ranschmeißen.«

Wolfgang und Bernhard sahen sich an.

»Warum nicht?«, sagte Bernhard. »Ist wahrscheinlich unterhaltsamer als hier hinten zu sitzen.«

Sie nahmen ihre Getränke und setzten sich nach vorne. Rudi stellte seine Freunde vor und bat die Mädchen, ihre Namen zu nennen. Dann übernahm er die Gesprächsführung, machte Witze und alberte herum, was Margot besonders gefiel. Und es dauerte nicht lange, bis er neben ihr saß.

»Du warst auf dem Gymmi in Ebingen, stimmt's?«, fragte Doris und schaute Bernhard an.

Bernhard nickte.

»Und was machst du jetzt?«

»Ich studiere an der PH Weingarten.«

»Du spielst doch Fußball bei Winterlingen«, sagte Sabine zu Wolfgang.

Bevor er antworten konnte, sagte Rudi: »Wir spielen alle drei beim FCW!«

»Ach?« Sabine grinste. »Du bist mir noch nie aufgefallen, aber er.«

»Ich sag's ja immer, Mädchen haben eben keine Ahnung vom Fußball«, entgegnete Rudi.

»He, he, keine frauenfeindliche Sprüche!«, sagte Doris mit gespieltem Ernst.

»Das ist nicht frauenfeindlich, das ist die Wahrheit«, hielt Rudi dagegen.

»Und was macht ihr …«

»Schluss mit der Fragestunde! Kommt, wir tanzen eine Runde!« Rudi stockte kurz, dann rief er: »He, Leute habt ihr gehört, das hat sich gereimt! Ich bin ein Dichter!« Er stellte sich mit breiter Brust in Pose, als erwartete er Beifall.

»Du bist ein Spinner!«, sagte Margot lächelnd.

»Danke!« Rudi verbeugte sich vor ihr wie ein Tanzschüler. »Darf ich bitten?«

»Spinner«, wiederholte Margot, stand auf und ging mit ihm zur Tanzfläche.

Bernhard und Doris folgten ihnen. Wolfgang zögerte noch. Seine Schwester Brigitte hatte vor Jahren mal versucht, ihm das Tanzen beizubringen. Aber mehr als ein paar staksige Schrittkombinationen waren dabei nicht herausgekommen. Zwei links, eins rechts war das einzige, was er von damals noch im Kopf hatte. Oder ging es genau umgekehrt? Er war sich nicht mehr sicher.

»Sollen wir auch tanzen?«, fragte Sabine.

»Ich … äh … wenn du möchtest«, sagte Wolfgang.

Sie nickte und lächelte ihn an. Da konnte Wolfgang einfach nicht sitzen bleiben. Schon auf dem Weg nach vorne beobachtete er die Tanzenden. Manche tanzten eng umschlungen, und ihre Bewegungen hatten nichts mit *I'm a Believer* von *The Monkees* zu tun, das gerade gespielt wurde. Andere bewegten sich im Rhythmus der Musik; dabei berührten einige ihre Partnerin überhaupt nicht, und manche hielten sich an den Händen. Als Wolfgang und Sabine ein Plätzchen gefunden hatten, schauten sie sich einen Moment unschlüssig an. Dann nahm Sabine Wolfgangs linke Hand und fing an zu rocken. Unsicher und ziemlich steif rockte er mit, so gut er eben konnte.

Als *I'm a Believer zu* Ende war, lächelte Sabine ihn an und sagte: »Du tanzt nicht so oft, stimmt's?«

Wolfgang nickte.

»Dafür war das schon ganz gut.«

»Schwindlerin.«

»Doch, ehrlich.«

»Tanzen ist nicht …«

In Wolfgangs Worte hinein begann *Massachusetts* von den *Bee Gees*. Wieder standen sich Sabine und Wolfgang unschlüssig gegenüber, weil er nicht wusste, was er tun sollte. Da legte sie die Arme um seine Schultern und wiegte sich weich zur Musik, wobei sie die Füße kaum bewegte. Es dauerte ein paar Sekunden, bis Wolfgang seine Hände auf ihre Hüften legte und Sabines Bewegungen folgte.

»Siehst du, es geht doch«, flüsterte sie ihm ins Ohr und schmiegte sich an ihn.

Wolfgang roch das Ei-Shampoo, mit dem sie ihre Haare gewaschen hatte, und er roch das Parfüm, das sie benutzte. Es duftete angenehm, ohne dass er hätte sagen können, wonach.

So nah war er seit Annas Tod keiner Frau mehr gewesen. Er spürte Sabines Brüste und Schenkel, und es dauerte nicht lange, bis sich in seiner Hose etwas regte.

Als die Band eine Pause machte, hatte Wolfgang auf dem Weg zu ihren Plätzen Mühe, die Wölbung in seiner Hose zu verdecken. Er setzte sich schnell, damit niemand sie bemerkte.

»He, das ist mein Platz!«, sagte ein Mädchen.

Wolfgang hob entschuldigend die Hände. Er und Sabine rutschten auf die nächsten Stühle, die noch frei waren, weil Rudi und Margot sich nach dem Tanzen verdrückt hatten.

»Die Jungs spielen nicht schlecht«, sagte Bernhard.

»Die sind gut!«, verstärkte Doris das Lob.

Das war auch Sabines Meinung.

»Ich kann das nicht beurteilen«, sagte Wolfgang. »Ich war noch nicht oft bei so was.«

»Was machst du denn in deiner Freizeit?«, fragte Sabine.

»Ich spiele Fußball …« Er lächelte sie an. »… wie du ja schon weißt. Und ich lese gern.«

»Ich lese auch gern, am liebsten Krimis – und Liebesromane«, sagte Sabine.

Doris zeigte auf Sabine. »Seht mal, jetzt wird sie rot!«

»Quatsch!«

»Wo arbeitest du denn?«, fragte Wolfgang, um das Thema zu wechseln.

»Bei Groz-Beckert in Ebingen.«

»Und was machst du da?«

»Eine kaufmännische Lehre«, antwortete Sabine. »Ich bin jetzt im dritten Lehrjahr. Und wo …«

Bevor sie ihre Frage aussprechen konnte, eröffneten *The Birds* mit *Bend It* von *Dave Dee, Dozy, Beaky, Mick & Tich* die nächste Runde. Sofort strömten die Pärchen wieder nach vorne, unter ihnen auch Sabine und Wolfgang. Jetzt fühlte er sich schon wohler. Seine Bewegungen waren zwar immer noch etwas ungelenk, aber außer Sabine fiel das niemandem auf. Und ihr schien es nichts auszumachen. Sobald die Band ein langsameres Stück spielte, schmiegte sie sich an ihn. Er spürte ihren weichen Körper, sog ihren Duft ein, und eine heiße Welle schwappte vom Magen bis in den Kopf. Ihm wurde ein wenig schwummerig, und er fühlte sich leicht, angenehm leicht. Wie lange war es her, dass er sich so gefühlt hatte? Manchmal schien es Wolfgang unendlich weit weg, manchmal war ihm, als seien er und seine Wolfinia erst gestern noch zusammengelegen.

Wolfgang löste sich etwas von Sabine, umfasste zärtlich ihren Kopf, hob ihn sacht ein wenig hoch und küsste sie. Sabine öffnete die Lippen und erwiderte seinen Kuss.

# 26

Am Sonntagabend stand Wolfgangs 12M hinter einer Baumgruppe an der Alten Steige zwischen Winterlingen und Straßberg. Wolfgang und Sabine saßen auf der Rückbank. Die zunehmende Kälte spürten sie kaum; sie küssten und streichelten sich so intensiv, dass ihnen dabei warm wurde.

»Es ist schon halb neun vorbei«, flüsterte Sabine. »Wenn du um zehn in der Kaserne sein willst, musst du jetzt los.«

»Von wollen kann nicht die Rede sein«, sagte Wolfgang. »Aber ich muss, sonst gibt's Ärger.«

Sie ordneten ihre Kleidung, dann fuhr er Sabine nach Hause. Mit einem langen Kuss verabschiedeten sie sich.

Die Fahrt nach Pfullendorf fiel Wolfgang schwer. Nicht nur wegen Sabine. Er dachte auch an seinen Antrag auf Kriegsdienstverweigerung und hatte ein mulmiges Gefühl im Bauch. Wenn der Antrag abgelehnt wird, lassen sie mich bestimmt büßen, dass ich einen gestellt habe, dachte er.

Ich muss bei der Verhandlung so gut sein, dass er nicht abgelehnt wird. Dafür übe ich mit Berni noch. Hoffentlich ist die Verhandlung bald.

Zwanzig Minuten vor zehn erreichte er das Kasernentor. Der Wachsoldat warf einen flüchtigen Blick auf Wolfgangs Ausweis und winkte ihn durch. Auf dem Parkplatz stellte er sein Auto ab, schnappte seine zwei Taschen und lief los.

Willi stand in Uniform in der Tür von Stube 210. »Wo bleibt ihr denn?«, rief er Wolfgang entgegen. »Gleich ist Stubendurchgang!«

»Wer fehlt denn noch?«

»Günther.«

»Nun mach dir mal nicht in die Hose, Kleiner!«, kam es von drinnen. »Der UvD wird dir den Kopf nicht abreißen, wenn einer fehlt.«

Als Wolfgang in die Stube trat, saß Paule im Schlafanzug mit einer Flasche Bier am Tisch. »Und wenn Günne nicht rechtzeitig kommt, muss er das ausbaden, nicht du.«

»Aber ich …«

»Paule hat recht«, sagte Armin, der schon im Bett lag. »Du bist nicht dafür verantwortlich, dass alle hier sind. Du musst nur entsprechend abmelden.«

»Und wie?«, fragte Willi verunsichert.

»Stube 210 mit sechs Mann belegt. Ein Mann fehlt. Vier Mann in den Betten. Stube gereinigt und gelüftet. Stubendienst Kanonier Vogel«, sprach Armin ihm vor.

Während Willi den Spruch übte, leerte Wolfgang seine Taschen, verstaute sie, zog den Schlafanzug an und legte sich ins Bett.

»Geh du jetzt auch in die Falle!«, sagte Willi zu Paule.

»Erst muss ich noch leertrinken.« Das tat er genüsslich, legte die Flasche zu drei anderen ins Wertfach und schloss ab. »Nach dem köstlichen Gutenachtschluck werde ich selbst in diesem beschissenen Bett gut schlafen.«

»Den Platz, an dem du nicht schlafen kannst, gibt's auf der ganzen Welt nicht«, sagte Schorsch.

»Gott sei Dank!«, murmelte Paule, und es dauerte keine zwei Minuten, bis er schnarchte.

Wenig später brüllte der UvD »Zapfenstreich!« durch den Block. Willi entdeckte einen Ring von Paules Flasche auf dem Tisch, wischte ihn schnell weg, rückte die Stühle noch einmal ordentlich zurecht und stellte sich in Position.

Als der UvD die Tür aufstieß, zuckte Willi zusammen. »Stube 210 mit sechs Mann belegt. Vier Mann in den Betten. Stube gereinigt und gelüftet. Stubendienst Kanonier Vogel.«

»Wer fehlt?«

»Günther Ude.«

»Ist der General?«

»Äh … nein … der ist Kanonier.«

Der UvD schrieb etwas in sein Büchlein. Dann stellte er einen Stuhl ans Fenster, stieg drauf, wischte mit dem Finger auf der Vorhangschiene entlang, stieg wieder herunter und pustete Willi den Staub ins Gesicht. »Sehen Sie mich noch?«

Willi fielen die Sätze ein, die ältere Wehrpflichtige angeblich in solchen Situationen sagten: »Nein, aber ich kann sie noch riechen.« oder »Nein, aber ich habe mir Ihren Standort gemerkt.« So einen Satz brachte er allerdings nicht über die Lippen. Stattdessen schlug er die Hacken zusammen und sagte: »Jawoll, Herr Unteroffizier!«

»In fünfzehn Minuten komme ich wieder, dann ist hier alles sauber!«

»Jawoll, Herr Unteroffizier!«

Kaum war UvD draußen, hagelte es Schimpfwörter. Willi nahm einen Lappen und wollte den Staub von den Vorhangschienen wischen, aber ihm fehlten ein paar Zentimeter.

»Warte, ich helf dir«, sagte Wolfgang.

Während er über die zweite Schiene wischte, kam Günther herein. »War der UvD schon hier?«, fragte er, noch völlig außer Atem.

»Ja, leider.«

»Scheiße!«

»Aber er kommt nochmal«, sagte Willi.

»Wieso?«

»Nachappell«, antwortete Armin.

»Nachappell?« In Günthers Gehirn arbeitete es, das sah man ihm an. »Das ist gut!«

»Spinnst du?«, fragte Willi. »Was ist daran gut?«

»Ich war vorhin auf dem Klo«, sagte Günther. »Wenn er wieder kommt, sage ich, dass ich Durchfall habe und vorhin auf dem Klo war.«

»Aber … aber … ich …«

»Ihr müsst das nur bestätigen.« Günther schaute seine Stubenkameraden an.

»Klar bestätigen wir das«, sagte Schorsch.

»Danke!« Günther verstaute seine Sachen im Spind und zog sich schnell aus.

Wolfgang war mit dem Staubwischen fertig. »Los, in die Betten!«

Willi stellte sich wieder in Position. Tonlos murmelte er die Meldung.

»Keine Angst, Willi, wir sind ja da«, sagte Armin.

»Aber ihr müsst die Stube nicht abmelden«, entgegnete Willi kleinlaut.

»Vorhin hast du …«

In die Worte hinein wurde die Tür aufgestoßen.

»Stube 210 mit sechs Mann belegt. Fünf Mann in den Betten. Stube gereinigt und gelüftet. Stubendienst Kanonier Vogel.«

Der UvD hob die Augenbrauen. »Wieso melden Sie jetzt fünf Mann in den Betten? Vorhin waren es doch vier.«

»Weil … weil …«

»Weil ich vorhin auf dem Klo war, Herr Unteroffizier«, sagte Günther aus dem Bett. »Ich habe nämlich Durchfall.«

»Sie wollen mich wohl verscheißern!«

»Bestimmt nicht, Herr Unteroffizier.« Und zum Beweis sprang Günther aus dem Bett. »Ich muss schon wieder! Aus dem Weg!«, rief er und lief zwischen Willi und dem Unteroffizier hindurch aus der Stube.

»Warum haben Sie das vorhin nicht gesagt?«, fragte der UvD misstrauisch.

»Weil … weil … Sie haben mich nicht gefragt«, stotterte Willi.

»Nicht gefragt?! Sind Sie so blöd oder tun Sie nur so?«

Auf diese Frage antwortete Willi nicht.

»Sie haben korrekt zu melden, ohne dass ich frage! Ist das klar?«

»Jawoll, Herr Unteroffizier!«

Der UvD schaute Willi mit einem stechenden Blick an. »Mit mir nicht, meine Herrn, das sage ich Ihnen!« Dann wandte er sich ab, nahm sein Schiffchen vom Kopf und warf es unter das erste Bett. »Vorholen!«

»Jawoll, Herr Unteroffizier!« Willi legte sich auf den Bauch, tastete nach dem Schiffchen, erwischte es und reichte es dem Unteroffizier.

»Was ist das auf meinem Schiffchen?«

»Staub.«

»Ich komme in einer halben Stunde wieder, dann ist unter den Betten kein Staubkorn mehr!«

»Jawoll, Herr Unteroffizier!«

Kaum war er draußen, sagte Willi: »Los, wir müssen unter den Betten putzen!«

»Langsam, langsam«, entgegnete Wolfgang. »Ich habe vorhin die Vorhangschienen abgestaubt. Und? Hat der Drecksack da noch mal nachgeprüft? Nein, weil es darum nicht geht.«

»Natürlich nicht«, sagte Armin. »Der ist gefrustet, weil er am Sonntag hier sein und UvD machen muss. Diesen Frust lässt er jetzt an uns aus. Mit dem Staub hat das nichts zu tun, aber auch gar nichts.«

»Genau«, stimmte dem Schorsch zu. »Wir können unter den Betten putzen wie die Verrückten. Wenn er nachher kommt, interessiert ihn das überhaupt nicht …«

»Weil er davon ausgeht, dass wir wie die Verrückten geputzt haben«, redete Armin weiter.

»Dann findet er etwas anderes«, sagte Wolfgang. »Und weil wir nicht so blöd sind, wie der denkt, putzen wir nichts mehr.«

Beim nächsten Nachappell interessierte der Zustand des Bodens unter den Betten den UvD nicht die Bohne. Und beim übernächsten nicht der Staub auf Armins Spind. Ebenso wenig wie beim überübernächsten die angeblich schmutzige Türklinke. Erst nach dem fünften Nachappell kurz vor halb eins war er mit dem Zustand von Stube 210 zufrieden, obwohl sich an dem seit dem ersten Nachappell nichts mehr geändert hatte.

»Und das müssen sich sechs junge Männer in einem freien Land von so einem Arschloch gefallen lassen«, sagte Armin.

Hoffentlich nicht mehr lange, dachte Wolfgang.

Am nächsten Morgen verbreitete sich eine Nachricht wie ein Lauffeuer durch die Kaserne: In Lebach waren in der Nacht Unbekannte in ein Munitionsdepot der Bundeswehr eingebrochen und hatten drei Soldaten in der Wachbaracke im Schlaf erschossen. Zwei wurden lebensgefährlich verletzt.

Entsetzen, Wut und Angst waren allenthalben spürbar. Noch bevor Genaueres über die Täter und die Hintergründe der Tat bekannt wurde, ließ der Kompaniechef der 4./101 seine Soldaten antreten.

»Männer«, begann er seine kurze Ansprache, »heute Nacht ist ein schreckliches Verbrechen geschehen. Drei Kameraden in Lebach wurden im Dienst ermordet, zwei lebensgefährlich verletzt. Noch wissen wir nichts über die Täter, aber eines ist jetzt schon sicher: sie werden gefasst und bekommen ihre gerechte Strafe. Das macht die toten Kameraden nicht wieder lebendig, werden Sie nun sagen. Das ist leider wahr. Und die schreckliche Tat ist ein allzu deutlicher Hinweis, dass wir in Zukunft noch wachsamer sein müssen, als wir es in der Vergangenheit waren. Damit sich so etwas nie wiederholt.«

Nach diesen Worten begann der übliche Dienst. Allerdings schien es, als habe der Chef den Ausbildern gesagt, sie sollten es etwas »weicher« angehen lassen.

In der Nato-Pause standen und saßen Soldaten zusammen und redeten über Lebach.

»Wir sollen unser Land beschützen und können nicht mal uns selber schützen«, sagte Schorsch.

»Wenn ich mir vorstelle, das wäre bei uns passiert …«

»Das will ich mir gar nicht vorstellen«, redete Paule dazwischen. »Ich bin schließlich nicht hier, um zu krepieren!«

»Wozu sind Sie denn hier?«, fragte Unteroffizier Riether, ihr Gruppenführer.

»Das frage ich mich auch.«

»Wir sind jedenfalls nicht hier, um uns erschießen zu lassen«, mischte sich jetzt Günther ein.

»Verbrechen kann man leider nicht verhindern, nicht einmal die Bundeswehr kann das«, entgegnete der Unteroffizier. »Außerdem dürfen Sie alle nicht vergessen, wozu Sie wirklich hier sind: Um für den Ernstfall ausgebildet zu werden – der hoffentlich nie eintreten wird. Aber falls doch, müssen Sie, müssen wir alle kämpfen. Dabei wird es Tote geben, viele Tote. Das wird von den hohen Herrn gern verschwiegen.«

# 27

»Der Herr Kanonier Windbacher möchte also den Wehrdienst verweigern«, sagte Feldwebel Hacker beim Geländedienst und ließ Wolfgang drei Schritte vortreten.

»Nicht den Wehrdienst, den Kriegsdienst«, korrigierte ihn Wolfgang.

»Sieh an, sieh an, solche Spitzfindigkeiten haben Sie also schon gelernt«, sagte der Feldwebel. »Aber damit kommen Sie bei mir nicht weit. Sie wollen sich einfach drücken, geben Sie's doch zu!«

»Ich ...«

»Achtung!«

Wolfgang schlug die Hacken zusammen, presste die Fäuste an die Hosennähte und verschloss den Mund, so wie er es gelernt hatte.

»Jetzt sind Sie gerade mal drei Wochen hier und wollen uns schon verlassen und wieder nach Hause zu Mami, damit Sie weiter verhätschelt werden«, sagte der Feldwebel spöttisch. »Was sind Sie doch für ein Weichei!«

»Ich bin ...«

»Volle Deckung!«, brüllte der Feldwebel.

Wolfgang zögerte kurz, dann warf er sich auf den Boden, weil er sicher war, dass Feldwebel Hacker ihm sonst ein Verfahren wegen Befehlsverweigerung anhängen würde. Und das würde ihm nur schaden.

»Noch sind Sie hier, Kanonier Windbacher«, sagte der Feldwebel, »und noch sind Sie nicht als Drückeberger anerkannt.

Ich glaube auch nicht, dass es so weit kommt, aber unabhängig davon werde ich Ihnen bis zu Ihrer Verhandlung noch ein paar Lektionen erteilen. Sollten Sie mit Ihren Lügen in Tübingen tatsächlich durchkommen, nehmen Sie wenigstens die noch von hier mit. Sollten Sie nicht anerkannt werden, wissen Sie schon, was Sie nach Ihrer Verhandlung hier erwartet.«

Wolfgang wäre am liebsten aufgesprungen und hätte Feldwebel Hacker an der Gurgel gepackt. Aber er blieb liegen und drückte das Gesicht in den Schnee. Die Kälte tat gut.

»Auf!«

Mit dem Sturmgepäck auf dem Rücken rappelte Wolfgang sich hoch und nahm die Grundstellung ein.

»Zurücktreten!«

Wolfgang trat drei Schritte zurück ins Glied.

»Damit Sie nicht frieren, dürfen Sie sich jetzt ein wenig bewegen«, sagte der Feldwebel. »Nicht nur der Kanonier Windbacher, sondern alle. Rechts um! Im Laufschritt, Marsch!«

Der zweite Zug lief los, die Sturmgepäcke hüpften auf den Rücken. Feldwebel Hacker und die Ausbilder blieben stehen.

»Das Ganze kehrt!«, rief der Feldwebel nach etwa fünfzig Metern.

Die Soldaten machten kehrt und liefen zurück.

»Das Ganze kehrt!«

Das wiederholte sich zehnmal, wobei sich der Zug mehr und mehr auflöste, weil einige nicht mehr mithalten konnten.

»Erster Zug – Halt!«, rief Feldwebel Hacker. »In Dreierreihen antreten!«

Keuchend und hustend stellten sich die Soldaten auf.

»Jetzt ist allen warm geworden, so dass Sie sich keine Muskelzerrungen oder andere Wehwehchen holen werden, wenn Sie gleich mit dem Spaten arbeiten«, sagte der Feldwebel. »Heute steht Schanzen und Tarnen auf dem Dienstplan. Beides ist für den Soldaten sehr wichtig, überlebenswichtig! Denn wer vom Feind nicht gesehen wird, kann nicht getroffen werden.«

Die Soldaten mussten sich im Abstand von zwei Metern aufstellen und dann eine Mulde graben, in die sie sich legen konnten. Bei dem gefrorenen Boden war das eine gewaltige Schinderei.

Feldwebel Hacker ging alles zu langsam. »Nicht so lahmarschig, meine Herrn! Wir sind doch hier nicht in einem Kleingärtnerverein!« Er schien kurz zu überlegen, dann rief er: »Hören Sie genau zu! Der Feind kommt aus dem Osten und hat bereits die Linie Ulm, Biberach, Ravensburg überschritten. Spätestens in einer Stunde wird er hier sein. Wer dann in seiner Mulde noch zu sehen ist, wird erschossen!« Kalt lächelnd fügte er hinzu: »Weil ich die Versager nicht erschießen kann, bleiben sie am Wochenende hier, um das Schanzen zu üben. Das ist wenigstens wie ein kleiner Tod.«

Leise vor sich hinfluchend und diesem Schleifer den Tod wünschend schlugen die jungen Männer ihre Spaten weiter in den Boden. Drei taten das so heftig, dass der Spatenstiel brach. Zu ihnen gehörte Wolfgang.

»Schlimm genug, dass Sie Bundeswehreigentum beschädigt haben«, schnauzte der Feldwebel sie an. »Im Ernstfall hätten Sie jetzt ein Problem. Es sei denn, Sie schaffen es, ihre Mulde mit einem kaputten Spaten oder mit den Händen zu graben.«

Sie versuchten es, hatten jedoch keine Chance.

Nach einer Stunde rief Feldwebel Hacker: »Volle Deckung!« Dann ging er etwa dreißig Meter zurück und ließ alle, die er noch sehen konnte, aufstehen. Es war beinahe der halbe Zug. Die Gruppenführer mussten die Namen aufschreiben und sie dem Feldwebel geben. Der las alle vor und sagte zum Schluss: »Wir sehen uns am Samstag um neun Uhr vor dem Block mit Sturmgepäck.«

»Das haben wir dir zu verdanken!«, zischte einer hinter Wolfgang und trat ihm so heftig in die Kniekehlen, dass er zu Boden ging.

»Was ist los, Windbacher?«, fragte Feldwebel Hacker. »Ich habe nichts von Hinlegen gesagt. Aber wenn Sie möchten, kann ich das gern tun: Hinlegen!«

Kaum lag Wolfgang, sagte der Feldwebel süffisant: »Damit Sie sich auf dem Schnee nicht erkälten – Sprung auf, Marsch, Marsch!«

Wolfgang sprang auf und lief los.

»Volle Deckung! – Sprung auf, Marsch, Marsch! – Volle Deckung! – Sprung auf, Marsch, Marsch! – Volle Deckung! – Das Ganze kehrt! – Sprung auf, Marsch, Marsch! – Volle Deckung!«

So ging das, bis Wolfgang liegen blieb. Feldwebel Hacker stellte sich neben ihn und sagte so leise, dass es niemand hören konnte: »Dich mach ich so fertig, dass du dir wünschst, nicht geboren zu sein!«

Das schaffst du nicht, wollte Wolfgang rufen. Aber er hatte noch keine Luft zum Sprechen. Während er wie ein Hund hechelte, schossen ihm Bilder von früher durch den Kopf. Er sah sich als Malerlehrling, sah seinen Meister Traugott Gerber, der ihn kleinkriegen wollte. Das war schlimm gewesen, er hatte buchstäblich Dreck fressen müssen, aber er hatte es überstanden. Damals hatte er sich geschworen, ihn würde keiner mehr kleinkriegen, weder sein Meister, noch sein Vater, noch sonst einer. Und auch dieses Schwein würde es nicht schaffen. Der konnte ihn schleifen, konnte ihn rennen lassen, bis er kotzte, konnte ihm das Wochenende klauen, aber kleinkriegen würde der ihn damit nicht.

# 28

**D**ie mündliche Verhandlung vor dem Prüfungsausschuss beim Kreiswehrersatzamt Tübingen fand bereits am Freitag statt.

Wolfgang wurde von einem Fahrer im Jeep nach Tübingen gebracht.

»Wenn ich du wäre, hätte ich das nicht gemacht«, sagte der Gefreite Becker unterwegs.

»Das muss jeder selber wissen.«

»Seit ich beim Bund bin, haben die noch nie einen anerkannt, der schon dabei war und dann noch verweigern wollte.«

»Kann sein«, sagte Wolfgang nur. Er wollte jetzt nicht darüber reden, sondern lieber seine Ruhe haben.

»Was glaubst du, was der Hacker mit dir macht, wenn du zurückkommst und …«

»Kannst du bitte die Klappe halten!«, fiel ihm Wolfgang ins Wort.

Er hielt sie, und so fuhren sie schweigend nach Tübingen. Vor dem Kreiswehrersatzamt entdeckten sie einen Parkplatz.

»Ich warte hier«, sagte der Fahrer knapp.

Wolfgang nickte, stieg aus und schaute an dem Gebäude hoch. Es sah aus wie eine alte, etwas ungepflegte Villa und nicht wie ein Amt, in dem über das Leben von vielen jungen Männern entschieden wurde. Jedenfalls sah es nicht so aus, wie Wolfgang sich dieses Amt vorgestellt hatte. Er ging hinein, sah über einer Glasscheibe das Schild »Anmeldung« und stellte sich vor die Scheibe. Dahinter saß eine Frau an einer Schreibmaschine. Ob sie Wolfgang nicht bemerkte oder weitertippte, obwohl sie ihn bemerkt hatte, war schwer zu sagen. Er wartete kurz, dann klopfte er an die Scheibe. Die Frau hielt inne, wandte sich ihm zu, schob eine Hälfte der Glasscheibe zur Seite und sagte: »Ja bitte?«

»Guten Morgen! Meine Name ist Wolfgang Windbacher, ich soll mich hier melden.« Mit diesen Worten gab er der Frau das Schreiben, das er gestern erhalten hatte.

Sie warf einen Blick drauf und sagte: »Nehmen Sie bitte drüben in Zimmer sieben Platz. Sie werden dann geholt.« Schon schloss sie die Glasscheibe wieder.

Wolfgang schaute sich um, entdeckte die 7 auf einer der Türen, klopfte an und ging hinein. »Guten Morgen!«

»Morgen«, brummten drei Männer, die verstreut in dem Raum saßen.

Wolfgang setzt sich an die noch freie Wand. Möglichst unauffällig schaute er die drei Männer an.

»Musst du auch zur Nachmusterung?«, fragte der ihm gegenüber Sitzende.

Wolfgang schüttelte den Kopf.

»Ich soll zu einer zehntägigen Wehrübung«, grummelte der Zweite. »Zehn Tage! Die haben doch den Arsch offen! Ich bin Elektriker und habe einen kleinen Betrieb. Da kann ich nicht zehn Tage in der Prärie herumhüpfen und Krieg spielen!«

»Da nehmen die keine Rücksicht«, meinte der Dritte. »Mich haben sie auch schon mal geholt, obwohl ich ein Malergeschäft mit drei Gesellen und einem Stift habe. Und in acht Wochen soll ich schon wieder einrücken.« Er tippte sich an die Stirn. »Nicht mit mir! Diesmal habe ich mir ein ärztliches Attest besorgt.« Er zwinkerte. »Meine Wirbelsäule ist so krumm, dass ich keine Wehrübung mehr machen kann. Wenn die glauben …«

In diesem Augenblick wurde eine Tür geöffnet und ein grauhaariger Mann in einem weißen Arztkittel kam herein. *Ober-*

*stabsarzt Dr. Althauser* stand auf der Brusttasche. Er schaute den Malermeister an und sagte: »Bevor ich Ihren Antrag entscheiden kann, müssen Sie zum Röntgen.«

»Ich will nicht ...«

»Sie haben hier gar nichts zu wollen!«, blaffte ihn der Oberstabsarzt an.

»Ich ... ich ... Sie ...«

»Ich brauche neue Röntgenaufnahmen, sonst geht gar nichts!«

Der Malermeister fing sich und konterte: »Sie haben keinen Rekruten vor sich, merken Sie sich das! Wo leben wir denn? Ich habe Ihnen meine Röntgenaufnahmen mitgebracht. Die sind gerade mal vier Wochen alt. Und ich lasse mich nicht schon wieder röntgen, auf gar keinen Fall!«

»Schreien Sie hier nicht so herum!«

»Sie haben doch angefangen! Und ich lasse mir von Ihnen den Mund nicht verbieten. Wir leben nicht mehr im Dritten Reich, sondern in einem freien Land, auch wenn sich das bis zu Ihnen noch nicht herumgesprochen hat.«

Der Oberstabsarzt machte auf dem Absatz kehrt und verschwand hinter der Tür.

Der Jüngste hob den Daumen und nickte dem Malermeister anerkennend zu. »Endlich hat dem mal einer die Meinung gesagt.«

»Ich glaube nicht, dass das taktisch klug war«, meinte der Elektriker.

»Taktisch klug oder nicht, das ist mir scheißegal«, gab der Malermeister erregt zurück. »So lasse ich nicht mit mir reden. Schlimm genug, dass ich das beim Bund achtzehn Monate ertragen musste. Aber diese Zeit ist Gott sei Dank vorbei!«

Meine hoffentlich auch bald, dachte Wolfgang. Der Malermeister imponierte ihm. Dass er diesem Oberstabsarzt so die

Meinung gesagt hatte, alle Achtung! Trotzdem wollte Wolfgang sich nicht von seiner Sache ablenken lassen. Er versuchte, das eben Gehörte wegzuschieben und seine Strategie für die Verhandlung noch einmal durchzugehen.

Nach einiger Zeit, in der kein Wort gesprochen wurde, ging eine Tür auf und eine Frau schaute herein. »Herr Windbacher«, sagte sie.

Wolfgang hob den Kopf. »Das bin ich.«

»Kommen Sie bitte mit.«

Wolfgang stand auf und folgte ihr. *Herr* Windbacher hat sie gesagt, nicht Kanonier Windbacher, dachte er. Das hört sich doch ganz anders an.

Sie betraten einen Raum, in dem drei Männer hinter einem langen Tisch saßen. Die Frau deutete auf den Stuhl vor dem Tisch. »Bitte nehmen Sie Platz.« Sie selbst setzte sich auf einen Stuhl dazwischen, stellte sich und die Männer kurz vor und bat Wolfgang um seinen Personalausweis, um seine Identität zu überprüfen. Dann eröffnete sie die Verhandlung mit der Frage: »Herr Windbacher, Sie haben einen Antrag auf Anerkennung als Kriegsdienstverweigerer gestellt. Warum erst dann, als Sie schon knapp drei Wochen bei der Bundeswehr waren?«

»Weil mir erst bei der Bundeswehr richtig bewusst wurde, dass ich dafür ausgebildet werden soll, Menschen zu erschießen.«

»Haben Sie denn schon geschossen?«, fragte ein Mann mit Brille.

»Geschossen nicht, aber wir hatten schon Waffenkunde mit dem G3.«

»Und wie kam es dann zu dem Sinneswandel?«

»Weil ich im Unterricht und bei Geländeübungen gehört habe, wie wir den Feind bekämpfen müssen. Und das …«

»Ist es nicht vielmehr so, dass Sie sich den Wehrdienst anders vorgestellt hatten?«, unterbrach ihn der jüngste der drei Männer. »Die Grundausbildung ist natürlich kein Zuckerschlecken. Vielleicht wurden Sie von den Ausbildern etwas hart angefasst, und da haben Sie sich gesagt: Das lasse ich mir nicht gefallen, ich verweigere. Das könnte ich gut verstehen.«

Wolfgang schüttelte den Kopf. »Nein, so war es nicht.«

»Ich habe gelesen, Sie sind in Pfullendorf«, ließ der Mann nicht locker. »Dort war ich auch ein halbes Jahr, und ich kenne den Ruf der 4./101. Dort werden die Rekruten besonders hart rangenommen …«

»Aber deswegen habe ich den Antrag nicht gestellt«, fiel Wolfgang nun ihm ins Wort.

»Herr Windbacher«, mischte sich jetzt die Vorsitzende ein, »Sie haben in Ihrer Begründung unter anderem geschrieben, dass Sie Gewalt ablehnen und niemals einen Menschen töten könnten. Nehmen wir mal an, Sie haben eine Freundin und kommen dazu, als ein Mann ihre Freundin vergewaltigen will. Was tun Sie?«

Wolfgang überlegte kurz, welche Antwort er mit Bernhard für diese oder ähnliche Fragen zurecht gelegt hatte. Aber dann sagte er einfach: »Ich war noch nie in so einer Situation und ich möchte mir so etwas auch gar nicht vorstellen, weil ich es furchtbar finde.«

»Aber was würden Sie tun?«, hakte der Mann mit Brille nach.

»Tut mir leid, ich kann es nicht sagen.«

»Sie schließen also nicht aus, dass Sie Gewalt anwenden würden?«

»Wie gesagt, ich möchte mir das nicht vorstellen.«

»Sie machen es sich etwas zu einfach«, sagte der jüngere Mann.

Wolfgang hätte ihm gern eine passende Antwort gegeben. Doch er hielt sich zurück und sagte ruhig: »Einfach wäre es zu sagen: In dieser Notwehrsituation würde ich den Mann von meiner Freundin wegziehen und ihn festhalten, bis die Polizei kommt. Mehr würde ich nicht tun, weil ich Gewalt mit meinem Gewissen nicht vereinbaren kann.«

»Das haben Sie aber schön auswendig gelernt.«

Jetzt konnte sich Wolfgang nicht mehr bremsen. »Richtig, genau wie alle, die hier sitzen. Aber ich habe diese Antwort nicht gegeben, weil ich es mir nicht so einfach mache. Ich glaube nämlich nicht, dass jemand vorher sagen kann, wie er sich in so einer Situation verhalten würde. Oder könnten Sie das?«

»Das ist hier nicht die Frage!«

»Ich kann es jedenfalls nicht«, fuhr Wolfgang fort. »Und ich hoffe nur, dass ich nie in so eine Situation komme. Mehr kann ich dazu nicht sagen.«

»Vielleicht können Sie uns zu einem anderen Fall etwas sagen«, wandte sich der Mann mit Brille an Wolfgang. »Sie haben doch bestimmt schon von Jürgen Bartsch gehört oder gelesen, der vier Jungen in einen alten Bunker gelockt, sich an ihnen vergangen und sie dann getötet und zerstückelt hat.«

Wolfgang nickte.

»Wie würden Sie diesen Kinderschänder und -mörder bestrafen?«

»Mit der Höchststrafe.«

»Und die wäre?«

»Lebenslänglich.«

»Nicht mit der Todesstrafe?«

»Die ist doch bei uns verboten.«

»Aber wenn Sie die Strafe für diesen Kerl unabhängig davon festlegen könnten?«

Wolfgang überlegte länger als bisher, bevor er antwortete: »Wenn einer so etwas tut, sagt man natürlich schnell, der gehört auch umgebracht. Vielleicht haben Sie das sogar auch schon gedacht. Aber in der Bibel steht: Du sollst nicht töten. Und bei uns ist die Todesstrafe verboten, weil niemand das Recht hat, einen anderen Menschen zu töten. Also auch ich nicht.«

»Hat Sie noch nie jemand so geärgert, gepiesackt oder gedemütigt, dass Sie gedacht haben: Dich würde ich am liebsten umbringen?«, fragte die Vorsitzende.

Wolfgang zögerte mit einer Antwort.

»Na!«

»Als ich vielleicht acht, neun Jahre alt war«, begann er, »hat mein Vater mir an einem Samstag befohlen, meinen Lieblingshasen Boschi zum Metzger zu tragen. Dort musste ich zusehen, wie der Metzger ihn getötet, ihm das Fell über die Ohren gezogen und ihn zerlegt hat. Als er damit fertig war, musste ich die Schüssel mit meinem toten Boschi ...«

»Hören Sie auf!«, unterbrach ihn die Vorsitzende. Sie schluckte, schaute ihre Beisitzer an und sagte: »Haben Sie noch eine Frage an Herrn Windbacher?«

Alle drei verneinten.

Sie wandte sich wieder Wolfgang zu: »Warten Sie bitte draußen.«

Wolfgang erhob sich und ging hinaus auf den Flur. Dort lehnte er sich an die Wand und schloss die Augen. Hatte er nun alles vermasselt? Der Jüngere würde garantiert gegen ihn stimmen und der Ältere mit der Brille vermutlich auch. Der Dritte hatte die ganze Zeit keinen Ton gesagt, der war nicht einzuschätzen. Und die Vorsitzende? Wolfgang hatte das Gefühl, sie auf seine Seite gezogen zu haben. Vor allem die Geschichte mit Boschi hatte sie sichtlich getroffen. Aber wie sie alles bewerten würde, wagte er nicht vorauszusagen. Er drückte sich selbst die Daumen und murmelte in Gedanken: Lieber Gott, mach du, dass sie mich anerkennen. Bitte, bitte, lass sie für mich stimmen!

Wie lange er so an die Wand gelehnt im Flur stand, hätte er später nicht sagen können; ihm schien es jedenfalls eine halbe Ewigkeit.

Als endlich die Tür aufging, trottete er wie benommen hinein und setzte sich.

»Wir haben es uns nicht einfach gemacht«, begann die Vorsitzende, »weil Sie es uns nicht einfach gemacht haben. Schließlich sind wir zu dem Ergebnis gekommen, dass Sie es ehrlich meinen und uns hier nichts vorgespielt haben. Deswegen haben wir Ihrem Antrag zugestimmt.«

Sie hielt inne und schaute Wolfgang an, als wartete sie auf eine Reaktion. Doch er saß da wie versteinert. Nur sein Herz pochte bis zum Hals.

»Hier ist Ihr Bescheid, und hier müssen Sie unterschreiben, dass Sie ihn erhalten haben.« Sie schob Wolfgang zwei Blätter hin und deutete auf die Stelle, wo er unterschreiben musste.

»Jetzt haben Sie es ja schriftlich, dass Sie als Kriegsdienstverweigerer anerkannt sind«, sagte der Mann mit Brille. »Jetzt möchte ich Ihnen noch eines sagen: Wir haben hier schon die tollsten Sachen erlebt, das können Sie mir glauben. Hier wird gelogen, dass sich die Balken biegen. Bei Ihnen waren wir nicht sicher und – ich gebe es zu – ich bin es auch jetzt noch nicht. Entweder sind Sie einer der gerissensten Burschen, die je hier saßen, und ein sehr guter Schauspieler noch dazu, oder Sie sind ein ungewöhnlicher junger Mann. Ich hoffe für uns und Sie, dass Letzteres zutrifft.«

»Danke«, sagte Wolfgang. »Ich habe Ihnen nichts vorgespielt, ganz bestimmt nicht.«

»Dann bin ich beruhigt.«

Die Vorsitzende nickte Wolfgang zu, stand auf und ging zur Tür. Dort gab sie ihm die Hand und sagte: »Auf Wiedersehen, und machen Sie's gut!«

»Auf Wiedersehen und vielen Dank!«

Draußen stieß er mit dem Oberstabsarzt zusammen.

»Können Sie nicht aufpassen!«, schnauzte der ihn an.

»'tschuldigung«, murmelte Wolfgang und ging weiter.

Als er sich in den Jeep setzte, schaute ihn der Gefreite Becker erwartungsvoll an. »Deinem Gesicht nach zu urteilen, bist du nicht anerkannt. Na ja, war auch nicht anders zu erwarten.«

Wolfgang gab ihm wortlos den Bescheid. Er überflog ihn bis zu den entscheidenden Sätzen. Die las er halblaut: »Der Wehrpflichtige ist berechtigt, den Kriegsdienst mit der Waffe zu verweigern. Diese Entscheidung ist unanfechtbar seit dem 24. Januar 1969.« Der Gefreite Becker hob den Kopf. »Das glaub ich nicht. Du bist anerkannt! Das hat's noch nie gegeben, so lange ich bei dem Haufen bin. Darauf müssen wir einen trinken!«

»Ich trinke nicht, und du musst noch fahren.«

»Jetzt ist der Kerl anerkannt und sitzt hier wie ein Trauerkloß.« Er boxte Wolfgang gegen den Arm. »Was ist denn los mit dir?«

»Nichts. Fahr einfach, damit wir zurückkommen.«

»Ich hab es nicht so eilig.«

»Aber ich!«

»Du bist schon ein komischer Kauz.« Becker schüttelte verständnislos den Kopf, startete den Motor und fuhr los.

Zwischen Dußlingen und Ofterdingen sagte Wolfgang plötzlich: »Fahr mal rechts ran.«

»Wieso?«

»Fahr einfach rechts ran!«

»Musst du pinkeln?«

»Ja!«

Kaum stand der Jeep, stieg Wolfgang aus, lief laut schreiend über die Wiese, wälzte sich im Schnee, sprang auf, tanzte mit Indianergeheul herum, warf sich wieder lang hin und trommelte mit den Fäusten auf den Boden.

»Der muss ja gar nicht pinkeln«, murmelte Becker. »Der ist übergeschnappt, total übergeschnappt.«

Völlig ausgepumpt und über das ganze Gesicht strahlend kam Wolfgang zurück zum Jeep. Becker sah ihn skeptisch an und schien zur Flucht bereit.

»Keine Angst, ich tu dir nichts«, beruhigte ihn Wolfgang. »Das musste einfach raus.«

»Dann ist es ja gut.« Man sah dem Gefreiten Becker an, dass er der Sache noch nicht ganz traute. Dennoch stieg er ein und fuhr los.

Wolfgang war plötzlich sehr gesprächig. Er erzählte eifrig von der Verhandlung, und sein Nebenmann hörte zu, ohne viel zu sagen. Er hielt es für besser, diesen – in seinen Augen übergeschnappten – Kerl nicht unnötig zu reizen.

Kurz vor vier erreichten sie die Kaserne. Becker zeigte dem Wachsoldaten seinen Marschbefehl und durfte weiterfahren. Er ließ Wolfgang vor dem Block der 4./101 aussteigen.

»Mach's gut!«

»Du auch.« Wolfgang lief leicht gebückt hinein und hoffte, in die Stube 210 zu kommen, ohne von einem Vorgesetzten gesehen zu werden. Das gelang ihm. In der Stube war niemand, der zweite Zug hatte um diese Zeit noch Formalausbildung. Wolfgang zog die Uniform aus und seine Zivilklamotten an. Dann ging er durch den langen Flur und hätte vor Freude singen können. Sein Ziel war die Schreibstube, und sein Herz klopfte heftig, heftiger noch als damals, als er zum ersten Mal hier stand.

Er atmete tief durch, ging hinein, legte den Arm auf den Tresen und sagte: »Guten Tag!«

Der Schreibstubenunteroffizier hob den Kopf und schnauzte: »Lümmeln Sie hier nicht so auf dem Tresen herum! Und grüßen Sie erst mal anständig!«

»Ich habe anständig gegrüßt.«

»Name!«

»Wolfgang Windbacher.«

»Sind Sie General oder was? Haben Sie noch nicht gelernt, wie man als Soldat grüßt?«

»Ich bin kein Soldat mehr.«

Der Unteroffizier starrte ihn mit großen Augen an. »Was soll das heißen?«

Wolfgang legte den Bescheid des Kreiswehrersatzamtes auf den Tresen.

Durch das Wortgeplänkel war der Spieß im Nebenzimmer aufmerksam geworden und kam herein. »Ach, Windbacher, Sie sind das. Sagen Sie bloß, die Idioten in Tübingen haben Sie tatsächlich anerkannt.«

»Das sind keine Idioten.«

»Wenn sie einen Drückeberger wie Sie anerkannt haben, müssen es Idioten sein!«

»Seien Sie vorsichtig mit dem, was Sie sagen!«

»Was, Sie wollen mir drohen, so ein Weichei wie Sie! Ich werde Sie ...«

»Sie werden gar nichts tun«, fiel ihm Wolfgang ins Wort, »nur mir meine Entlassungspapiere geben.«

Der Spieß hatte rote Flecken im Gesicht und atmete hektisch. Er zog an seiner Jacke, obwohl sie korrekt saß. »Aber heute nicht mehr!«, zischte er und verschwand in seinem Zimmer.

Wolfgang schaute den Unteroffizier an.

»Sie haben gehört, was der Hauptfeldwebel gesagt hat. Sie können gehen!«

»Und morgen?«

»Morgen ist Wochenende. Kommen Sie am Montag wieder.« Damit setzte der Unteroffizier sich hinter seinen Schreibtisch, und Wolfgang war für ihn Luft. Der nahm den Bescheid und verließ die Schreibstube grußlos.

Das hatte er sich ein bisschen anders vorgestellt. Es hatte ihm zwar gefallen, die Sesselfurzer vorzuführen und ihre dummen Gesichter zu sehen, aber nun hatte er keine Entlassungspapiere. Zwar hatte er das verbriefte Recht, den Kriegsdienst mit der Waffe zu verweigern, aber war er damit automatisch aus der Bundeswehr entlassen? Bevor auch der Spieß diese Frage stellte und noch auf dumme Gedanken kam, machte sich Wolfgang lieber aus dem Staub. Er packte das Nötigste zusammen, lief zum Parkplatz, warf die Tasche auf den Rücksitz, kratzte die Scheiben notdürftig frei und fuhr los.

# 29

»Wolfgang, Wolfgang«, sagte seine Mutter. »Du bist mir vielleicht einer!« Sie schüttelte den Kopf. »Ich muss mich erst mal hinsetzen, ich hab ganz weiche Knie.«

»Na, so schlimm ist die Nachricht doch wirklich nicht«, sagte er schmunzelnd. Von dem Antrag auf Kriegsdienstverweigerung hatte er seinen Eltern kein Wort gesagt.

»Ich weiß zwar nicht, was dein Vater und die Leute dazu sagen, aber ich freu mich, dass du wieder da bist.« Bei den letzten Worten wurden ihre Augen feucht.

Wolfgang ging vor ihr auf die Knie. »Ich auch, Mama.«

Hilde Windbacher hob die rechte Hand, zögerte kurz und strich Wolfgang leicht übers Haar. Er konnte sich nicht erinnern, wann sie das zum letzten Mal getan hatte.

Als ob das schon zu viel der Nähe wäre, zog sie die Hand zurück und sagte: »Du hast bestimmt Hunger. Soll ich dir Rührei mit Speck machen?«

Wolfgang erhob sich. »Ich möchte erst Berni und Rudi die Neuigkeit bringen.« Von Sabine sagte er nichts. Sie hatte er schon unterwegs von einer Telefonzelle aus in ihrem Betrieb angerufen, obwohl private Gespräche dort nicht erwünscht waren. Deshalb hatte sie ihre Freude auch nicht ausdrücken können und nur gesagt: »Das ist ja toll! Ich freu mich! Bis heut Abend.«

»Rudi ist bestimmt noch nicht zu Hause, und Bernhard kann noch eine halbe Stunde warten«, meinte Hilde Windbacher. Sie stand auf und machte sich an die Arbeit.

Wolfgang wollte ihr zur Hand gehen, doch das lehnte seine Mutter ab.

»Warum lässt du dir denn nicht helfen?«

»Weil das meine Arbeit ist, und ich mach sie gern.«

»Aber …«

»Kein Aber!«

»Mama, Mama, du bist mir vielleicht eine!«, sagte er und setzte sich wie ein folgsamer Junge hinter den Tisch.

Als ihm der Duft von gebratenem Speck in die Nase stieg, spürte Wolfgang erst so richtig, wie hungrig er war. Seit dem Frühstück hatte er nichts mehr gegessen.

Während er sich das Rührei mit Speck schmecken ließ, hörte er die Haustür ins Schloss fallen und Schritte auf der Treppe. Eugen Windbacher kam herein, schaute von Wolfgang zu seiner Frau und wieder zu Wolfgang. »Warum bist du schon hier?«

»Weil … ich … ich bin nicht mehr Soldat.«

»Was soll das heißen?«

»Nun komm erst mal richtig rein«, sagte Hilde Windbacher.

Ihr Mann drückte die Tür zu und setzte sich an seinen Platz.

»Soll ich dir auch Rührei mit Speck machen?«, fragte Hilde Windbacher. »Die Pfanne ist noch warm.«

Er schüttelte kurz den Kopf und schaute Wolfgang fragend an.

Der erzählte die ganze Geschichte, nur unterbrochen von seiner Mutter, er solle das schöne Rührei mit Speck doch nicht kalt werden lassen.

Man sah Eugen Windbacher an, dass er nicht so recht wusste, was er von all dem halten sollte. »Wie auch immer«, sagte er schließlich, »jetzt kannst du jedenfalls wieder arbeiten und Geld verdienen.«

Weil Wolfgang den Mund voll hatte, nickte er nur.

»Hoffentlich stellen sie dich wieder ein«, sagte seine Mutter.

Wolfgang schluckte den letzten Bissen hinunter. »Das müssen sie. Wer beim Bund war, hat seinen Arbeitsplatz sicher.«

»Wenn er achtzehn Monate gedient hat!«, entgegnete Eugen Windbacher. »Wie das ist, wenn einer schon nach vier Wochen wiederkommt, weiß ich nicht. Das kommt drauf an, ob sie einen eingestellt haben für dich.«

»Das kläre ich gleich am Montag«, sagte Wolfgang. »Jetzt freu ich mich einfach unheimlich, dass ich den verdammten Bund hinter mir habe.« Er schob den leeren Teller weg und wandte sich an seine Mutter: »Rührei mit Speck schmeckt einfach lecker.«

»Möchtest du noch mehr?«

»Nein, nein!«, wehrte Wolfgang ab. »Ich bin satt.«

Seine Mutter räumte den Tisch ab. Wolfgang stand auf. »Ich fahr mal zu Berni.«

»Aber pass auf, es ist glatt!«, sagte sie.

»Ist gut, Mama.« Wolfgang zog draußen seine Jacke an, ging zum Auto, das er vor dem Haus geparkt hatte, und fuhr los, wobei die Räder durchdrehten.

Mitten im Ort musste Wolfgang links abbiegen. Er blinkte und drehte das Lenkrad, doch der 12M rutschte schräg halblinks weiter. Zum Glück kam kein Gegenverkehr, sonst hätte es gekracht.

»Verdammt!«, schimpfte er und lenkte das Auto wieder auf die rechte Fahrbahnhälfte, die unter dem frisch gefallenen Schnee nicht zu sehen war. Hinter ihm wurde gehupt.

»Ja, ja, ist ja gut!« Bei der nächsten Einmündung bog er äußerst vorsichtig nach links ab und fuhr im Schritttempo bis vor Bernhards Haus.

Diesmal öffnete Bernhards Vater. »Grüß dich, Wolfgang. Bernhard ist oben. Du kennst ja den Weg.«

Wolfgang nickte, zog seine schneenassen Schuhe aus, sprang die Treppe hoch, klopfte an und ging hinein, ohne das »Herein!« abzuwarten. Bernhard lag auf seinem Bett, und bevor er mehr als »Wolfi« sagen konnte, warf sich Wolfgang auf ihn und rief: »Ich hab's geschafft, Berni! Ich bin anerkannt! Hörst du, ich bin anerkannt. Nie mehr ›Volle Deckung!‹, ›Sprung auf, Marsch, Marsch!‹, ›Stillgestanden!‹, ›Achtung!‹ und den ganzen Scheiß! Nie mehr! Kannst du dir das vorstellen, Berni? Nie mehr!«

»He, du brüllst mir ja das Ohr ab!« Bernhard freute sich mit ihm, drückte ihn aber trotzdem von sich runter.

Wolfgang boxte ihn in die Seite. »Nie mehr, Bernie! Ich kann es immer noch nicht fassen!«

»Erzähl mal, wie es gelaufen ist.«

Wolfgang erzählte und erzählte und wurde nicht müde, obwohl es nun schon das vierte Mal war. Es schien, als erlebte er die Verhandlung noch einmal, und es machte ihm Freude.

»Alle Achtung!«, sagte Bernhard. »Ich habe es dir natürlich gewünscht, aber wenn ich ehrlich sein soll, so richtig daran geglaubt habe ich nicht. Deswegen freue ich mich jetzt um so mehr!« Nun boxte er Wolfgang in die Seite. »Eigentlich müssten wir darauf einen trinken. Aber du trinkst ja keinen Alkohol – oder heute doch, ausnahmsweise?«

Wolfgang schüttelte den Kopf. »Ich brauche keinen Alkohol, um mich zu freuen.«

»Das hab ich vorhin gemerkt«, sagte Bernhard grinsend.

Wolfgang knuffte ihn. »Du, Berni, du wolltest doch die drei fragen, die eine Eignungsprüfung gemacht haben und ohne Abitur studieren.«

»Hab ich.«

»Und?«

Bernhard stand auf und nahm einen Zettel vom Schreibtisch. »Die haben alle drei einen Vorbereitungskurs in Rottenburg gemacht. Hier haben sie mir die Adresse vom Kursleiter aufgeschrieben.«

»Gymnasialprofessor Zimmermann«, las Wolfgang halblaut. »Ist das seine Telefonnummer?«

»Nein, die ist von Rolf.«

»Rolf?«

»Rolf Baier. Das ist einer der drei. Er hat sie dazugeschrieben, falls du Fragen hast.«

»Ihr habt doch Telefon«, sagte Wolfgang. »Können wir ihn nicht gleich anrufen?«

»Klar, können wir.«

Sie gingen nach unten, wo das Telefon im Flur stand.

»Bitte!«, sagte Bernhard.

Wolfgang zögerte. »Ich kenn ihn doch gar nicht.«

Da nahm Bernhard den Hörer ab und wählte die Nummer. Frau Baier meldete sich, und Bernhard bat sie, ihren Sohn ans Telefon zu holen.

»'n Abend, Rolf. Hier ist Bernhard. Wolfgang Windbacher, von dem ich dir erzählt habe, ist bei mir. Er hat ein paar Fragen zum Vorbereitungskurs. Hast du gerade Zeit? – Prima! Ich geb ihn dir.«

Wolfgang wollte von Rolf Baier wissen, was man können müsse, um den Kurs zu bestehen, ob er als Volkschüler überhaupt eine Chance habe, wie lang der Kurs dauere und ob man ihn neben der Arbeit machen könne, ob es gut sei, wenn er mal mit dem Kursleiter rede, wie der denn so sei.

Rolf Baier beantwortete die Fragen so gut er konnte und gab Wolfgang zum Schluss den Rat, nach Rottenburg zu fahren, sich bei Herrn Zimmermann vorzustellen und mit ihm zu reden.

»Das mach ich, danke!«, sagte Wolfgang und legte auf.

# 30

Am Samstagmorgen machte sich Wolfgang kurz vor zehn auf den Weg nach Rottenburg. Obwohl es in der Nacht nicht mehr geschneit hatte, fuhr er die Steige hinab ins Killertal im Schritttempo, um ja nicht im Straßengraben zu landen. Unten lag der Schnee längst nicht so hoch, und die Bundesstraße in Richtung Hechingen war frei. Trotzdem fuhr Wolfgang langsam und wurde mehrfach überholt.

Seine Gedanken schweiften zurück zum Vorabend. Nachdem er von Bernhard weggegangen war, war er zu Sabine gefahren. Vor dem Haus hatte er kurz gehupt. Sabine hatte sich neben ihn gesetzt und ihn geküsst, als sei es das Selbstverständlichste der Welt. Sie hatten überlegt, ob sie nach Ebingen fahren und in ein Café oder ins Kino gehen sollten, und sich fürs Kino entschieden. Im *Capitol* waren zwei Filme zur Wahl gestanden: *Spiel mir das Lied vom Tod* und *Zur Sache, Schätzchen*. Sie hatten sich für den zweiten entschieden, Karten gekauft und sich in die letzte Reihe ganz links außen gesetzt. Vom Film hatten sie nicht viel mitbekommen, weil sie viel zu sehr mit sich selber beschäftigt gewesen waren. Dabei hatte Wolfgang an Monika denken müssen, das erste Mädchen, das er geküsst und berührt hatte, damals im Kino. Er hatte es nicht in Ordnung gefunden, an Monika zu denken und auch an Anna, während er Sabine liebkoste und sie ihn. Aber er hatte es nicht verhindern können. Und er hatte gespürt, dass es nicht mehr so weh tat wie noch vor einem halben Jahr, wenn er an Anna dachte.

Ein kräftiges Hupen riss Wolfgang aus seinen Gedanken. Der Fahrer im Auto neben ihm tippte sich an die Stirn, bevor er aufs Gaspedal trat.

»Arschloch!«, rief ihm Wolfgang hinterher.

Kurz nach Hechingen bog er von der B 27 in Richtung Rottenburg ab. Nach zwanzig Minuten sah er das Ortsschild, fuhr langsam weiter und hielt nach Passanten Ausschau, um nach der Kellerstraße zu fragen. Der erste Mann, den er ansprach, antwortete: »Ich nix wisse Kellerstraße, ich in Kiebingen wohne, hier nur arbeite.«

»Danke!«, sagte Wolfgang und hatte schon einen älteren Mann im Blick, der einheimisch aussah. »Entschuldigen Sie!«, rief er ihm durchs offene Seitenfenster zu. »Können Sie mir sagen, wie ich in die Kellerstraße komme?«

»Kellerstraße«, wiederholte der Mann. »Zu wem wollen Sie denn dort?«

Obwohl ihn das überhaupt nichts anging, antwortete Wolfgang: »Zum Gymnasialprofessor Zimmermann.«

»Zum Professor Zimmermann, so, so.« Der Mann lächelte. »Das ist ein netter Mann, der Herr Professor.«

»Schön«, sagte Wolfgang. »Und wie komme ich zu ihm?«

»Lassen Sie mich mal überlegen.« Der Mann richtete sich auf, schaute erst nach links, dann nach rechts und schüttelte den Kopf. »Nein, so kommen Sie nicht hin.«

»Aber Sie wissen, wo er wohnt?«, fragte Wolfgang schon leicht genervt.

»Was glauben Sie denn! Ich kenne den Professor Zimmermann schon mehr als zwanzig Jahre!«

»Das freut mich für Sie. Aber sagen Sie mir jetzt doch bitte einfach, wie ich zu ihm komme.«

»Sie haben es wohl eilig, was?« Der Mann beugte sich ins Fenster. »Die jungen Leute heutzutage haben es immer eilig.

Aber wie sagt schon ein altes Sprichwort: Wer langsam tut, kommt auch ans Ziel.«

Hätte der Kopf des Mannes nicht halb im Auto gesteckt, wäre Wolfgang losgefahren. So aber sagte er spitz: »Ich verspreche Ihnen, ganz langsam zu fahren. Aber ans Ziel kommen möchte ich heute schon noch.«

»Wissen Sie was«, sagte der Mann, trat zurück und ging weiter, ohne zu sagen, was Wolfgang wissen sollte und wollte.

Der fuhr langsam an ihm vorbei und rief durch das offene Fenster: »Sie mich auch!« Dann gab er Gas.

Beim nächsten Passanten hatte er mehr Glück. Der erklärte ihm ohne Umschweife den nächsten Weg in die Kellerstraße.

Wolfgang entdeckte die gesuchte Hausnummer, parkte am Straßenrand und stieg aus. Er ging durch den kleinen Vorgarten, der von einer dünnen Schneedecke überzogen war. Neben der Tür hing eine selbstgefertigte ovale Tontafel, in die handgeschrieben *Familie Zimmermann* eingebrannt war. Darunter saß ein altmodischer Klingelknopf, auf den Wolfgang drückte. Dann trat er einen Schritt zurück.

Die Tür wurde geöffnet, eine Frau erschien. »Ja, bitte!«

»Ich … äh … kann ich Herrn Professor Zimmermann sprechen?«, fragte Wolfgang.

»In welcher Angelegenheit?«

»In … es geht um den Vorbereitungskurs.«

»Bitte, kommen Sie herein.« Die Frau ging voraus, Wolfgang folgte ihr. Sie öffnete eine Tür und sagte: »Gottfried, hier ist ein junger Mann. Es geht um den Vorbereitungskurs.« Sie trat zur Seite, um Wolfgang ins Zimmer zu lassen.

Hinter einem großen Schreibtisch saß ein Mann um die fünfzig. Er nahm seine Lesebrille ab, erhob sich, kam hinter dem Schreibtisch hervor und begrüßte Wolfgang mit Handschlag: »Zimmermann.«

»Wolfgang Windbacher.«

»Was kann ich für Sie tun, Herr Windbacher?«

»Ich möchte gern an Ihrem Vorbereitungskurs teilnehmen«, antwortete Wolfgang mit seinem einstudierten Satz.

Herr Zimmermann deutete auf eine Sitzgruppe. »Bitte, nehmen Sie Platz.«

Sie setzten sich, und Herr Zimmermann bat Wolfgang, in Kurzform sein Leben zu erzählen. Das tat er, und Herr Zimmermann hörte aufmerksam zu.

»Sie kommen also aus einer Arbeiterfamilie, haben die Volksschule besucht, anschließend eine Malerlehre gemacht, dann in einer Metallfabrik gearbeitet und waren zuletzt bei der Bundeswehr«, fasste er zusammen. »Um ehrlich zu sein, Herr Windbacher, ich sehe da wenig Möglichkeiten für Sie. Ich habe für den nächsten Kurs, der im August beginnt, bereits sechzig Anmeldungen von Mittelgereiften und abgebrochenen Gymnasiasten. Und ich kann nur dreißig von ihnen aufnehmen. Es tut mir leid, aber da ist für Sie kein Platz.«

Wolfgang schluckte. »Ich … ich kann warten und erst beim übernächsten Kurs anfangen«, wagte er einen letzten Versuch. »Bis dahin kann ich lernen.«

Herr Zimmermann schien überrascht. »Es ehrt Sie, dass Sie das tun wollen, aber – bitte nehmen Sie es mir nicht übel – ich glaube nicht, dass Sie als Volksschüler mit einer Malerlehre den Anforderungen unseres Kurses gewachsen wären.« Er stand auf, ging hinter seinen Schreibtisch, öffnete eine Schublade und nahm mehrere Blätter heraus. Die legte er wortlos auf das runde Tischchen, an dem Wolfgang saß und das Gefühl hatte, er sei gar nicht selbst vorhanden, sondern sehe einen Film. Herr Zimmermann holte noch ein paar Bücher aus dem Regal, das bis unter die Decke reichte, und setzte sich wieder. »Unser Ziel ist, die Kursteilnehmer durch intensive

Arbeit in einem halben Jahr auf ein Niveau zu bringen, dass sie die Eignungsprüfung an Pädagogischen Hochschulen bestehen können und studierfähig sind. In dieser kurzen Zeit können sie zwar nicht das breite Wissen von Abiturienten erwerben, aber in den Unterrichtsfächern entspricht der Lernstoff in komprimierter Form dem der gymnasialen Oberstufe. Sehen Sie hier!« Herr Zimmermann nahm das oberste Blatt. »Im Fach Deutsch müssen die Teilnehmer wichtige Werke der deutschen Literatur gelesen haben und interpretieren können, von der Aufklärung bis zur Moderne. Das fängt an mit Lessings *Nathan der Weise* und geht bis zu *Ansichten eines Clowns* von Heinrich Böll.«

Auf dem eng beschriebenen Blatt standen mindestens dreißig Titel. Beim Überfliegen fielen Wolfgang die Namen Goethe und Hesse auf, und er hätte Herrn Zimmermann am liebsten gesagt, dass er von beiden und von Böll schon etwas gelesen hatte, schaffte es aber nicht.

»Außerdem müssen die Teilnehmer die verschiedenen Aufsatzarten beherrschen und selbstverständlich die Grammatik und die Rechtschreibung«, fuhr Herr Zimmermann fort. Dann erläuterte er Wolfgang, was in Mathematik, Geschichte, Sozialkunde, Geografie und Biologie erwartet wurde. Für jedes Fach gab Herr Zimmermann Wolfgang ein Blatt, »mit grundlegenden Werken«, wie er es nannte. Einige davon – meist dickleibige Wälzer – zeigte er Wolfgang.

»Und Englisch?«, fragte der leise.

»Auf eine Fremdsprache wird verzichtet, weil die meisten Kursteilnehmer das Pensum sonst in dem halben Jahr nicht schaffen würden. Es ist auch ohne Fremdsprache schon schwer genug.«

Das ahnte Wolfgang und sagte nichts mehr. Er wollte Herrn Zimmermann die Blätter zurückgeben.

»Die dürfen Sie behalten«, sagte er, stand auf und brachte Wolfgang zur Tür. »Tut mir leid, Herr Windbacher, dass ich Sie enttäuschen musste, aber wie gesagt, ich habe einfach zu viele Anmeldungen.«

Wolfgang nickte. »Auf Wiedersehen.«

»Auf Wiedersehen.«

# 31

Zu Hause war Wolfgangs erster Weg zu den Büchern in seinem Zimmer. Auf den Buchrücken suchte er den Namen Lessing. Weil er ihn nicht finden konnte, stieg er mit dem Blatt in der Hand auf den Dachboden, wo er die restlichen Bücher in Schachteln gestapelt hatte. In der dritten Schachtel entdeckte er *Lessing – Gesammelte Werke Band II*. Er schlug das Buch auf und fand im Inhaltsverzeichnis *Nathan der Weise*. Zufrieden stieg er nach unten, legte sich auf sein Bett und suchte in dem Buch die Seite, auf der *Nathan der Weise* begann.

*Nathan der Weise*
*Ein dramatisches Gedicht in fünf Akten*

***Personen:***

*Sultan Saladin*
*Sittah, dessen Schwester*
*Nathan, ein reicher Jude in Jerusalem*
*Recha, dessen angenommene Tochter*
*Daja, eine Christin, aber in dem Hause des Juden, als Gesellschafterin der Recha*
*Ein junger Tempelherr*
*Ein Derwisch*
*Der Patriarch von Jerusalem*
*Ein Klosterbruder*
*Ein Emir nebst verschiedenen Mamelucken des Saladin*

*Die Szene ist in Jerusalem*

## *Erster Aufzug*

### ***Erster Auftritt***

*(Szene: Flur in Nathans Hause)*

*Nathan von der Reise kommend. Daja ihm entgegen.*

***Daja:***

*Er ist es! Nathan! – Gott sei ewig Dank,*
*Daß Ihr doch endlich einmal wiederkommt.*

***Nathan:***

*Ja, Daja; Gott sei Dank! Doch warum endlich?*
*Hab' ich denn eher wiederkommen wollen?*
*Und wiederkommen können? Babylon*
*Ist von Jerusalem, wie ich den Weg,*
*Seitab bald rechts, bald links, zu nehmen bin*
*Genötigt worden, gut zweihundert Meilen;*
*Und Schulden einkassieren, ist gewiß*
*Auch kein Geschäft, das merklich fördert, das*
*So von der Hand sich schlagen läßt!*

***Daja:***

*O Nathan,*
*Wie elend, elend hättet Ihr indes*
*Hier werden können. Euer Haus …*

***Nathan:***

*Das brannte.*
*So hab' ich schon vernommen. – Gebe Gott,*
*Daß ich nur alles schon vernommen habe!*

***Daja:***

*Und wäre leicht von Grund aus abgebrannt.*

***Nathan:***

*Dann, Daja, hätten wir ein neues uns*
*Gebaut; und ein bequemeres.*

***Daja:***
*Schon wahr! –*
*Doch Recha wär' bei einem Haare mit*
*Verbrannt.*

***Nathan:***
*Verbrannt? Wer? Meine Recha? Sie? –*
*Das hab' ich nicht gehört. – Nun dann! So hätte*
*Ich keines Hauses mehr bedurft. – Verbrannt*
*Bei einem Haare! – Ha! sie ist es wohl!*
*Ist wirklich wohl verbrannt! – Sag' nur heraus!*
*Heraus nur! – Töte mich: und martre mich*
*Nicht länger. – Ja, sie ist verbrannt.*

***Daja:***
*Wenn sie*
*Es wäre, würdet Ihr von mir es hören?*

***Nathan:*** *Warum erschreckst du mich dann? – O Recha!*
*Meine Recha!*

Wolfgang hob den Blick. Das ist eine ziemlich altmodische Sprache, sagte er zu sich. Und nicht leicht zu lesen. Aber ich werde es lesen!

Und er las weiter, verstand manches nicht, aber doch so viel, dass ein junger Tempelherr, ein Christ, Recha aus den Flammen gerettet hat. Und diesen Christen hatten Moslems zuvor gefangen und zum Sultan gebracht. Doch der hatte ihn begnadigt und zur Überraschung aller freigelassen. Dass ein Moslem einem Christen das Leben schenkt und dieser Christ dann einer Jüdin das Leben rettet, das ist in Nathans Augen mehr als ein Wunder; er sieht darin einen Hinweis Gottes, dass die drei Religionen friedlich miteinander leben sollen.

Wolfgang musste daran denken, was Juden im Dritten Reich angetan worden war. Und ihm fielen Sätze ein, die er selbst von älteren Leuten gehört hatte: Die Juden haben schon im Mittelalter die Brunnen vergiftet; sie sind auf Kosten anständiger Menschen reich geworden; im Hintergrund ziehen sie die Fäden und regieren die ganze Welt; es ginge uns besser, wenn es keine Juden gäbe.

Wolfgang hatte darüber noch nie nachgedacht, und er wusste auch zu wenig, um sich dazu eine Meinung bilden zu können.

Gerade als er weiterlesen wollte, streckte seine Mutter den Kopf zur Tür herein und fragte: »Hast du denn keinen Hunger?«

»Nein.«

»Aber du hast doch seit heute Morgen nichts mehr gegessen, oder?«

»Nein, aber ich möchte jetzt nichts.«

»Aber du …«

»Mama, ich bin nicht am Verhungern«, fiel ihr Wolfgang ins Wort.

»Ich hab's ja nur gut gemeint«, sagte sie und zog die Tür zu.

»Ich weiß selbst, was gut für mich ist«, murmelte Wolfgang und las weiter.

Zwischendurch tat er sich mit dem Text sehr schwer, das Ganze schien ihm zu umständlich erzählt, und freiwillig hätte er das *Dramatische Gedicht* nicht zu Ende gelesen. Aber er las ja nicht freiwillig. Er wollte dem Gymnasialprofessor Zimmermann beweisen, dass er den Anforderungen des Kurses gewachsen war; er war zwar nur Volksschüler und kein Mittelgereifter oder abgebrochener Gymnasiast, aber er würde es schaffen. Mittelgereifter! Ein komisches Wort. Mittelgereift ist noch nicht ganz reif, also sind Mittelgereifte noch nicht fertig gereift, nichts Halbes und nichts Ganzes. Und abgebrochene Gymnasiasten! Wolfgang stellte sich Bernhard in zwei

Teilen vor; der Oberkörper war abgebrochen und lag neben den Füßen auf dem Boden. Abgebrochener Gymnasiast. So ein Quatsch!

Bernhard hat das Gymnasium ja auch nicht abgebrochen, er hat Abitur gemacht und studiert jetzt. Ob er *Nathan der Weise* auch gelesen hat? Das werde ich ihn heute noch fragen.

Als Wolfgang sich durch weitere dreißig Seiten gekämpft hatte, war er nahe daran, das Buch in eine Ecke zu werfen.

»So ein Scheiß!«, rief er. »Wie kann man nur so schreiben! Das versteht doch kein Mensch!« Er sprang auf, zog sich an, schnappte das Buch und die Bücherlisten und fuhr zu Bernhard. Der wollte erst einmal wissen, was der Professor in Rottenburg gesagt hatte. Wolfgang berichtete kurz und zeigte Bernhard die Listen. Der überflog sie und sagte: »Einige davon habe ich; die kann ich dir ausleihen.«

»Hast du *Nathan der Weise* gelesen?«

»Klar, das müssen auf dem Gymmi alle lesen.«

»Und?«

»Was und?«

»Wie findest du es?«

»Es hat mich nicht vom Sitz gerissen – höchstens vor Langeweile«, fügte Bernhard grinsend hinzu.

»Warum muss man dann so einen Scheiß lesen?«

»Es gehört halt dazu, dass man die alten Schinken kennt«, antwortete Bernhard. »Im *Nathan* geht's eigentlich nur um eine Stelle, die Ringparabel; alles andere kannst du vergessen.«

Wolfgang hob die Augenbrauen. »Ringparabel? Was ist das, und wo steht die?« Er schlug das mitgebrachte Buch auf und gab es Bernhard.

»Warte, ich hole meine Reclamausgabe; in der hab ich die wichtigen Stellen angestrichen.« Er ging zum Bücherregal, holte das Bändchen und blätterte darin. »Das ist schon so lange her«, murmelte er.

Und es dauerte eine Weile, bis er die gesuchte Stelle fand. »Hier!«, sagte er. »Hier habe ich *Ringparabel* an den Rand geschrieben. Siehst du?« Er zeigte Wolfgang die Seite.

»Und was ist das, die Ringparabel?«, wiederholte Wolfgang seine Frage.

»Da geht's um die Religionen …«

»Dass es um Religionen geht, habe ich schon gemerkt«, fiel ihm Wolfgang ins Wort.

»Na, siehst du, dann weißt du schon mehr als die meisten«, sagte Bernhard. »Wenn ich mich noch richtig erinnere, möchte der Sultan von Nathan wissen, welches die beste Religion ist. Und Nathan antwortet ihm mit dieser Geschichte:

*Nathan:*

*Vor grauen Jahren lebt' ein Mann in Osten,*
*Der einen Ring von unschätzbarem Wert*
*Aus lieber Hand besaß. Der Stein war ein*
*Opal, der hundert schöne Farben spielte,*
*Und hatte die geheime Kraft, vor Gott*
*Und Menschen angenehm zu machen, wer*
*In dieser Zuversicht ihn trug. Was Wunder,*
*Daß ihn der Mann in Osten darum nie*
*Vom Finger ließ; und die Verfügung traf,*
*Auf ewig ihn bei seinem Hause zu*
*Erhalten? Nämlich so. Er ließ den Ring*
*Von seinen Söhnen dem geliebtesten;*
*Und setzte fest, daß dieser wiederum*
*Den Ring von seinen Söhnen dem vermache,*
*Der ihm der liebste sei; und stets der liebste,*
*Ohn' Ansehn der Geburt, in Kraft allein*

*Des Rings, das Haupt, der Fürst des Hauses werde. –*
*Versteh mich Sultan.*

***Saladin:***
*Ich versteh' dich. Weiter!*

***Nathan:***
*So kam nun dieser Ring, von Sohn zu Sohn,*
*Auf einen Vater endlich von drei Söhnen;*
*Die alle drei ihm gleich gehorsam waren,*
*Die alle drei er folglich gleich zu lieben*
*Sich nicht entbrechen konnte. Nur von Zeit*
*zu Zeit schien ihm bald der, bald dieser, bald*
*Der dritte, – sowie jeder sich mit ihm*
*Allein befand, und sein ergießend Herz*
*Die andern zwei nicht teilten, – würdiger*
*Des Ringes; den er denn auch einem jeden*
*Die fromme Schwachheit hatte, zu versprechen.*
*Das ging nun so, solang es ging. – Allein*
*Es kam zum Sterben, und der gute Vater*
*Kömmt in Verlegenheit. Es schmerzt ihn, zwei*
*Von seinen Söhnen, die sich auf sein Wort*
*Verlassen, so zu kränken. – Was zu tun? -*
*Er sendet in geheim zu einem Künstler,*
*Bei dem er, nach dem Muster seines Ringes,*
*Zwei andere bestellt, und weder Kosten*
*Noch Mühe sparen heißt, sie jenem gleich,*
*Vollkommen gleich zu machen. Das gelingt*
*Dem Künstler. Da er ihm die Ringe bringt,*
*Kann selbst der Vater seinen Musterring*
*Nicht unterscheiden. Froh und freudig ruft*
*Er seine Söhne, jeden insbesondre;*
*Gibt jedem insbesondre seinen Segen, –*
*Und seinen Ring, – und stirbt. – Du hörst doch, Sultan?*

**Saladin:**

*(der sich betroffen von ihm gewandt).*
*Ich hör', ich höre! – Komm mit deinem Märchen*
*Nur bald zu Ende. – Wird's?*

**Nathan:**

*Ich bin zu Ende.*
*Denn was noch folgt, versteht sich ja von selbst. -*
*Kaum war der Vater tot, so kömmt ein jeder*
*Mit seinem Ring, und jeder will der Fürst*
*Des Hauses sein. Man untersucht, man zankt,*
*Man klagt. Umsonst; der rechte Ring war nicht*
*Erweislich; –*
*(nach einer Pause, in welcher er des Sultans Antwort erwartet)*
*Fast so unerweislich, als*
*Uns itzt – der rechte Glaube.*

**Saladin:**

*Wie? das soll*
*Die Antwort sein auf meine Frage? ...*

**Nathan:**

*Soll*
*Mich bloß entschuldigen, wenn ich die Ringe*
*Mir nicht getrau' zu unterscheiden, die*
*Der Vater in der Absicht machen ließ,*
*Damit sie nicht zu unterscheiden wären.*

**Saladin:**

*Die Ringe! – Spiele nicht mit mir! – Ich dächte,*
*Daß die Religionen, die ich dir*
*Genannt, doch wohl zu unterscheiden wären.*
*Bis auf die Kleidung, bis auf Speis' und Trank!*

**Nathan:**

*Und nur von Seiten ihrer Gründe nicht. –*

*Denn gründen alle sich nicht auf Geschichte?*
*Geschrieben oder überliefert! – Und*
*Geschichte muß doch wohl allein auf Treu*
*Und Glauben angenommen werden? – Nicht? -*
*Nun, wessen Treu und Glauben zieht man denn*
*Am wenigsten in Zweifel? Doch der Seinen?*
*Doch deren Blut wir sind? doch deren, die*
*Von Kindheit an uns Proben ihrer Liebe*
*Gegeben? die uns nie getäuscht, als wo*
*Getäuscht zu werden uns heilsamer war? -*
*Wie kann ich meinen Vätern weniger*
*Als du den deinen glauben? Oder umgekehrt. -*
*Kann ich von dir verlangen, daß du deine*
*Vorfahren Lügen strafst, um meinen nicht*
*Zu widersprechen? Oder umgekehrt.*
*Das nämliche gilt von den Christen. Nicht? –*

***Saladin:***

*(Bei dem Lebendigen! Der Mann hat recht.*
*Ich muß verstummen.)*

***Nathan:***

*Laß auf unsre Ring'*
*Uns wieder kommen. Wie gesagt: die Söhne*
*Verklagten sich; und jeder schwur dem Richter,*
*Unmittelbar aus seines Vaters Hand*
*Den Ring zu haben. – Wie auch wahr! – Nachdem*
*Er von ihm lange das Versprechen schon*
*Gehabt, des Ringes Vorrecht einmal zu*
*Genießen. – Wie nicht minder wahr! – Der Vater,*
*Beteuerte jeder, könne gegen ihn*
*Nicht falsch gewesen sein: und eh' er dieses*
*Von ihm, von einem solchen lieben Vater,*
*Argwohnen laß': eh' müß' er seine Brüder,*

*So gern er sonst von ihnen nur das Beste*
*Bereit zu glauben sei, des falschen Spiels*
*Bezeihen; und er wolle die Verräter*
*Schon auszufinden wissen; sich schon rächen.*

***Saladin:***

*Und nun der Richter? – Mich verlangt zu hören,*
*Was du den Richter sagen lässest. Sprich!*

***Nathan:***

*Der Richter sprach: Wenn ihr mir nun den Vater*
*Nicht bald zur Stelle schafft, so weis' ich euch*
*Von meinem Stuhle. Denkt ihr, daß ich Rätsel*
*Zu lösen da bin? Oder harret ihr,*
*Bis daß der rechte Ring den Mund eröffne? -*
*Doch halt! Ich höre ja, der rechte Ring*
*Besitzt die Wunderkraft beliebt zu machen;*
*Vor Gott und Menschen angenehm. Das muß*
*Entscheiden! Denn die falschen Ringe werden*
*Doch das nicht können! – Nun: wen lieben zwei*
*Von euch am meisten? – Macht, sagt an! Ihr schweigt?*
*Die Ringe wirken nur zurück? und nicht*
*Nach außen? Jeder liebt sich selber nur*
*Am meisten? – O, so seid ihr alle drei*
*Betrogene Betrüger! Eure Ringe*
*sind alle drei nicht echt. Der echte Ring*
*Vermutlich ging verloren. Den Verlust*
*zu bergen, zu ersetzen, ließ der Vater*
*Die drei für einen machen.*

***Saladin:***

*Herrlich! herrlich!*

***Nathan:***

*Und also, fuhr der Richter fort, wenn ihr*
*Nicht meinen Rat, statt meines Spruches, wollt:*

*Geht nur! – Mein Rat ist aber der: ihr nehmt*
*Die Sache völlig wie sie liegt. Hat von*
*Euch jeder seinen Ring von seinem Vater:*
*So glaube jeder sicher seinen Ring*
*Den echten. – Möglich; daß der Vater nun*
*Die Tyrannei des einen Rings nicht länger*
*In seinem Hause dulden wollen! – Und gewiß;*
*Daß er euch alle drei geliebt, und gleich*
*Geliebt: indem er zwei nicht drücken mögen,*
*Um einen zu begünstigen. – Wohlan!*
*Es eifre jeder seiner unbestochnen*
*Von Vorurteilen freien Liebe nach!*
*Es strebe von euch jeder um die Wette,*
*Die Kraft des Steins in seinem Ring' an Tag*
*Zu legen! komme dieser Kraft mit Sanftmut*
*Mit herzlicher Verträglichkeit, mit Wohltun,*
*Mit innigster Ergebenheit in Gott*
*Zu Hilf'! Und wenn sich dann der Steine Kräfte*
*Bei euern Kindes-Kindeskindern äußern:*
*So lad' ich über tausend tausend Jahre*
*Sie wiederum vor diesen Stuhl. Da wird*
*Ein weisrer Mann auf diesem Stuhle sitzen*
*Als ich; und sprechen. Geht! – So sagte der*
*Bescheidne Richter.*

***Saladin:***

*Gott! Gott!*

***Nathan:***

*Saladin,*
*Wenn du dich fühlest, dieser weisere*
*Versprochne Mann zu sein: …*

***Saladin:***

*(der auf ihn zustürzt und seine Hand ergreift,*

*die er bis zu Ende nicht wieder fahren läßt).*
*Ich Staub? Ich Nichts?*
*O Gott!*

***Nathan:***

*Was ist dir Sultan?*

***Saladin:***

*Nathan, lieber Nathan! –*
*Die tausend tausend Jahre deines Richters*
*Sind noch nicht um. – Sein Richterstuhl ist nicht*
*Der meine. – Geh! – Geh! – Aber sei mein Freund.*

»Na?«, sagte Bernhard.

»Du hast gut vorgelesen.«

»Danke. Aber das wollte ich nicht hören.«

»Dieser Nathan hat das sehr geschickt gemacht; der Vergleich mit dem Vater und den drei Ringen ist nicht schlecht«, sagte Wolfgang.

»Hat er dich damit überzeugt, so, wie er Saladin überzeugt hat?«

Wolfgang zog die Schultern hoch. »Ich habe mir über die Religionen bisher nicht groß Gedanken gemacht. Ich bin evangelisch, weil meine Eltern evangelisch sind …«

»Und ich bin katholisch, weil meine Eltern katholisch sind«, sagte Bernhard. »Für mich war lange Zeit klar, dass wir den richtigen Glauben haben, ohne dass ich viel darüber nachgedacht hätte. Schon ihr Evangelische wart für mich Falschgläubige, so, wie ich es in meiner Familie oft gehört habe. Juden und Moslems sowieso. Erst der *Nathan* hat dieses Bild bei mir ins Wanken gebracht.«

»Und was glaubst du jetzt?«

Ohne lange zu überlegen, antwortete Bernhard: »Ich glaube, die Menschen sollten friedlich miteinander leben, egal, welchen Glauben sie haben. Das ist bestimmt auch Gottes Wille – wenn es überhaupt einen Gott gibt.«

»Zweifelst du daran?«

»Manchmal schon.«

»Betest du nicht zu ihm?«

»Jetzt willst du es aber sehr genau wissen«, wich Bernhard aus.

»Ich bete manchmal, obwohl ich auch nicht so richtig glauben kann, dass es einen Gott gibt. Aber …«

»Aber man kann ja nie wissen«, fiel ihm Bernhard ins Wort. »Deswegen beten wir zur Sicherheit in bestimmten Situationen. Und wenn es nicht hilft, schaden kann es jedenfalls nicht.«

»Wir sind eben keine richtigen Gläubigen, wir sind höchstens Halbgläubige …«

»Oder Sicherheitsgläubige«, ergänzte Bernhard und lauschte dem Wort nach. »Sicherheitsgläubige finde ich gut«, lobte er sich selbst für den Einfall. »Wir glauben und beten einfach mal zur Sicherheit.«

»Aber Nathan ist ein richtiger Gläubiger«, sagte Wolfgang, um das Gespräch wieder zum Buch zu bringen.

Bernhard nickte. »Allerdings einer, der seinen Glauben und seine Religion nicht über die anderen stellt. Darum geht es in der Ringparabel und im ganzen Stück.«

»Das könnte Lessing doch auch einfacher sagen«, meinte Wolfgang.

»Klar, aber damals haben die Dichter ebenso geschrieben«, sagte Bernhard. »Und du darfst nicht vergessen, dass der Text fürs Theater geschrieben wurde. Wenn das Stück gespielt wird und Schauspieler den Text sprechen, klingt er anders, als wenn wir ihn lesen, und ist auch besser verständlich.«

»Hast du *Nathan der Weise* im Theater gesehen?«

»Den *Nathan* nicht, aber *Wilhelm Tell* und *Maria Stuart* und den ersten Teil vom *Faust*.«

Wolfgang griff nach dem Blatt für Deutsch. »*Wilhelm Tell* und *Faust I* stehen da auch drauf.«

»Die gehören eben zum Stoff im Gymmi, genau wie der *Nathan* und die anderen Bücher auf deinem Blatt.«

»Ich lese sie alle«, sagte Wolfgang. »Und wenn du mir hilfst, werde ich sie auch verstehen.«

# 32

Am Abend fuhr Wolfgang zu Sabine. Als er vor dem Haus hielt und kurz hupte, kam sie heraus, ohne für die Kälte richtig angezogen zu sein. Sie öffnete die Fahrertür und sagte: »Meine Eltern sind bei einem Geburtstag in Tailfingen. Vor elf kommen sie sicher nicht zurück.«

Wolfgang guckte Sabine an, als hätte sie chinesisch gesprochen.

»Wir können hier bleiben, bei mir.«

»Du meinst ...«

»Nun steig schon aus und komm, sonst erfriere ich hier draußen noch!«, unterbrach sie ihn.

Wolfgang stieg aus, schloss den 12M ab und folgte Sabine ins Haus. Es war noch ziemlich neu, das sah er mit dem geübten Blick des gelernten Malers.

Noch im Flur umarmte und küsste Sabine ihn. Dann nahm sie Wolfgang an der Hand und führte ihn in ihr Zimmer. Es lag unter dem Dach und wirkte durch die Schrägen etwas gedrückt. Auf einem kleinen Regal über dem Schreibtisch standen und lagen Bücher. An den Wänden hingen etliche Poster und Bilder, dominiert wurde alles von einem Bravo-Starschnitt der Beatles, die in Winterjacken mit dicken Pelzkragen nebeneinander saßen.

»Magst du die Beatles?«, fragte Wolfgang.

»Ich mag dich«, antwortete Sabine, gab ihm wieder einen Kuss und zog ihn auf ihr Bett.

»Und wenn deine Eltern überraschend früher kommen?«, sagte er.

»Angsthase!« Sabine fasste Wolfgangs Pulli mit beiden Händen, schaffte es aber nicht, ihm den über den Kopf zu ziehen. Nach kurzem Zögern unterstützte er sie und zog dann ihr den Pulli aus. Darunter trug sie einen schwarzen BH, der neu aussah und sich scharf von der bleichen Haut abhob. So hatte er Sabine noch nicht gesehen; im Kino und im Auto war es duster gewesen, als sie sich liebkost hatten. Sie schien darauf zu warten, dass er den BH öffnete. Als er es nicht tat, knöpfte sie schweigend sein Hemd auf. Mit jedem Kleidungsstück, das zu Boden fiel, wurden ihre Küsse stürmischer und ihre Hände suchender.

»Komm!«, keuchte Wolfgang.

Da drückte Sabine ihn sanft aber bestimmt zurück und flüsterte: »Das ist noch zu früh.«

»Aber … du …«

»Ich mag dich, sogar sehr, und ich möchte es auch mit dir tun, aber jetzt noch nicht.«

Wolfgang nickte stumm.

»Wir haben doch Zeit«, sagte Sabine und streichelte zärtlich über Wolfgangs Brust.

Wieder nickte er und küsste sie sacht auf die Stirn.

Sie lagen noch lange beieinander, und Wolfgang musste an seine Wolfinia denken. Sie würde ihm jetzt etwas vorlesen, und das wäre schön.

»Du hast gesagt, dass du gern liest«, begann er.

»Stimmt.«

»Gibt es ein Buch, das du besonders magst?«

»Warum?«, fragte Sabine zurück.

»Ich fänd's schön, wenn du mir daraus vorlesen würdest.«

Sie schaute ihn überrascht an. »Vorlesen?«

Er nickte.

»Vorlesen«, sagte sie noch einmal und lächelte dabei. »Aus meinem Lieblingsbuch.« Sie gab ihm einen Kuss, stand auf, ging zum Regal und nahm ein Buch heraus. »Nicht gucken!«, sagte sie. »Ich lese dir den Anfang vor. Vielleicht kennst du es.«

Wolfgang kniff die Augen zu, und Sabine lehnte sich zum Lesen an die Stirnseite des Bettes.

*Außerhalb der kleinen, kleinen Stadt lag ein alter verwahrloster Garten. In dem Garten stand ein altes Haus und in dem Haus wohnte …*

Sabine stockte.

*… ein Mädchen. Sie war neun Jahre alt und sie wohnte ganz allein da. Sie hatte keine Mutter und keinen Vater und eigentlich war das sehr schön, denn so war niemand da, der ihr sagen konnte, dass sie zu Bett gehen sollte, gerade wenn sie mitten im schönsten Spiel war, und niemand, der sie zwingen konnte, Lebertran zu nehmen, wenn sie lieber Bonbons essen wollte.*

»Weißt du schon, welches Buch das ist?«

Wolfgang schüttelte den Kopf. »Hört sich an wie ein Kinderbuch, und als Kind habe ich nicht gern gelesen.«

»Schade, das Buch hätte dir als Kind bestimmt auch gefallen.«

»Mir gefällt schon der Anfang. Lies ihn bitte noch mal.«

*Außerhalb der kleinen, kleinen Stadt lag ein alter verwahrloster Garten. In dem Garten stand ein altes Haus und in dem Haus wohnte Pippi Langstrumpf …*

»Den Namen Pippi Langstrumpf hast du aber vorhin nicht gelesen!«

»Sonst hättest du ja gleich gewusst, welches Buch mein Lieblingsbuch ist.«

Wolfgang erinnerte sich, dass Anna ihm mal von dem ungewöhnlichen Mädchen erzählt hat. »Pippi Langstrumpf ist doch so stark, dass sie sogar ein Pferd hochheben kann.«

»Du kennst das Buch ja doch!«, sagte Sabine.

Er schüttelte den Kopf. »Ich habe nur davon gehört.«

»Ach so.«

»Und warum ist das dein Lieblingsbuch?«

»Weil Pippi so frei und unabhängig ist«, antwortete Sabine. »Sie muss nicht in die Schule, tut einfach, was ihr Spaß macht, und verarscht die Erwachsenen ganz schön. So wie Pippi wollte ich als Mädchen gern sein und leben.«

»Ohne Eltern?«

Sabine schien überrascht von der Frage. »Nein, das würde ich nicht sagen – höchstens manchmal, wenn sie mich nervten, dann hätte ich sie am liebsten auf den Mond geschossen.«

»Wie sind sie denn?«

»Müssen wir jetzt über meine Eltern reden?«

»Müssen wir nicht«, sagte Wolfgang. »Du kannst mir auch weiter vorlesen.«

Sabine küsste ihn und las weiter. Wolfgang legte den Kopf auf ihren Bauch und lauschte ihrer Stimme. Es war zwar anders als mit seiner Wolfinia. Dennoch fühlte er sich so wohl wie schon lange nicht mehr.

# 33

Am Montag fuhr Wolfgang schon früh nach Pfullendorf. Er wollte unbedingt zum Morgenappell in der Kaserne sein. Nicht um daran teilzunehmen, er hatte etwas anderes vor. Kurz nach sieben hielt er am Kasernentor und zeigte zum letzten Mal seinen Ausweis.

»Ist das alles?«, fragte der Wachsoldat.

»Ja, warum?«

»Und wo ist die Bescheinigung, dass du Ausgang bis zum Wecken hast?«

»Brauch ich nicht.«

»Doch, die brauchst du! Wenn du die nicht hast, muss ich dich melden!«

»He, Kumpel, ich bin nicht mehr Soldat«, sagte Wolfgang. »Ich komme nur, um die Sachen abzugeben und meine Entlassungspapiere zu holen.«

»Das kannst du deiner Großmutter erzählen.« Der Wachsoldat notierte sich Wolfgangs Namen und Einheit. »In deiner Haut möchte ich jetzt nicht stecken«, sagte er.

»Wie viele Tage hast du denn noch?«

»248.«

»Wetten, dass du dann gern in meiner Haut stecken würdest«, sagte Wolfgang. Hinter ihm wurde gehupt.

»Fahr weiter!«, schnauzte der Wachsoldat ihn an.

Wolfgang gab Gas und fuhr zum Parkplatz. Er nahm die Tasche vom Rücksitz, in die er seine persönlichen Sachen packen wollte, und lief zum Block der 4./101. Dabei überholte er einige Soldaten, die vom Frühstück kamen.

»He, Wolfi!«, rief einer. »Wo warst du am Samstag? Der Hacker war stinksauer.«

»Der wird gleich noch viel saurer sein«, gab Wolfgang zurück, verschwand im Block und lief gebückt mit gesenktem Kopf zur Stube 210.

»Wolfi!«, sagte Günther überrascht. Er und Paule hatten für eine gute halbe Stunde Schlaf wie üblich auf das Frühstück verzichtet und zogen sich gerade an. »Wieso kommst du … sag bloß … sag bloß, du bist anerkannt!«

Wolfgang nickte.

»Das gibt's nicht! Paule, hörst du, Wolfi hat's hinter sich!«

»Glückwunsch«, brummte Paule, was für diese Uhrzeit schon erstaunlich viel war.

»Und was willst du dann noch hier?«, fragte Günther.

»Den ganzen Mist abgeben, meine Sachen und meine Entlassungspapiere holen – und das dumme Gesicht vom Hacker sehen«, fügte Wolfgang grinsend hinzu.

Günther schüttelte immer wieder den Kopf. »Hat der Kerl es tatsächlich geschafft; ich fass es nicht!«

Wolfgang schloss seinen Spind auf und fing an, seine Sachen zusammenzupacken. Da kamen Schorsch, Armin und Willi vom Frühstück zurück und waren genauso überrascht wie Günther.

»Ich freu mich zwar für dich, aber mir wäre es lieber gewesen, sie hätten dich nicht anerkannt«, murmelte Willi.

»Mensch, Willi«, sagte Wolfgang und gab ihm einen Knuff. »Die andern sind doch auch noch da.«

Willi sagte nichts mehr und machte sich fertig zum Morgenappell.

Sie tauschten noch ihre Adressen aus, und während sie sich verabschiedeten, brüllte der UvD: »Erster und zweiter Zug raustreten!«

»Macht's gut!«, sagte Wolfgang. »Ich lass von mir hören.«

Die andern liefen hinaus, den Flur entlang zum Appellplatz. Wolfgang wartete noch kurz, dann ging er hinterher und versuchte, möglichst locker zu wirken. Er schlenderte zum Appellplatz, wo Feldwebel Hacker eben kontrollierte, ob die Uniformen auch korrekt saßen.

»Was wollen Sie noch hier, Windbacher?« Inzwischen hatte er erfahren, dass Wolfgang anerkannter Kriegsdienstverweigerer war.

»*Herr* Windbacher bitte!«, sagte Wolfgang. »Ich möchte mich von Ihnen verabschieden, *Herr* Hacker, und mich bei Ihnen bedanken. An dieser Stelle haben Sie an unserem ersten Tag gesagt, Sie würden aus uns richtige Menschen machen. Erinnern Sie sich noch?«

»Hauen Sie ab!«

»Das war eine bodenlose Unverschämtheit«, sprach Wolfgang weiter. »Wir waren nämlich richtige Menschen, als wir hierher kamen. Und vor Ihnen stehen auch jetzt lauter richtige Menschen, die Sie behandeln, als wären sie der letzte Dreck ...«

»Erster und zweiter Zug wegtreten!«, brüllte Feldwebel Hacker.

Die Soldaten liefen in ihre Stuben, und die Ausbilder wussten nicht so recht, was sie tun sollten.

Hacker ging auf Wolfgang zu. »Verschwinden Sie schnell, bevor ich mich vergesse!«

»Kommandieren, herumbrüllen und drohen, das können Sie«, sagte Wolfgang. »Aber nur weil Sie hier drin sind; draußen wären Sie wahrscheinlich eine Null!«

Feldwebel Hacker holte zu einem Schlag aus, Wolfgang fing den Arm ab und sagte mit bebender Stimme: »Ich muss Ihnen sogar dankbar sein, denn ohne Sie hätte ich wahrscheinlich nicht verweigert. Also vielen Dank für alles, Herr Hacker.« Er ließ den Arm los, drehte sich um und ging in Richtung Block.

Feldwebel Hacker sah einen Moment so aus, als wollte er über Wolfgang herfallen, aber dann brüllte er stattdessen: »Erster und zweiter Zug raustreten!«

Die Soldaten kamen aus ihren Stuben und liefen durch den Flur.

»Das müssen wir jetzt büßen, du Arschloch!«, rief einer Wolfgang zu.

»Wehrt euch doch!«

»Du hast leicht reden!«

Wolfgang wartete, bis alle draußen waren. Dann ging er in die Stube, packte sämtliche Bundeswehrsachen in Seesack und Rucksack und schleppte alles zur Bekleidungskammer. Es dauerte über eine Stunde, bis er alles abgegeben hatte und endlich die Bescheinigung erhielt, dass nichts fehlte. Dann holte er seine Tasche, stand noch einen Augenblick in Stube 210 und dachte an Armin, Willi und die andern. Sie taten ihm leid, und er wusste, dass Feldwebel Hacker jetzt seine Wut an ihnen auslassen würde, aber er hatte es sich nicht verkneifen können, diesem Schinder einiges zu sagen. Der würde sich deswegen nicht ändern, da machte Wolfgang sich nichts vor. Aber wenigstens hatte er sich mal ein paar deutliche Worte anhören müssen.

Wolfgang machte sich auf den Weg zur Schreibstube. Er klopfte an, wartete kurz und ging hinein. »Guten Morgen. Ich möchte meine Entlassungspapiere abholen. Hier ist die Bescheinigung, dass ich alles abgegeben habe.«

Der Schreibstubenunteroffizier schaute nur kurz hoch und tat dann so, als müsste er einen außerordentlich wichtigen Vorgang bearbeiten.

Wolfgang wartete eine Weile, doch schließlich wurde es ihm zu dumm. »Wenn Sie dafür nicht zuständig sind, holen Sie bitte den Hauptfeldwebel Marus!«

»Sie haben mir keine Anweisungen zu erteilen!«

»Ich habe Ihnen keine Anweisung erteilt, ich habe Sie um etwas gebeten, weil ich hier nicht übernachten will«, gab Wolfgang zurück.

»Sie haben hier gar nichts zu wollen!«, kam es aus dem Zimmer nebenan.

Diesen Satz habe ich auf dem Kreiswehrersatzamt auch gehört, schoss es Wolfgang durch den Kopf. Was bilden diese Kerle sich eigentlich ein! »Ich will …«

»Haben Sie nicht gehört?«, fiel ihm der Hauptfeldwebel, der nun in der Tür erschien, ins Wort.

»Doch, aber ich habe Rechte …«

Wieder schnitt ihm der Hauptfeldwebel das Wort ab. »Leider. Solche Drückeberger wie Sie hätte man früher …«

»Vergast«, fiel Wolfgang nun ihm ins Wort. »Sagen Sie es ruhig.«

Der Hauptfeldwebel lachte höhnisch. »Sie halten sich wohl für besonders klug, was! In der Armee wurde niemand vergast, Sie Klugscheißer. In der Armee wurden Drückeberger an die Wand gestellt.«

»Das war auch nicht besser.«

»Das können Sie doch überhaupt nicht beurteilen!«

Der Hauptfeldwebel nahm die Bescheinigung der Bekleidungskammer und überflog sie. Dann griff er nach unten und legte die Entlassungspapiere vor Wolfgang auf den Tresen. »Hier unterschreiben!«

»Was soll ich unterschreiben?«

»Ihr Todesurteil ist es nicht«, brummte der Hauptfeldwebel und hätte vermutlich am liebsten noch »leider« hinzugefügt. Stattdessen sagte er: »Dass Sie die Papiere erhalten haben!«

Wolfgang unterschrieb.

»Jetzt hauen Sie ab und lassen Sie sich hier nie wieder blicken!«

»Darauf können Sie sich verlassen.«

# 34

Auf dem Heimweg redete Wolfgang mit sich selbst, damit er begriff, dass er nun wirklich entlassen war. »Entlassen zu werden ist ja normalerweise schlecht. Aber nach 27 Tagen aus der Bundeswehr entlassen zu werden, das ist phantastisch!« Er ließ das Lenkrad los, schlug die geballte Rechte in die Linke und stieß einen wilden Schrei aus.

»Ich hab's geschafft! Ich haaaaaab's geschafft!!! Keiner hat geglaubt, dass ich es schaffe, aber ich hab's geschafft! Ich habe mir fast anderthalb Jahre dieser Schinderei erspart und damit fast anderthalb Jahre gewonnen, Leben gewonnen! Die andern müssen jetzt in der Kälte marschieren, durch den Schnee robben und sich eingraben, ich fahre nach Hause und kann lesen, lernen und Geld verdienen. Ich müsste ja nicht mal arbeiten, es würde schon reichen, wenn ich ab und zu jemandem ein Zimmer tapeziere. Das würde sogar mehr bringen als das bisschen Wehrsold. Dann hätte ich noch mehr Zeit zum Lesen und Lernen. Das ist phantastisch, einfach phantastisch! Ich kann selbst entscheiden, was ich mache, und muss keine hirnlosen Befehle mehr befolgen!«

Ein entgegenkommendes Auto hupte kräftig, weil Wolfgang etwas weit nach links geraten war.

»Ja, ja, keine Angst, ich seh dich«, sagte er und lenkte seinen 12M wieder auf die richtige Spur.

Kurz vor Sigmaringen standen zwei Autos am Straßenrand. Daneben redete ein Mann wild gestikulierend auf eine Frau ein.

Wolfgang hielt an, stieg aus und fragte: »Kann ich Ihnen helfen?«

»Nein, nein«, antwortete die Frau. »Es ist schon jemand unterwegs und holt die Polizei.«

»Fahren Sie weiter!«, sagte der Mann. »Damit in Sie nicht auch noch eine reinfährt.«

»Hätten Sie nicht auf freier Strecke einfach gebremst …«

»Ich kann bremsen, wo ich will!«

»Das wird die Polizei ja klären«, sagte die Frau.

»Ich sage nur: Frau am Steuer!«

»Sie sind ein …«

Was die Frau dem Mann an den Kopf warf, hörte Wolfgang nicht mehr, konnte es sich aber ungefähr denken. Langsam fuhr er an den beiden vorbei und sah den Mann wieder gestikulieren.

»Ich sage nur: Frau am Steuer!« Damit hatte er ja eigentlich nichts Schlimmes gesagt. »Frau am Steuer« hieß wörtlich genommen doch nichts anderes, als dass eine Frau am Steuer saß. Und doch war klar, was ein Mann damit meinte, wenn er sagte, »Ich sage nur: Frau am Steuer!«: Frauen können nicht Auto fahren, jedenfalls nicht so gut wie Männer.

Wolfgang fragte sich, ob das stimmte. Wenn es stimmte, würde es bedeuten, dass Frauen von Natur aus nicht so gut Auto fahren können wie Männer. Das glaubte Wolfgang nicht. Es gab auch Männer, denen man besser den Führerschein abnehmen würde. Wenn er nur an Wilhelm Altmeyer dachte, der ihn und seinen Vater früher manchmal im Mercedes zu Auswärtsspielen des FCW mitgenommen hatte. Wolfgang war jedes Mal heilfroh gewesen, wenn sie wieder zu Hause waren. Nur weil er gern bei den Spielen dabei war, hatte er sich diese Fahrten angetan. Aber den Spruch »Ich sage nur: Mann am Steuer!« hatte er noch nie gehört. Den andern dagegen schon oft.

Ohne weitere Zwischenfälle erreichte er Winterlingen und fuhr nach Hause.

»Nie mehr Pfullendorf! Nie mehr 4./101!«, rief er, nahm seine Mutter in die Arme, hob sie hoch und drehte sich mit ihr.

»Was machst du denn? Lass mich runter!«

»Ich freu mich so!«

»Du sollst mich runterlassen!«

Wolfgang stellte sie auf den Boden und ließ sie los. Seine Mutter zog und zupfte ihre Kleidung zurecht und strich sich über die Haare.

»Hast du Hunger?«, fragte sie. »Möchtest du etwas essen?«

Wolfgang schüttelte den Kopf. »Ich möchte mich einfach freuen, sonst nichts.« Er ließ sich auf einen Stuhl fallen und streckte die Beine weit von sich. »Nie mehr 4./101!«, sagte er noch einmal. »Nie mehr!«

Sie ging in die Küche und fragte durch die offene Tür: »Warst du schon in der Fabrik?«

Wolfgang antwortete nicht.

Da kam sie ins Stüble, wischte die Hände an ihrer Schürze ab und fragte: »Hast du nicht gehört?«

»Ich weiß noch gar nicht, ob ich wieder in die Fabrik gehe«, sagte er.

Sie schaute ihn an, als müsse sie sich verhört haben. Da erzählte er seiner Mutter, was ihm auf der Fahrt durch den Kopf gegangen war.

»Aber Wolfgang!« Sie schlug die Hände zusammen. »Du kannst doch nicht anderthalb Jahre nur herumlungern! Was glaubst du, was dein Vater sagt, wenn er das hört?«

»Ich will nicht herumlungern, ich will lernen.«

Darauf ging sie nicht ein. »Wolfgang, ich bitte dich, geh in die Fabrik und frag, ob sie Arbeit für dich haben. Jetzt gleich«, fügte sie noch hinzu.

»Mama, ich …«

»Bitte! Tu's mir zuliebe!« Sie schaute ihn wieder mal so an, dass er es nicht fertigbrachte, nein zu sagen. »Also gut, ich gehe. Aber selbst wenn sie Arbeit haben, ist noch nichts entschieden. Ich will mich erst mal freuen und nicht gleich an Arbeit denken.«

Sie nickte nur.

Wolfgang erhob sich und machte sich auf den Weg zum August Beck. Als er ankam, tauchten hinter einigen Fenstern der Produktionshalle Köpfe auf, wie immer, wenn jemand über den Hof ging.

Erika Kissling schaute von der Schreibmaschine hoch. »Ach, Wolfgang, du bist es. Ich habe schon gehört, dass du nicht mehr zur Bundeswehr musst. Dann kannst du ja jetzt wieder arbeiten und Geld verdienen.«

Er nickte nur und ging die Treppe hoch. Arbeiten und Geld verdienen! Arbeiten und Geld verdienen! Arbeiten und Geld verdienen! Alle reden immer nur vom Arbeiten und Geld verdienen! Als ob es im Leben nur darum gehen würde. Die müssten alle mal die Geschichte lesen, die Böll über den Fischer und den Touristen geschrieben hat.

Auf halber Treppe blieb Wolfgang stehen, wollte schon kehrtmachen, hörte die Stimme seiner Mutter: »Bitte! Tu's mir zuliebe!«, sah ihr flehendes Gesicht und schaffte es nicht, zurückzugehen.

Herr Rauschenbach wunderte sich, als er Wolfgang sah. »Herr Windbacher, haben Sie schon Heimaturlaub und Sehnsucht nach uns?«

»Nein … ich … ich bin nicht mehr beim Bund.«

»Wie, nicht mehr beim Bund? Sind Sie desertiert?« Herr Rauschenbach lachte. »Das könnte ich gut verstehen.«

»Seit Freitag bin ich als Kriegsdienstverweigerer anerkannt«, antwortete Wolfgang.

»Wie haben Sie denn das gemacht?«

Er berichtete kurz von seiner Verhandlung.

Herr Rauschenbach war beeindruckt. »Alle Achtung«, sagte er. »Und jetzt wollen Sie wieder bei uns anfangen?«

»Ich … äh … ich wollte fragen, ob meine Stelle noch frei ist.«

»Ist sie«, sagte Herr Rauschenbach. »Wir haben sie zwar ausgeschrieben und hatten auch schon einige Bewerber hier, aber keiner hat uns zugesagt. Sie können also sofort wieder anfangen.«

Insgeheim hatte Wolfgang gehofft, dass seine Stelle inzwischen besetzt war und die Firma keine Leute brauchte. Das hätte ihm die Entscheidung, zumindest vorerst, abgenommen.

»Herr Windbacher!«

»Ja … ich … ich überleg's mir.«

»Was gibt's da zu überlegen?«, fragte Herr Rauschenbach. »Sie sind eingearbeitet, das ist für Sie und uns von Vorteil. So können Sie vom ersten Tag an gutes Geld verdienen.«

Wolfgang musste sich beherrschen, um Herrn Rauschenbach nicht an den Kopf zu werfen, es gehe im Leben nicht nur ums Geld. »Ich überleg's mir«, wiederholte er nur.

»Überlegen Sie nicht zu lange, sonst könnte es sein, dass die Stelle doch noch vergeben ist!«

»Ich sage Ihnen noch diese Woche Bescheid.«

Zwei Tage rang Wolfgang mit sich, war hin- und hergerissen, sah die vorwurfsvollen Blicke seiner Eltern, hörte die Bitten seiner Mutter, redete auch mit Sabine, musste sich eingestehen, dass es viel Geld kosten würde, wenn er den Vorbereitungskurs machen und anschließend studieren wollte, Geld, um das er niemanden bitten konnte, das er also selbst verdienen musste.

Nachdem er sich klargemacht hatte, dass er nicht arbeiten würde, um »gutes Geld« zu verdienen und sich davon möglichst viel kaufen zu können, sondern um damit ein neues Leben zu finanzieren, sagte er Herrn Rauschenbach zu und begann am 3. Februar wieder beim August Beck.

# 35

Wolfgang ordnete alles seinem Ziel unter, in den Rottenburger Vorbereitungskurs aufgenommen zu werden. Von Montag bis Freitag arbeitete er acht Stunden und schliff dabei jeden Tag unterschiedliche Winkel an rund 7000 Zähne von Bohrern und Reibahlen. Aber er zählte sie nicht mehr, denn die Zahl war ihm inzwischen egal. Er lernte schnell wieder, die Arbeitsabläufe zu automatisieren, und schaffte es, häufig an das Buch zu denken, das er gerade las. Neben seiner Schleifmaschine lag immer ein Block, auf dem er notierte, was ihm an Fragen zu dem Gelesenen kam. Die versuchte er nach Feierabend zu Hause selbst zu beantworten und besprach sie am Wochenende mit Bernhard.

In den ersten Wochen traf er sich nur am Samstag und Sonntag mit Sabine. Wenn sie zusammen waren, redete Wolfgang auch mit ihr vor allem über Bücher. Manchmal nervte er sie zwar damit, aber sie freute sich trotzdem, bei ihm zu sein, und half ihm, so gut sie konnte. Und zwischendurch schaffte sie es mit weiblichen Mitteln, ihn auf andere Gedanken zu bringen.

Seit Mitte Februar trainierten die Aktiven des FCW wieder, obwohl auf dem Sportplatz noch eine dicke Schneeschicht lag. Das sei gut für die Kondition, sagte der Trainer und scheuchte die Spieler ohne und mit Ball über den Platz. Weil Rudi und Bernhard unter der Woche weg waren, machte Wolfgang das Training weniger Freude. Und im Gegensatz zu früher schwänzte er öfter. Beim ersten Spiel nach der langen Winterpause merkte man ihm das an. Sie gewannen gegen Heinstetten trotzdem 3:1, doch der Trainer kritisierte ihn, was Wolfgang aber locker wegsteckte. Für ihn gab es jetzt Wichtigeres als Fußball.

Nach dem *Nathan* hatte er Schillers *Räuber* gelesen und *Die Leiden des jungen Werther* von Goethe. Die Geschichte des unglücklich verliebten Werther, der sich am Ende erschießt, weil er glaubt, ohne seine geliebte Lotte nicht leben zu können, berührte ihn. Beim Lesen hatte er immer wieder an seine Wolfinia denken müssen und geweint.

Zu den Werken der Dichter las Wolfgang begleitend in der *Geschichte der deutschen Literatur*, die ihm Bernhard geliehen hatte. So lernte er, wie die Dichter gelebt, in welchem Umfeld sie geschrieben hatten und warum welche Werke entstanden waren. Auf diese Weise arbeitete sich Wolfgang bis zum Sommer durch Herrn Zimmermanns Literaturliste.

Er besuchte mit Sabine auch sämtliche Theateraufführungen in Ebingen und Balingen. Dabei hielten sie zwar Händchen und streichelten sich, aber anders als im Kino blieb Wolfgangs Aufmerksamkeit bei dem, was vorne gespielt wurde.

Und im März hatte er von seinem ersten Zahltag einen gebrauchten Fernseher gekauft. Seither suchte er in *TV Hören und Sehen* nach Theaterstücken und Literaturverfilmungen. Dabei war er im Dritten Programm des Bayerischen Rundfunks auf das *Telekolleg* gestoßen und verfolgte ziemlich regelmäßig die Sendungen zu Deutsch, Geschichte, Politik und Gesellschaft. Er hatte zwar kein Begleitmaterial, aber auch ohne waren die halbstündigen Sendungen sehr informativ.

Auch wenn er sich mit manchem Theaterstück und manchem Buch schwer tat und vieles, was er las, hörte und sah, nicht gleich verstand, so genoss Wolfgang es geradezu, Neues zu erfahren, immer mehr zu wissen und zu begreifen.

»Was du nur immer mit deinen Büchern hast«, sagte Eugen Windbacher eines Abends, als Wolfgang ins Stüble kam, wo seine Eltern beim Vesper saßen, sich eine Scheibe Brot vom Laib schnitt, Leberwurst draufstrich und gleich wieder in sein Zimmer wollte.

»Lass ihn doch!«, sagte Hilde Windbacher. »Das ist besser, als wenn er in Wirthäusern sitzen würde.«

»Wer zu viel hinter Büchern sitzt, wird leicht komisch und wunderlich ...«

»So ein Blödsinn!«, sagte Wolfgang.

»Das sieht man doch an dir«, meinte sein Vater. »Du gehst kaum noch aus dem Haus, hängst nur noch in deinem Zimmer und liest oder guckst Diskussionen und andere gescheite Sachen im Fernsehen. Ein richtiger Stubenhocker bist du geworden.«

»Eugen!«

»Ich bin kein Stubenhocker!«, widersprach Wolfgang. »Ich gehe jeden Tag zur Arbeit, ich gehe ins Training und ich spiele am Sonntag ...«

»Du weißt genau, was ich meine«, unterbrach ihn sein Vater. Er räusperte sich. »Ich habe gehört, dass du eine Freundin hast.«

»Und?«

»Aber du hängst jeden Abend allein in deinem Zimmer rum. Das ist doch nicht normal!«

»Eugen! Nun lass ihn doch!«, sagte Hilde Windbacher, weil sie einen Streit fürchtete.

»Was normal ist und was nicht, darüber kann man diskutieren«, entgegnete Wolfgang.

»Diskutieren, wenn ich das schon höre!«, sagte Eugen Windbacher jetzt einen Ton lauter. »Es ist jedenfalls nicht normal, wenn ein junger Kerl eine Freundin hat, aber den Kopf nur in Bücher steckt! Warum tust du das denn? Das würde mich wirklich mal interessieren.«

Wolfgang antwortete nicht gleich. Er hatte seinen Eltern bisher nicht gesagt, dass er so viel lernte, weil er studieren und Lehrer werden wollte. Seine Mutter würde sagen, er könne doch nicht studieren, er sei doch nur Volksschüler. Und sein Vater würde sagen, jetzt sei er wohl völlig übergeschnappt oder größenwahnsinnig oder beides.

»Ich möchte einfach mehr wissen«, sagte er nur.

»Beim August Beck in der Schleiferei nützt dir dein Bücherwissen gar nichts«, meinte Eugen Windbacher.

»Ich werde nicht mein Leben lang beim August Beck arbeiten«, sagte Wolfgang.

Eugen Windbacher zog die Augenbrauen hoch. »Ach! Und was gedenkst du sonst zu tun?«, fragte er spitz.

»Etwas anderes«, antwortete Wolfgang ausweichend.

»Etwas anderes.« Eugen Windbacher schob sein Vesperbrettchen mit dem Messer drauf ein Stück weg, griff nach dem Aschenbecher und zündete sich eine *Reval* an. »Daran ist nur diese …«

»Eugen!«

»Lass ihn nur, Mama, er hat nämlich recht. Daran ist nur Anna schuld. Sie hat mir nämlich die Augen geöffnet …«

»Flausen hat sie dir in den Kopf gesetzt, sonst nichts!«

»Aber schöne Flausen«, sagte Wolfgang ruhig.

»Für schöne Flausen kannst du dir nichts kaufen!«

»Papa«, sagte Wolfgang und war selbst überrascht über das Wort, das ihm seit vielen Jahren nicht mehr über die Lippen gekommen war. »Jetzt hör mir mal zu! Ich habe begriffen, dass es wichtigere Dinge im Leben gibt als immer nur kaufen, kaufen, kaufen! Wenn ich ein Buch lese oder ein Theaterstück sehe und dabei etwas erfahre und begreife, was ich bisher nicht gewusst habe, ist das … ich weiß nicht recht, wie ich es sagen soll … das ist schön, es macht mich froh, und ein bisschen ist es, wie wenn ich ein wichtiges Tor schieße. Am liebsten würde ich den ganzen Tag nur noch lesen, lernen und Neues erfahren. Ohne Anna hätte ich das wahrscheinlich nicht erlebt, und dafür bin ich ihr sehr dankbar.«

Nach dieser kleinen Rede wurde es still im Raum. Eugen Windbacher klopfte die Asche seiner Zigarette ab und drehte sie auf dem Boden des Aschenbechers, dass sie rund und spitz wurde. Er tat das so intensiv, als müsste er ein Kunstwerk formen. Hilde Windbacher stand auf und räumte den Tisch ab.

»Oder möchtest du noch ein Brot?«, fragte sie Wolfgang.

Er schüttelte den Kopf, blieb noch kurz stehen, als wartete er auf etwas, und ging dann in sein Zimmer.

# 36

Am letzten Spieltag der Saison ging es um die Meisterschaft und damit um den Aufstieg in die Zweite Amateurliga. Der FCW lag punktgleich mit dem FV Meßstetten an der Tabellenspitze, hatte jedoch ein deutlich besseres Torverhältnis. Bei einem Sieg gegen den SV Rosenfeld war den Winterlingern der Titel nicht mehr zu nehmen. Das »Endspiel« und das herrliche Sommerwetter lockten so viele Zuschauer auf den Sportplatz wie schon lange nicht mehr. Einige hatten Rasseln und Tröten mitgebracht und sorgten damit schon vor dem Anpfiff für eine tolle Stimmung.

Eugen Windbacher stand wie bei jedem Heimspiel auf Höhe der Sechzehnmeterlinie in der Platzhälfte Richtung Freibad. Während die zweite Mannschaft noch spielte, liefen sich Wolfgang und Co. neben dem Platz warm.

»Sabine und ich waren gestern in Brechts *Der gute Mensch von Sezuan*«, sagte Wolfgang im Laufen zu Bernhard. »Kennst du das Stück?«

»Nein, und ich will jetzt auch nicht über Stücke oder Bücher reden. Und du solltest auch mal abschalten!«

»Schon gut.«

Schweigend trabten sie weiter und machten Dehnübungen. Insgeheim freute sich Wolfgang, dass er ein Stück gesehen hatte, das Bernhard nicht kannte.

»Dort kommen unsere Mädels!«, rief Rudi.

Margot, Sabine und Doris sahen Rudi, Wolfgang und Bernhard und winkten ihnen. Die drei winkten kurz zurück. Dann suchten sich die Mädchen ein gutes Plätzchen, was allerdings ziemlich schwierig war.

»Heute mach ich mindestens ein Tor, das spür ich im Urin«, sagte Rudi.

»Gut dass du davon sprichst«, sagte Bernhard. »Ich muss noch aufs Klo.«

»Ich auch«, sagten Wolfgang und Werner.

Sie waren nervöser als vor den letzten Spielen. So ein »Endspiel« war eben doch etwas Besonderes. Und das wollten sie unbedingt gewinnen.

»Jungs, heute machen wir den Sack zu!«, sagte der Trainer, als er die Mannschaft nach dem Warmlaufen noch mal um sich versammelte. »Dafür haben wir seit Monaten geackert. Ihr seid alle gut in Form. Spielt so wie in den letzten Wochen, dann packen wir's! Wichtig ist nur, dass ihr nicht ungeduldig werdet und kopflos anrennt. Wenn wir kein schnelles Tor schießen, macht das gar nichts. Wir haben ja neunzig Minuten Zeit.«

Kaum hatte der Schiedsrichter die Begegnung angepfiffen, stieg der Lärmpegel deutlich. Doch in den ersten zwanzig Minuten brachten beide Mannschaften nichts Vernünftiges zustande. Das Spiel war zerfahren und wurde durch viele Fouls häufig unterbrochen. Herbert Gmeiner rief seinen Spielern ständig Anweisungen zu, die sie allerdings nicht umsetzen konnten. Nur langsam legten sie ihre Nervosität ab und wurden sicherer, so dass ihnen erste Kombinationen gelangen. Kurz vor der Halbzeitpause spitzelte Wolfgang einem Rosenfelder im Mittelkreis den Ball vom Fuß und trieb ihn in die gegnerische Hälfte. Den ersten Gegner umkurvte er elegant, sah Rudi am linken Flügel spurten und spielte ihm den Ball in den Lauf. Rudi überlief den rechten Verteidiger, flankte nach innen, wo Bernhard hochstieg und den Ball wuchtig ins Tor köpfte.

»Tor!«, tönte es vielstimmig über den Platz, begleitet von lautem Getröte und Gerassel. Sekunden später wurde Bernhard von seinen Mannschaftskameraden beinahe erdrückt.

Mit 1:0 ging es in die Pause. Auf dem Weg in die Kabine entdeckte Wolfgang seine Mutter. Sie stand auf halbem Weg zwischen Eingang und Spielfeld und wirkte etwas verloren. Wolfgang lief zu ihr: »Mama! Was machst du denn hier?«

»Ich dachte, ich komme auch, wenn das so ein wichtiges Spiel ist«, sagte sie.

»Aber von hier siehst du doch nichts.«

»Das macht nichts, ich verstehe ja sowieso nichts vom Fußball.«

Wolfgang streichelte kurz ihren Arm. »Dort drüben steht Papa«, sagte er.

»Lass ihn nur, ich bleibe hier.«

»Ich muss in die Kabine.«

»Geh nur.«

Wolfgang schaute sie an, lächelte, schüttelte gleichzeitig den Kopf und lief in die Kabine. Dort redete gerade der Trainer. Wolfgang hörte nur mit einem halben Ohr zu. Mama auf dem Sportplatz, sagte er in Gedanken. Obwohl sie sich für Fußball nicht interessiert. Das ist …

»Hast du gehört, Wolfi?«, fragte der Trainer.

»Ja, ja.«

»Gut, dann ist alles klar. Ruht euch aus und trinkt, das ist bei dieser Hitze wichtig!«

Die Sprudelflaschen gingen reihum und wurden schnell leer.

»Na, Rudi, was ist mit deinem Urin?«, stichelte Bernhard.

»Wenn du mir einen Ball so schön auf den Kopf gezirkelt hättest wie ich dir, dann hätte ich auch schon ein Tor gemacht.«

»Du musst dich nur freilaufen …«

»Ich bin mindestens zehnmal frei gestanden, aber ihr seid ja alle blind!«

»Du bist eben leicht zu übersehen.«

»Hahaha!«

Wolfgang beteiligte sich nicht an dem Geplänkel. Er war in Gedanken immer noch bei seiner Mutter. Und er wollte in der zweiten Halbzeit unbedingt ein Tor schießen, ein Tor für sie, auch wenn sie es nicht sehen würde, weil sie im Hintergrund stand. So wie sie ihr ganzes Leben im Hintergrund gestanden hatte.

Als der Schiedsrichter die Mannschaften zur zweiten Halbzeit aus den Kabinen pfiff, lief Wolfgang nicht aufs Spielfeld, sondern zu seiner Mutter. Er nahm sie am Arm und ging mit ihr nach vorn.

»Wolfgang, was machst du?«

Statt ihr zu antworten, sagte er zu zwei Zuschauern, die er kannte: »Lasst ihr meine Mutter bitte nach vorn, damit sie etwas sieht.«

»Aber klar doch, Wolfi.« Sie machten eine Lücke. »Komm nur, Hilde, damit du deinen Wolfi auch mal spielen siehst.«

»Ich … ich weiß nicht …«

Wolfgang schob sie sanft an die Barriere. »Von hier kannst du alles sehen.«

»Aber ich …«

Wolfgang lief aufs Spielfeld, wo seine Mannschaftskameraden schon auf ihn warteten.

Die zweite Halbzeit begann ähnlich wie die erste. In der Winterlinger Abwehr schienen die Spieler nur ja keine Fehler machen zu wollen, um die 1:0-Führung zu halten. Von Minute zu Minute wurden sie verkrampfter. In der sechzigsten Minute erwischte der schnelle Rosenfelder Linksaußen eine verunglückte Rückgabe von Werner und erzielte den Ausgleich. Der kleine Rosenfelder Anhang freute sich; die ersten Winterlinger Zuschauer schimpften.

»Wie kann man einen Ball nur so zurückspielen?«

»Was ist denn los mit euch?«

»Ihr spielt ja, als ob ihr die Hosen voll hättet!«

»Wollt ihr nicht Meister werden?«

Dazwischen waren auch andere Rufe zu hören:

»Auf geht's, Jungs! Zeigt denen, was ihr könnt!«

»Noch ist nichts verloren!«

Der Trainer lief an der Seitenlinie auf und ab und versuchte, seine Spieler zu beruhigen.

Auf dem Weg zum Mittelkreis sagte Wolfgang zu Bernhard: »Hinten wackeln sie. Wir müssen jetzt schnell ein Tor machen, sonst verlieren wir noch!«

Doch das war leichter gesagt als getan. Die Winterlinger Spieler schienen Blei in den Schuhen zu haben.

»Die haben Angst vor dem Gewinnen«, sagte der Mann links neben Hilde Windbacher.

Angst vor dem Gewinnen? Hilde Windbacher wunderte sich. Wie konnte man denn Angst vor dem Gewinnen haben? Man spielte doch, um zu gewinnen. Angst vor dem Verlieren, das konnte sie sich vorstellen, aber doch nicht vor dem Gewinnen. Nun ja, sagte sie sich, ich verstehe eben nichts vom Fußball.

»Jetzt sind wir so nah an der Meisterschaft, und die Pfeifen vergeigen das noch!«, meckerte der Mann rechts neben ihr.

Pfeifen! Hilde Windbacher schaute zu ihm hoch, und ihr Blick schien zu sagen: Mein Wolfgang ist keine Pfeife!

In diesem Augenblick erwischte Bernhard im Mittelfeld einen Querschläger, lief ein paar Meter mit dem Ball und spielte ihn zu Wolfgang, der seinen Gegenspieler stehenließ.

»Wolfi!«, rief Rudi und spurtete los.

Alle rechneten nun mit einem Spielzug wie beim 1:0. Doch Wolfgang täuschte den Pass nach links nur an, lief rechts am nächsten Rosenfelder vorbei und zog aus etwa zwanzig Metern ab. Der Torhüter hechtete in die Ecke, konnte den Ball aber nicht halten.

»Tor!«, riefen, schrien und brüllten die Winterlinger, dass Hilde Windbacher erschrak.

»Das war ein Tor, Hilde!«, rief der Mann rechts neben ihr und klopfte ihr begeistert auf die Schulter. »So eins schießt nur unser Wolfi. Wenn wir den nicht hätten!«

Sie freute sich, dass ihr Junge ein Tor geschossen hatte und gelobt wurde. Doch als sie sah, wie die Winterlinger Spieler sich alle auf ihn warfen und ihn unter sich begruben, murmelte sie ängstlich: »Die erdrücken ihn ja; da unten bekommt er doch keine Luft mehr!«

»Keine Angst, Hilde, das hat noch jeder überlebt!«

Da war sie nicht so sicher. Erst als Wolfgang wieder auf den Beinen stand, atmete sie erleichtert auf. Er kam zu ihr gelaufen, strahlte sie an und sagte: »Mama, das Tor war für dich!«

»Aber ich …«

Wolfgang war schon wieder weg.

»Nur gut, dass du heute gekommen bist«, sagte der Mann links neben Hilde Windbacher lächelnd. »Sonst hätte Wolfi das Tor ja nicht geschossen. Wir haben also dir die Meisterschaft zu verdanken.«

»Dummes Zeug!«, sagte sie nur.

Das Spiel ging weiter, doch am Ergebnis änderte sich bis zum Schlusspfiff nichts mehr. Mit dem 2:1-Sieg war der FC Winterlingen Meister der A-Klasse und stieg in die Zweite Amateurliga auf. Noch auf dem Platz begannen die Spieler und ihre Fans die Meisterschaft feuchtfröhlich zu feiern, wobei sie Wolfgang immer wieder hochleben ließen.

# 37

Anfang August machten viele Firmen im Schwabenland zwei Wochen Betriebsferien, so auch die Firmen August Beck und Groz-Beckert. Wolfgang und Sabine wären gern zusammen in Urlaub gefahren.

»Am liebsten nach Italien«, hatte Sabine gesagt. »Einmal zwei Wochen weg von hier, weg von allem, und jeden Tag Sonne, von morgens bis abends.«

»Zwei Wochen!«

»Noch lieber drei«, hatte Sabine gesagt und ihn geküsst. »Nur wir zwei. Möchtest du das nicht?«

»Doch, klar, aber ... das ist ... das kann ich mir nicht leisten.«

»Ich auch nicht. Drei Wochen Urlaub können sich nur die Reichen leisten.«

»Würden deine Eltern das denn erlauben, ich meine, dass wir zusammen nach Italien fahren?«

»Niemals«, hatte Sabine geantwortet. »Aber wünschen kann ich es mir doch trotzdem.«

Es blieb ein Wunsch. Nicht nur wegen Sabines Eltern oder des fehlenden Geldes, nein, auch weil Eugen Windbacher zumindest einen Teil von Wolfgangs Urlaub anders verplant hatte. Er wollte das Haus endlich mal neu streichen. Dabei erwartete er die Hilfe seiner Schwiegersöhne und vor allem die des gelernten Malers in der Familie. Wolfgang hatte keine Lust, seinen Urlaub arbeitend zu verbringen, noch dazu unter Aufsicht seines Vaters, dem man nur schwer etwas recht machen konnte. Aber Eugen Windbacher hatte sich nicht umstimmen lassen. Er werde ein Gerüst anbringen lassen, und wenn sie sich zu viert an die Arbeit machten, seien sie in ein paar Tagen fertig. Dann hätten die Jungen immer noch eine gute Woche Urlaub. Er habe in seinem ganzen Leben noch keine Woche Urlaub zum Nichtstun gehabt. Urlaub zum Nichtstun sei etwas für Bessere, nicht für ihresgleichen.

»So ein Quatsch!«, hatte Wolfgang widersprochen. »Alle Arbeiter bekommen Urlaub, damit sie sich erholen können, und nicht, damit sie ihr Haus anstreichen oder …«

»Das Haus muss dringend gestrichen werden, das solltest du als Maler am besten sehen«, hatte sein Vater ihn unterbrochen. »Und einen Maler können wir uns nicht leisten!«

Weil beides stimmte, machten sie sich mehr oder weniger deutlich murrend an die Arbeit. Als Wolfgang sich damit abgefunden hatte und sah, wie ungeschickt sich seine Schwäger Toni und Robert anstellten und wie unsauber sie arbeiteten, packte ihn der Ehrgeiz. Wenn er schon ein paar Tage seines Urlaubs opfern musste, dann sollte sich das Ergebnis der Arbeit wenigstens sehen lassen können. Er ließ die andern das Dachgesims und die Holzläden, die Türen und das Scheunentor schleifen und grundieren und die Fassade streichen, weil man dabei am wenigsten falsch machen konnte. Er selbst strich die Fenster und das gesamte Holzwerk. Bei den Türen, dem Scheunentor und den Läden gab er sich besonders Mühe; alles strich er zweifarbig, innen weiß und drum herum hellbraune Rahmen, obwohl das viel mehr Arbeit machte.

»Warum streichen wir nicht alles einfarbig wie andere?«, fragte Robert vorwurfsvoll. »Dann wären wir schon fertig.«

»Aber es wäre nicht so schön«, gab Wolfgang zurück.

»Das ist Geschmackssache.«

Toni griff nach einem braunen Pinsel, um Wolfgang beim letzten Anstrich des Scheunentores zu helfen.

»Äh, nicht, das mach ich selber«, sagte Wolfgang.

»Sollen wir dann die Läden fertig streichen?«

»Der Vorlack ist noch nicht ganz trocken«, antwortete Wolfgang schnell.

Toni glaubte ihm nicht, das sah man ihm an. »Wenn wir deiner Meinung nach nichts gut genug machen, dann können wir ja gehen.«

Weder Wolfgang noch Eugen Windbacher hielten sie zurück.

Wolfgang lackierte das Scheunentor fertig und ging dann hinters Haus, wo die Fensterläden zum Trocknen standen. Als er um die Ecke bog, sah er, dass sein Vater einen Laden auf zwei Böcke gelegt hatte und die hellbraun vorgestrichenen Teile lackierte.

Ich mach das selber, hatte Wolfgang schon auf der Zunge, sagte es nicht, sah mit einem Blick, wie geduldig und genau sein Vater mit dem braunen Pinsel an den weißen Kanten entlang fuhr. Wortlos stellte sich Wolfgang auf die andere Seite des Ladens, tauchte den Pinsel in die Farbe und begann zu streichen.

Während sie den dritten Fensterladen strichen, murmelte Eugen Windbacher: »Dazu braucht man eine ruhige Hand und vor allem Geduld.«

Wolfgang war überrascht. Einen Moment hielt er inne, hob den Kopf, und ihre Blicke trafen sich. Sein Vater senkte den Kopf zuerst wieder, tauchte den Pinsel in den Farbtopf und strich weiter. Wolfgang lächelte.

Als sie mit der Arbeit fertig waren, machten sie Feierabend.

»Wo sind denn Toni und Robert?«, fragte Hilde Windbacher.

»Die sind gegangen«, antwortete Wolfgang.

»Warum?«

»Weil … wir … wir mussten nur noch die Fensterläden streichen; das haben Papa und ich gemacht.«

»Das können die nicht«, brummte Eugen Windbacher.

»Habt ihr gestritten?«

»Gestritten nicht«, sagte Wolfgang.

»Und warum sind sie dann gegangen, ohne mit euch zu vespern?«, fragte seine Mutter in einer Art, die eine Antwort unnötig machte. »Ich hab's befürchtet, dass es so kommt. Nur weil dir keiner etwas recht machen kann!«, sagte sie vorwurfsvoll zu ihrem Mann.

»Papa ist nicht schuld«, entgegnete Wolfgang. »Sie sind wegen mir gegangen.«

»Wegen dir?«

Wolfgang erklärte seiner Mutter kurz, was geschehen war und versuchte sie zu beruhigen.

»Ja, ja, und jetzt kann ich die Sache wieder einrenken!«

»Da gibt's nichts einzurenken«, sagte Eugen Windbacher. »Und jetzt haben wir Hunger!«

»Es ist wirklich nichts Schlimmes passiert«, sagte Wolfgang noch einmal. »Toni reagiert halt manchmal ein bisschen empfindlich, das kennen wir doch.«

Seine Mutter seufzte, sagte jedoch nichts mehr.

Am nächsten Tag hängten sie die Fensterläden ein, und Wolfgang besserte da und dort noch etwas aus. Dann betrachteten er und sein Vater das Werk und waren zufrieden. Aus dem alten Bauernhaus war ein Schmuckstück geworden, vor allem dank der zweifarbig gestrichenen Fensterläden und Türen.

Hilde Windbacher stellte sich zu ihnen. »Man erkennt unser Haus kaum wieder.«

»Wenn das Gerüst weg ist, sieht man erst richtig, wie schön es geworden ist«, sagte Wolfgang.

Eugen Windbacher räusperte sich. »Eine Malerlehre ist eben nie umsonst.«

# 38

Die zweite Urlaubswoche begann mit so viel Sonne, dass man auch im Winterlinger Freibad braun werden konnte. Am Montag suchten Wolfgang und Sabine ein Plätzchen auf der Liegewiese, breiteten eine Decke aus, und Wolfgang pumpte ihre Luftmatratzen auf. Als sie es sich so bequem wie möglich gemacht hatten, holte er das Geschichtsbuch *Zeiten und Menschen* aus seinem Matchsack. Bevor er es aufschlagen konnte, schnappte Sabine es.

»He, was soll das?«

»Ich habe eine Überraschung für dich!«

»Eine Überraschung?«, fragte Wolfgang und griff nach seinem Buch.

»Jetzt lass doch mal das blöde Buch!«

»Das ist nicht blöd, das ist wichtig.«

»Da hast du's!«, rief sie, warf es ihm zu, drehte sich auf den Bauch und vergrub den Kopf zwischen den Armen.

Erschrocken starrte Wolfgang auf ihren Rücken. »Bine«, sagte er leise. »Was ist denn?«

Keine Reaktion.

»Bine, tut mir leid.«

Nichts.

Er legte sich dicht neben sie und strich mit den Fingerspitzen zärtlich über ihre warme Haut. »Binchen, sag doch was.«

Sie drehte den Kopf. »Immer hast du ein Buch dabei, immer liest du«, murmelte sie. »Ich glaube langsam, Bücher sind dir wichtiger als ich.«

»Quatsch!«, sagte er und drückte ihr einen Kuss auf die Backe. »Was ist es denn für eine Überraschung?«

»Willst du das wirklich wissen?«

»Klar.«

»Hat vorhin aber nicht so ausgesehen.«

»Bine!« Mehr sagte er nicht, obwohl ihm schon auf der Zunge lag, dann solle sie ihre Überraschung eben für sich behalten.

»Meine Eltern fahren morgen für zwei Tage zu Freunden ins Allgäu.« Ein Lächeln breitete sich in ihrem Gesicht aus. »Und ich hab zum ersten Mal geschafft, dass ich nicht mitfahren muss.«

»Das heißt … dann können wir …«

»Auch wegfahren, wenigstens zwei Tage!«

»Und wohin?«, fragte Wolfgang.

»Für Italien sind zwei Tage leider ein bisschen wenig, aber für den Bodensee reicht's.«

»Und wo übernachten wir?«

»Das wird sich finden«, antwortete Sabine. »Zur Not im Auto oder im Freien.«

»Binchen, Binchen«, sagte Wolfgang mit erhobenem Zeigefinger. »Du hast es ja faustdick hinter den Ohren!«

»Ich freu mich schon so!«, sagte sie und küsste ihn auf den Mund. »Und jetzt will ich ins Wasser, komm!« Sie sprang auf, zog Wolfgang hoch und hinter sich her.

Am nächsten Morgen fuhr Wolfgang kurz vor neun nach Straßberg und hielt vor dem Bahnhof. Das schien ihnen der ungefährlichste Treffpunkt zu sein; hier gab es nicht so viele neugierige Nachbarn wie um Sabines Haus herum.

Sabine wartete schon, warf ihre Tasche auf den Rücksitz und stieg ein. Wolfgang gab Gas, Sabine duckte sich, dass sie von außen kaum zu sehen war. Erst als sie das Dorf hinter sich hatten, setzte sie sich aufrecht hin, beugte sich zu Wolfgang hinüber und gab ihm einen Begrüßungskuss. »Einen wunderschönen guten Morgen, mein Schatz!«

»Ebenso, mein Schatz!«

Sabine strahlte mit der Sonne um die Wette. Sie schaltete das Radio ein und drehte am Senderwahlknopf, bis sie Musik hörten. Schon bei den ersten Tönen erkannten sie Manuelas Hit *Schuld war nur der Bossa Nova.* Den Refrain sangen Wolfgang und Sabine lautstark mit. Ebenso bei anderen Songs. Kurz vor Überlingen kam Drafi Deutschers *Marmor, Stein und Eisen bricht.* In ihrer aufgedrehten Laune grölten Wolfgang und Sabine den Refrain bis an die Grenze ihrer Stimmen.

In der Stadt wurde schnell deutlich, dass viele Leute den schönen Sommertag zu einem Ausflug an den Bodensee nutzten. Die Parkplätze in der Nähe des Sees waren bereits voll.

»Komm, wir fahren ein Stück hinaus«, sagte Sabine. »Ich möchte sowieso nicht baden, wo es von Leuten wimmelt.«

»Das wird heute aber schwierig.«

»Der Bodensee ist so groß, da finden wir bestimmt ein schönes Plätzchen.«

Wolfgang war skeptisch, sagte jedoch nichts. Er fuhr aus Überlingen hinaus in Richtung Meersburg, vorbei an der Klosterkirche Birnau, bog nach rechts in eine schmale Straße ab und fuhr dann in einen Feldweg. Bei einer Baumgruppe, keine hundert Meter vom See entfernt, hielt er an. Außer einem Landwirt auf seinem Traktor war weit und breit kein Mensch zu sehen.

»Na?«, sagte Sabine.

»Ich weiß nicht, ich trau dem Frieden noch nicht.«

»Angsthase!«

»Es muss doch einen Grund dafür geben, dass nicht mehr Leute hier sind«, meinte Wolfgang.

»Darüber will ich jetzt nicht nachdenken«, entgegnete Sabine. »Hauptsache, wir sind hier. Komm, wir gehen mal ans Wasser!«

Nach etwa fünfzig Metern endete der Feldweg; nur noch ein Trampelpfad führte weiter bis zu den Ufersteinen.

»Das ist zwar kein Sandstrand wie in Italien«, sagte Sabine. »Aber dafür haben wir ihn ganz für uns allein.«

Wolfgang schaute sich um. Das Gras am Ufer war niedergetrampelt, verkohlte Holzreste lagen in einer Feuerstelle und daneben einige leere Bier- und Sektflaschen.

»Wir sind nicht die einzigen, die dieses Fleckchen entdeckt haben.«

»Aber jetzt ist niemand hier, nur wir.« Sabine schlang die Arme um Wolfgang und küsste seine möglichen Einwände weg.

Sie holten ihre Sachen aus dem Auto und bereiteten sich ein schönes Plätzchen. Sie sonnten sich, schwammen, schmusten, aßen und tranken, was sie mitgebracht hatten, und lasen. Sabine einen Krimi, Wolfgang in *Zeiten und Menschen* vom Ende des Ersten Weltkriegs, der Novemberrevolution 1918 und dem Entstehen der Weimarer Republik.

## *Gesellschaft und Wirtschaft in der Weimarer Republik*

### ***Strukturen der Gesellschaft***

*Die Revolution hatte 1918 den alten Obrigkeitsstaat beseitigt, die Struktur der Gesellschaft aber kaum angetastet. Zwar fielen die Privilegien der ehemals führenden Gesellschaftsschichten, ihr faktisches Gewicht im neuen Staat bedeutete aber, daß sie ihn weit stärker prägten, als dem demokratischen Prinzip entsprach. Im höheren Beamtentum – also auch in der Justiz -, im Offizierskorps und im Großbürgertum waren es vielfach die gleichen Personen, die die Führungsschicht des Kaiserreichs wie der Republik bildeten. Durch sie blieben überkommene Verhaltensformen und Wertschätzungen gültig, die monarchischen oder autoritären Staatsvorstellungen entsprachen.*

*Da es viele einflußreiche Kreise und größere Bevölkerungsschichten gab, die die Demokratie ablehnten oder ihr zumindest passiv-abwartend gegenüber standen, war antidemokratisches Denken in den zwanziger Jahren häufig anzutreffen. Bei vielen herrschte die Neigung, dem Staat mindestens eine autoritäre Form zu geben.*

»Es ist doch immer das Gleiche«, murmelte Wolfgang.

Sabine schaute von ihrem Buch auf. »Was ist?«

»Ach nichts, ich hab nur laut gedacht.«

»Was hast du denn gedacht?«

»In Deutschland hat es zwei Revolutionen gegeben, 1848 und 1918«, antwortete er. »Aber hinterher hatten die gleichen Leute das Sagen, die es vorher auch schon hatten. Und so ähnlich war es auch nach dem Zweiten Weltkrieg. Viele Nazis bekamen auch in der Bundesrepublik wieder führende Stellen. Bundeskanzler Kiesinger war auch ein Nazi, hast du das gewusst?«

Sabine schüttelte den Kopf. »Aber heute ist es doch anders als früher, und besser«, sagte sie. »Es hat sich also was verändert, das musst du zugeben.«

»Ja, schon, aber irgendwie nicht richtig.«

»Versteh ich nicht.«

»Ich versteh's ja selber noch nicht«, gab Wolfgang zu. »Aber ich will's verstehen!«

Sabine gab ihm einen Kuss. »Komm, wir kühlen uns erst mal ab, dann kannst du wieder besser denken.«

Nachdem sie ein gutes Stück geschwommen und wieder zurück waren, sagte Wolfgang: »Es ist schon fünf vorbei, ich kriege langsam Hunger. Sollen wir nicht losfahren und eine nette Wirtschaft suchen? Und nach einem Zimmer sollten wir auch noch schauen.«

»Wenn du willst«, sagte Sabine lächelnd.

Sie packten alles zusammen, gingen zum Auto und fuhren Richtung Meersburg. Dabei hielten sie nicht nur nach einem Gasthaus, sondern auch nach einem »Zimmer frei«-Schild Ausschau. Ein Schild sahen sie nirgendwo, und an einigen Gasthäusern fuhren sie vorbei, weil sie an ihnen irgendetwas störte. In Oberuhldingen empfahl ihnen ein Einheimischer auf ihre Nachfrage den »Storchen«. Da könne man noch gut und vor allem preiswert essen. Er beschrieb ihnen den Weg so genau, dass sie keine Mühe hatten, den Gasthof zu finden.

»Heute lassen wir es uns mal gut gehen«, sagte Wolfgang. »Andere machen zwei Wochen Urlaub in Italien oder sonst wo, dann können wir wenigstens einmal gut essen.«

Und das taten sie. Wolfgang bestellte ein Jägerschnitzel mit Spätzle und Salat, Sabine entschied sich für Schweinelendchen mit Kroketten und Gemüse. Und als Nachtisch genehmigten sie sich noch einen Eisbecher.

»Köstlich«, sagte Sabine, hielt sich den Bauch und seufzte. »Ich hab mich total überfressen.«

»Einmal schadet das nicht.«

»Hoffentlich.«

Die Bedienung fragte, ob alles in Ordnung gewesen sei und ob sie noch irgendwelche Wünsche hätten.

»Viele«, sagte Sabine und lächelte Wolfgang an.

»Ich meinte …«

»Zu essen und zu trinken möchten wir nichts mehr, sonst platzen wir«, sagte Wolfgang. »Jetzt müssen wir nur noch bezahlen.«

Die Bedienung rechnete alles zusammen.

»Ich bezahle meines selbst«, flüsterte Sabine.

Wolfgang schüttelte den Kopf. »Du warst eingeladen.«

»Aber ich …«

»Psssst!«, machte er und legte einen Finger auf den Mund.

Er bezahlte und fragte die Bedienung, ob sie einen Tipp hätte, wo man hier in der Gegend vielleicht noch ein Zimmer bekommen könnte.

»Für eine Nacht?«

Wolfgang nickte.

»Da haben Sie großes Glück, denn heute Nachmittag hat uns jemand abgesagt, weil sie unterwegs einen Unfall hatten. Möchten Sie das Zimmer für Sie beide?«

Wieder nickte Wolfgang.

Die Bedienung schaute sich um. Dann flüsterte sie: »Die Chefin nimmt normalerweise ja keine unverheirateten Pärchen. Aber ich will mal sehen, ob ich etwas für Sie tun kann.«

Wenig später kam eine modisch gekleidete Frau um die vierzig und sagte leise: »Normalerweise nehmen wir ja keine unverheirateten Paare, aber ich will mal eine Ausnahme machen. Allerdings«, und jetzt sprach sie noch leiser, »geht das nur unter der Hand. Offiziell sind Sie nicht bei uns abgestiegen.«

Damit hatten Wolfgang und Sabine kein Problem. Die Frau wollte gleich das Geld und zeigte ihnen dann das Zimmer.

Als sie draußen war, ließ sich Sabine rückwärts aufs Bett fallen und streckte alle Viere von sich.

»Herrlich!«, sagte sie. »Obwohl eine Nacht unterm Sternenhimmel romantischer gewesen wäre.«

»Wir können ja später unterm Sternenhimmel noch spazieren gehen.«

Und das taten sie. Hand in Hand schlenderten sie durch den Ort Richtung See. Auf einer Wiese legten sie sich nebeneinander auf den Rücken.

»Schön«, sagte Sabine leise.

»Man hat das Gefühl, es gäbe nichts als den Mond und die Sterne«, murmelte Wolfgang.

»Und uns.«

Sie küssten und streichelten sich, zogen sich aus, liebkosten sich immer intensiver und überschritten sämtliche Grenzen.

# 39

Wolfgang und Sabine saßen wieder mal im 12M hinter einer Baumgruppe an der Alten Steige zwischen Winterlingen und Straßberg. Sabine weinte.

»Es ist doch noch gar nicht sicher«, versuchte Wolfgang sie zu beruhigen.

»Meine Regel ist noch nie so lange ausgeblieben«, schniefte sie.

Wolfgang wusste nicht, was er darauf erwidern sollte.

»Wenn mein Vater erfährt, dass ich schwanger bin, schlägt er mich tot.«

»Das tut er nicht.«

»Du kennst ihn nicht«, sagte Sabine. »Er darf es nicht erfahren. Und ich will auch kein Kind.« Sie drückte den Kopf an Wolfgangs Brust und schluchzte.

Ich auch nicht, dachte Wolfgang. »Wenn es sicher ist, müssen wir uns etwas überlegen«, sagte er.

»Was überlegen?«

»Das weiß ich noch nicht, aber uns wird schon etwas einfallen.«

»Was soll uns da einfallen? Wenn man ein Kind nicht will, muss man es wegmachen lassen; aber das ist verboten.« Wieder schluchzte Sabine. »Warum haben wir auch nicht aufgepasst?«

Die beiden wussten sich keinen Rat. Und sie konnten niemanden fragen, ohne sich zu verraten.

Am Abend lag Wolfgang im Bett und konnte lange nicht einschlafen. Zu viele Gedanken und Bilder wirbelten durch seinen Kopf.

Ich kann doch jetzt kein Kind gebrauchen, ich bin doch erst zwanzig und kein Vater. Und Bine ist keine Mutter. Das geht doch nicht. Ich muss lernen, und mit einem Kind geht das nicht. Dann wäre alles umsonst gewesen. Ich lass mir doch nicht alles kaputt machen wegen einem Kind! Dann müssten wir ja heiraten! Und wo sollen wir wohnen? Wir können uns doch keine Wohnung leisten. Ich müsste weiter beim August Beck arbeiten und Geld verdienen. Vielleicht mein Leben lang. Millionen Ecken an Bohrer und Reibahlen schleifen und dabei langsam verblöden. Nein, das mach ich nicht! Ich weiß ja überhaupt nicht, ob ich Bine heiraten möchte. Ich mag sie, aber heiraten? Jetzt jedenfalls noch nicht, das weiß ich. Wolfinia hätte ich geheiratet. Sofort. Und wenn sie ein Kind bekommen hätte, wäre es kein Problem gewesen. Sie hatte ja ein Haus. Aber mit Bine ist alles anders. Ich will kein Kind! Sonst wäre es aus mit dem Vorbereitungskurs und mit dem Studium. Und das will ich nicht!

Irgendwann schlief Wolfgang ein und hatte wirre Träume. In einem kam ein riesiger Säugling auf allen Vieren in sein Zimmer gekrabbelt und begann, seine Bücher zu fressen. Wolfgang wollte ihn stoppen, konnte sich jedoch nicht bewegen. Hilflos musste er zusehen, wie ein Buch nach dem andern im Rachen des Monstersäuglings verschwand, und wachte nassgeschwitzt auf.

Am späten Nachmittag fuhr er mit Sabine nach Ebingen in die Stadtbücherei. Dort suchten sie Bücher zum Thema Schwangerschaft, weil sie hofften, Informationen zum Schwangerschaftsabbruch zu finden.

Einer jungen Mitarbeiterin fielen sie auf. »Kann ich Ihnen helfen? Suchen Sie etwas Bestimmtes?«

Sabine und Wolfgang wurden rot und stammelten verlegen, nein, sie bräuchten keine Hilfe.

»Ich will mich bestimmt nicht einmischen, aber ich kann mir denken, wonach Sie suchen«, sagte sie.

Wolfgang und Sabine schauten sie mit großen Augen an. »Wieso … woher …«

»Es geht um Schwangerschaftsabbruch, stimmt's?«

Sie schauten sich an, dann wieder die junge Frau und nickten.

»In den Büchern werden sie nicht finden, was Sie suchen«, sagte sie leise. »In einer halben Stunde schließen wir. Wenn Sie so lange warten, könnte ich Ihnen bei mir zu Hause ein paar Informationen geben.«

»Haben Sie …«

»Darum geht's jetzt nicht«, sagte sie. »Also bis nachher.«

Wolfgang und Sabine flüsterten aufgeregt miteinander und konnten es kaum erwarten, bis die halbe Stunde vorüber war.

Vor dem Eingang warteten sie auf die junge Frau. In Wolfgangs Auto fuhren sie zu ihrer Wohnung.

»Ich heiße Roswitha«, stellte sie sich vor. »Ihr seid nicht die ersten, die bei uns in der Bücherei verzweifelt nach Hilfe suchen. Inzwischen habe ich einen Blick dafür.«

»Und Sie … äh … du kannst uns helfen?«, fragte Sabine.

»Ich glaube schon.«

»Und warum tust du das?«, wollte Wolfgang wissen.

»Gute Frage«, antwortete sie. »Ich will es dir sagen: Weil ich den § 218 für kriminell halte und nicht die Frauen, die abtreiben. Und wenn unsere beknackten Politiker nicht in der Lage sind, diesen verdammten Paragraphen, der noch aus dem Kaiserreich stammt, endlich abzuschaffen, dann helfen wir Frauen uns eben selbst!« Sie berichtete kurz von ihren Erfahrungen und legte ein Blatt mit den wichtigsten Informationen auf den Tisch.

»2200 Mark!«, sagte Sabine. »Woher soll ich so viel Geld nehmen?«

»Ihr seid doch zu zweit«, sagte Roswitha und schaute Wolfgang an.

Er nickte. »Aber 2200 Mark sind auch zu zweit sehr viel Geld.«

»Klar«, stimmte Roswitha zu. »Aber wir müssen froh sein, dass in Holland gute Ärzte den Abbruch vornehmen. Bei uns gibt's auch so Quacksalber, die es machen, aber die wollen noch mehr Geld und pfuschen oft kriminell in den Frauen rum. Dabei sind schon welche gestorben.«

Sabine erschrak.

»Keine Angst, bei diesem Arzt« – Roswitha deutete auf das Blatt – »bist du in guten Händen.«

Sie redeten noch lange miteinander und Roswitha beantwortete geduldig die vielen Fragen, so gut sie konnte.

Beim Abschied an der Tür sagte sie: »Und wenn ihr noch weitere Fragen habt, kommt einfach in die Bücherei oder hierher.«

Wolfgang und Sabine waren wie benommen. Sie gingen zum Auto, aber Wolfgang fuhr nicht gleich los. Er versuchte, ein wenig Ordnung in seine Gedanken zu bringen.

»Was denkst du?«, fragte Sabine.

»Ich kann noch nicht denken.«

»Ich auch nicht.« Sie nahm seine Hand.

So saßen sie eine ganze Weile, schauten zu der Frontscheibe hinaus, ohne wirklich etwas wahrzunehmen. Dann startete Wolfgang den Motor und fuhr los.

»Wohin fährst du?«

»Keine Ahnung.«

Er folgte einfach der Straße, bog an deren Ende in die Sonnenstraße ein, fuhr weiter in die Marktstraße, sah eine Apotheke und hielt an.

»Warum hältst du hier?«

»Es gibt doch Tests, mit denen man prüfen kann, ob man schwanger ist«, antwortete er. »Hast du so einen Test gemacht?«

Sie schüttelte den Kopf.

»Bevor wir mit dem Arzt telefonieren und nach Holland fahren, machen wir so einen Test.«

»Und wenn uns in der Apotheke jemand kennt, dann wissen sie Bescheid.«

»Besser als umsonst nach Holland fahren.«

»Aber ich …«

»Bine, bitte!«

»Also gut.«

Sie kauften einen Schwangerschaftstest, dann fuhr Wolfgang nach Straßberg und ließ Sabine in sicherer Entfernung von ihrem Elternhaus aussteigen.

Nach einer weiteren Alptraumnacht stand Wolfgang wie gerädert auf und fuhr ohne Frühstück zur Arbeit. Seine Gedanken waren bei Sabine und dem Test, den sie jetzt bestimmt schon gemacht hatte. Weil ihm wieder alles Mögliche durch den Kopf ging, schaffte er beim ersten Auftrag nur 86 Prozent und verschliff zudem etliche Reibahlen so, dass sie nicht mehr zu gebrauchen waren.

»Was ist denn los mit dir?«, fragte Meister Becker vorwurfsvoll. »Du produzierst heute ja mehr Ausschuss als alle andern zusammen! So geht das nicht!«

»Mir ist nicht gut«, sagte Wolfgang. »Ich glaub, ich geh nach Hause.«

»Das wird wohl am besten sein.«

Wolfgang schaltete die Maschine aus, räumte noch seinen Platz auf und ging. 11:08 Uhr erschien rot auf seiner Karte, als er sie aus der Stempeluhr zog.

Zu Hause wunderte sich seine Mutter, dass er schon von der Arbeit kam. Ihm sei nicht gut, sagte Wolfgang, zog die Arbeitsklamotten aus und legte sich aufs Bett. Ob sie ihm einen Magentee machen solle, fragte sie. Nein, er wolle nichts, nur seine Ruhe.

Doch von Ruhe konnte keine Rede sein. Er versuchte zu lesen, um sich abzulenken, musste mehrmals von vorne anfangen und wusste trotzdem nicht, was er gelesen hatte.

Um halb eins hielt er es nicht mehr aus, sprang auf, zog etwas an und fuhr nach Straßberg. Vor Sabines Haus hupte er, fuhr weiter, wendete am Ende der Straße und fuhr langsam wieder zurück. Sabine kam aus dem Garten, winkte – und lachte! Sie lachte! Das konnte nur bedeuten …

Wolfgang gab Gas und bremste dann scharf neben ihr. Sabine riss die Tür auf und rief im Einsteigen: »Der Test ist negativ!«

»Negativ? Aber dann …«

»Negativ ist positiv! Das heißt, ich bin nicht schwanger!« Sabine vergaß, dass sie vor ihrem Elternhaus standen, beugte sich zu Wolfgang hinüber und küsste ihn.

Er drückte sie von sich und fragte: »Bist du sicher, dass negativ für uns positiv ist?«

»Klar!« Sie küsste ihn noch einmal. »Ich freu mich so!«

»Wenn das wahr ist …«

»Es ist wahr!«

»Und deine …«

»Meine Regel, meinst du? Die kommt bestimmt heute oder morgen.«

»Hoffentlich«, sagte Wolfgang. Er war noch nicht so überzeugt wie Sabine.

Doch als sie sich am nächsten Tag trafen, strahlte Sabine noch mehr als am Tag zuvor. »Jetzt ist es ganz sicher«, sagte sie. »Meine Regel ist seit heut Nachmittag wieder da.«

Wolfgang drückte sie an sich und war unsagbar erleichtert.

# 40

Es dauerte einige Tage, bis Wolfgang wieder die Ruhe hatte, um lesen zu können. Doch so schlimm die Hortage auch gewesen waren, eines war ihm in der Zeit noch klarer geworden: Lesen und lernen war ihm wichtiger als alles andere, auch wichtiger als Sabine. Er würde sich nicht mehr von seinem Weg abbringen lassen, durch nichts und niemanden. Und auf gar keinen Fall würde er noch einmal das Risiko eingehen, dass Sabine schwanger werden könnte. Er würde nur noch mit ihr schlafen, wenn sie die Antibabypille nahm, und er selbst würde zur Sicherheit zusätzlich noch ein Kondom benutzen.

Wolfgang arbeitete sich in den nächsten Wochen durch die restlichen Bücher, die auf den Blättern von Professor Zimmermann standen. An den Wochenenden saß er stundenlang bei Bernhard, um seine Fragen mit ihm zu besprechen. Ausgehend von den Fragen redeten sie manchmal auch über Gott und die Welt. Ein Thema, das Bernhard mehr beschäftigte als Wolfgang, war die anstehende Bundestagswahl. Er meinte, nach 20 Jahren sei es höchste Zeit, dass die CDU abgelöst würde. Wenn er schon wählen dürfte, würde er die SPD mit Willy Brandt an der Spitze wählen. Wolfgang sagte, es sei doch ein Witz, dass sie mit 19 zwar zur Bundeswehr müssten, um das Vaterland im Ernstfall zu verteidigen, dass sie aber nicht mitbestimmen dürften, wer dieses Vaterland regiere. Auch deswegen müsse Willy Brandt Bundeskanzler werden, sagte Bernhard. Dann werde sich vieles ändern. Das sah Wolfgang ähnlich. Wenn sie schon wählen dürften, würde jedenfalls keiner mehr Bundeskanzler, der zu den Nazis gehört hatte, da war er ganz sicher.

Als am 31. August die neue Verbandsrunde in der Zweiten Amateurliga begann, war Wolfgang hin- und hergerissen: Einerseits freute er sich auf die Spiele, andererseits ging ihm dadurch wertvolle Lesezeit verloren. Deswegen hielt sich seine Enttäuschung in Grenzen, als er sich im dritten Spiel den rechten Knöchel so verstauchte, dass er eine Zwangspause einlegen musste. Wenn Sabine hoffte, nun würde er wieder mehr Zeit mit ihr verbringen, täuschte sie sich.

Wolfgang vergrub sich nur noch mehr hinter Büchern und besuchte an der Volkshochschule außerdem den Kurs *Neue Mathematik und Mengenlehre*.

Am 28. September wurde der neue Bundestag gewählt. Bis zum Mittagessen las Wolfgang in seinem Erdkundebuch über Entstehung, Geschichte und Formen des Süddeutschen Schichtstufenlandes.

*Die Schwäbische Alb mit dem Albvorland ist der markanteste Teil der Süddeutschen Schichtstufenlandschaft. Die Schwäbische Alb zieht sich quer durch Baden-Württemberg in einer Breite von etwa 45 km vom Randen bei Schaffhausen über rund 200 km bis zum Nördlinger Ries. Die Alb ist aufgebaut aus den Kalkschichten des Jura: zuunterst des Schwarzen Jura (Lias), darüber des Braunen Jura (Dogger), oben des Weißen Jura (Malm), die jeweils mehrere hundert Meter dick sein können. Der Schwarze Jura findet sich vor allem im Vorland der Alb; der Boden auf dem Schwarzen Jura wird meist landwirtschaftlich genutzt, wenigstens für Streuobstwiesen. Der Braune Jura findet sich an den Hanglagen der Alb und ist häufig mit Wald bedeckt. Der Weiße Jura bildet an den Steilstufen des Albrandes die herausragenden Felsriffe. Häufig wurden Burgen auf den Felsriffen und/oder auf den Auslieger- oder*

*Zeugenbergen gebaut, z.B. der Hohenzollern bei Hechingen, die Achalm bei Reutlingen, die Teck bei Kirchheim und der Hohenstaufen bei Göppingen.*

*Auf der Albhochfläche ist der Weiße Jura nur mäßig landwirtschaftlich nutzbar.*

*In den Jura-Kalken versickert das Wasser, es löst den Kalk auf und so bilden sich an vielen Stellen der Alb Höhlen von zum Teil beachtlichen Ausmaßen (z.B. die bekannten Schauhöhlen Nebelhöhle, Bärenhöhle). Im Höhlenverzeichnis für die Schwäbische Alb sind über 2000 Höhlen aufgeführt.*

*Entstanden sind die mächtigen Kalke der Alb als Ablagerungen zur Zeit des Jurameeres, das im Erdmittelalter etwa vor 205 Millionen Jahren bis vor 140 Millionen Jahren ganz Südwestdeutschland überflutet hatte. Aus dieser Zeit stammen auch die vielen Versteinerungen, die auf der Alb gefunden wurden.*

Als Junge hatte Wolfgang öfter Versteinerungen gefunden. Die schönsten im alten Steinbruch bei der Sonnenhalde; aber auch beim Arbeiten auf den Feldern, vor allem beim Kartoffelnernten hatte er immer wieder Steine entdeckt, in die Schnecken oder Muscheln eingewachsen zu sein schienen. Manchmal waren auch Pflanzen zu erkennen, die aussahen, als wären sie vor langer, langer Zeit gepresst worden. Einige Jahre hatte er die Versteinerungen gesammelt, aber irgendwann weggeworfen. Jetzt hätte er sie gern angeschaut.

Dann war hier ja alles mal unter Wasser, dachte er und erinnerte sich dunkel, dass er davon in der Schule gehört hatte. Damals hatte er sich das nicht vorstellen können, und auch jetzt fiel es schwer, sich Winterlingen und alles drum herum unter Wasser vorzustellen. Aber zur Zeit des Jurameeres hat es Winterlingen ja noch nicht gegeben. Und sonst auch nichts. Höchstens Saurier und andere Viecher.

»Unglaublich«, murmelte Wolfgang.

Gerade als er weiterlesen wollte, streckte seine Mutter den Kopf zur Tür herein: »Wir essen!«

»Ich komme.«

Wolfgang setzte sich an seinen Platz.

»Mahlzeit«, sagte Eugen Windbacher und eröffnete damit das Essen.

»Geht ihr zum Wählen?«, fragte Wolfgang, während sie sich den Sauerbraten mit Spätzle und Blaukraut schmecken ließen.

»Selbstverständlich«, antwortete sein Vater. »Wahlrecht ist Wahlpflicht!«

Wolfgang grinste. »Und was wählt ihr?«

»Das werde ich dir gerade auf die Nase binden!«

»Es ist doch nicht schlimm, wenn er weiß, was wir wählen«, meinte Hilde Windbacher.

»Schlimm oder nicht, wir haben schließlich geheime Wahlen«, entgegnete ihr Mann.

»Ich weiß sowieso, was ihr wählt«, behauptete Wolfgang lächelnd. »Jedenfalls kann ich's mir denken.«

»Wenn du dich da nur nicht täuschst!«

»Also ich habe immer die CDU gewählt, wie dein Vater …«

»Woher willst du denn wissen, was ich gewählt habe«, brummte Eugen Windbacher.

»Du hast doch immer gesagt, wir müssen die CDU wählen, damit es uns nicht geht wie denen drüben.«

»Das stimmt ja auch.«

»Aber diesmal weiß ich noch nicht, ob ich wieder die CDU wähle«, sagte Hilde Windbacher.

Ihr Mann schaute sie überrascht an. Wolfgang schmunzelte.

»Ach so, hat er dich schon auf seine Seite gezogen«, sagte Eugen Windbacher.

»Wolfgang hat mich nicht gezogen«, widersprach sie. »Aber er hat mir einiges erzählt, dass ich das mit den Parteien und Politikern besser verstehe.«

»Aha«, sagte ihr Mann. »Und was willst du jetzt wählen?«

Hilde Windbacher grinste und schwieg.

Wolfgang freute sich über seine Mutter und wandte sich wieder an seinen Vater, weil ihm das Gespräch Spaß machte: »Papa, ich will dich bestimmt nicht umstimmen …«

»Das wird dir auch nicht gelingen!«

»… aber überleg doch mal: Was meinst du, wen unsere Chefs beim August Beck wählen?«

»Ich nehme an – die CDU.«

»Das glaub ich auch. Und warum tun sie das wohl?« Diesmal gab Wolfgang die Antwort selbst. »Weil sie davon ausgehen, dass die CDU eine Politik macht, die ihnen nützt. Wenn das stimmt, wenn die CDU eine Politik macht, die den Fabrikanten und den anderen Reichen nützt, kann dann die Politik der CDU auch uns nützen?«

»Sie hat uns jedenfalls ein Wirtschaftwunder gebracht, um das uns andere Länder beneidet haben«, sagte Eugen Windbacher. »Ohne Ludwig Erhard hätten wir das nicht gehabt.«

»Und wer hat von dem Wirtschaftswunder am meisten profitiert? Die Reichen!«

Eugen Windbacher wollte etwas sagen, aber Wolfgang ließ sich nicht unterbrechen. »Unsere Chefs haben nicht nur die Fabrik vergrößert, sie haben auch Villen gebaut, und sie fahren dicke Mercedes. Auch ihre Frauen und Kinder haben eigene Autos, darunter zwei Porsche, obwohl sie noch nie etwas gearbeitet haben. Wir dagegen wohnen immer noch in diesem alten Bauernhaus und unser einziges Auto ist ein gebrauchter Ford 12M. Und das, obwohl du und Mama und auch ich immer fleißig gearbeitet haben. Das ist doch nicht richtig und nicht gerecht.«

»Da hat Wolfgang recht, das musst du zugeben«, sagte Hilde Windbacher.

»Und ihr meint, das würde alles anders, wenn die SPD regiert?« Eugen Windbacher schüttelte den Kopf. »Es hat immer Reiche und Arme gegeben, und die wird es immer geben.«

»Aber die Politiker können dafür sorgen, dass die Unterschiede wenigsten ein bisschen kleiner werden«, sagte Wolfgang. »Und die CDU hat das in den letzten zwanzig Jahren nicht getan.«

»Deshalb wähle ich diesmal die SPD«, rutschte es Hilde Windbacher heraus.

Und ihr Mann machte weder eine dumme Bemerkung noch lachte er sie dafür aus.

Nach dem Essen legte sich Eugen Windbacher wie jeden Sonntag in der Stube aufs Ohr. Wolfgang half seiner Mutter beim Spülen und verzog sich dann wieder in sein Zimmer. Sabine hatte er vertröstet, weil er lernen müsse. In zwei Wochen wolle er zu Professor Zimmermann fahren und sich für den nächsten Vorbereitungskurs bewerben. Da dürfe er keine Schwäche zeigen.

Er nahm das Buch wieder zur Hand, obwohl ihn Erdkunde nicht so interessierte wie Literatur, Geschichte und Politik. Trotzdem las er bis zum Abend und machte sich viele Notizen, über die er mit Bernhard am nächsten Wochenende reden wollte.

Nach dem Vesper schalteten sie den Fernseher in der Stube ein, um zu sehen, wie die Deutschen gewählt hatten. Die ersten Hochrechnungen von ARD und ZDF deuteten noch auf eine absolute Mehrheit für CDU/CSU hin, und Bundeskanzler Kiesinger ließ sich schon als Wahlsieger feiern.

»Es wird wohl nichts mit eurer SPD«, sagte Eugen Windbacher.

»Und das freut dich?«, fragte Wolfgang.

»Freuen wäre zu viel gesagt, aber mir ist es trotz allem lieber, wenn die CDU weiterregiert. Da wissen wir, was wir haben.«

»Das stimmt«, sagte Wolfgang nur und verzog sich in sein Zimmer.

Zwei Stunden später öffnete seine Mutter die Tür und sagte: »Jetzt sieht es anders aus.« Dabei lächelte sie.

Wolfgang folgte ihr in die Stube und hörte einen Mann sagen, nach der neuesten Hochrechnung könne die Union nicht mehr mit der absoluten Mehrheit rechnen. Da sie ebenso wie die SPD eine Neuauflage der Großen Koalition ausgeschlossen habe, wäre sie nach dem jetzigen Stand auf die FDP angewiesen, um eine Regierung bilden zu können. Doch führende Politiker der Liberalen hätten bereits für eine Koalition mit den Sozialdemokraten plädiert, wenn sie rechnerisch möglich wäre. Noch sei an diesem überaus spannenden Wahlabend wenn nicht alles, so doch einiges möglich.

Mit jeder weiteren Hochrechnung wurde die SPD stärker, und kurz nach elf Uhr trat Willy Brandt vor die Kameras und verkündete, er habe sich mit dem FDP-Vorsitzenden Walter Scheel darauf verständigt, Gespräche über eine gemeinsame Regierungsbildung zu führen.

»Jetzt wird dieser Willy Brandt tatsächlich Bundeskanzler«, murmelte Eugen Windbacher und schüttelte den Kopf, als könne er das nicht fassen.

»Dann wird sich in Deutschland endlich mal was ändern«, sagte Wolfgang.

»Genau das befürchte ich.«

»Es müssen doch nicht immer die gleichen regieren«, meinte Hilde Windbacher. »Die andern sollen auch mal zeigen, was sie können.«

»Genau«, sagte Wolfgang und zwinkerte ihr zu.

# 41

Am 11. Oktober, einem Samstag, fuhr Wolfgang morgens um zehn wieder nach Rottenburg. Er hatte überlegt, ob er sich telefonisch bei Professor Zimmermann anmelden sollte, es aber nicht getan, weil er befürchtete, der Professor könnte sagen, er habe ihm doch schon einmal erklärt, dass er keinen Volksschüler in den Kurs aufnehme. Das wollte Wolfgang nicht riskieren. Er hoffte nur, dass er den Professor antreffen würde. Und er hatte Glück. Als er bei Zimmermanns läutete, wurde die Tür geöffnet. Frau Zimmermann schaute Wolfgang an und sagte: »Waren Sie nicht schon mal hier?«

Wolfgang nickte: »Ist Ihr Mann zu Hause?«

»Es geht um den Vorbereitungskurs, stimmt's?«

Wieder nickte Wolfgang.

»Bitte, kommen Sie herein.« Sie führte ihn ins Arbeitszimmer ihres Mannes. »Gottfried, hier ist ein junger Mann, der schon mal hier war.«

Herr Zimmermann nahm seine Lesebrille ab, erhob sich, kam hinter dem Schreibtisch hervor und begrüßte Wolfgang mit Handschlag. »Wie war noch mal ihr Name?«

»Wolfgang Windbacher.«

Er musterte Wolfgang kurz, fasste sich ans Kinn und schien in seinen Erinnerungen zu kramen. »Sie wollten am letzten Vorbereitungskurs teilnehmen, stimmt's?«

»Ja.«

Herr Zimmermann nickte, als sehe er die damalige Situation jetzt wieder vor sich. »Und ich habe Ihnen gesagt, dass ich

Sie nicht aufnehmen kann, weil Sie – entschuldigen Sie – nur die Volkschule besucht haben.«

Wolfgang nickte.

»Und warum kommen Sie heute wieder?«

»Sie haben mir im Januar Bücherlisten mitgegeben, um mir zu zeigen, was im Kurs verlangt wird«, antwortete Wolfgang. »Ich habe die Bücher jetzt alle gelesen.«

Herr Zimmermann war einen Moment sprachlos.

»Und ich habe sie mit meinem Freund, der an der PH Weingarten studiert, besprochen«, fügte Wolfgang noch hinzu.

Herr Zimmermann bat ihn, Platz zu nehmen, und setzte sich zu ihm. »Sie haben die Bücher wirklich alle gelesen?« Man sah ihm an, dass er das kaum fassen konnte. »Und?«, fragte er.

Wolfgang war nicht sicher, worauf Herr Zimmermann mit diesem »Und?« hinaus wollte.

»Ich bin froh, dass Sie mir die Listen gegeben haben«, sagte er. »Ich habe seit Januar viel gelernt.«

Herr Zimmermann schaute Wolfgang an und schüttelte kaum merklich den Kopf, wobei seine Mundwinkel ein Lächeln andeuteten. »Welches Werk der deutschen Literatur hat Sie denn besonders beeindruckt?«

»Das ist schwer zu sagen.« Wolfgang überlegte. »Irgendwie haben mich fast alle beeindruckt. Am meisten vielleicht *Draußen vor der Tür* von Wolfgang Borchert – und seine Kurzgeschichten, und *Der gute Mensch von Sezuan* von Brecht.«

»Sie haben Borcherts Kurzgeschichten gelesen?«, fragte Herr Zimmermann erstaunt. »Aber die stehen doch gar nicht auf der Liste.«

»Als ich mit *Draußen vor der Tür* fertig war, habe ich gesehen, dass in dem Buch noch einige kurze Geschichten stehen. Da wollte ich einfach wissen, was Borchert außer seinem Theaterstück noch geschrieben hat.«

»Und was hat Sie daran beeindruckt?«

»Hm«, machte Wolfgang. »Dass sie so einfach und so klar geschrieben sind. Borchert schreibt nicht lange drum herum, sondern erzählt ohne Schnörkel, was er erzählen will. Meine Lieblingsgeschichte ist *Das Brot*. So wie die Frau in der Geschichte ist meine Mutter auch. Auch sie gibt meinem Vater immer das größere Stück Fleisch und das frischere Brot und verzichtet auf vieles, damit er zufrieden ist. Seit ich diese Geschichte gelesen habe, verstehe ich meine Mutter besser.«

»Sie haben noch *Der gute Mensch von Sezuan* genannt.«

»Ich habe das Stück gelesen und dann im Theater gesehen. Seither beschäftigt mich der Satz von Shui Ta: In dieser Welt ist es unmöglich, gut zu sein und doch zu leben. Und dass die Schauspieler zum Schluss nach vorne kommen und das Publikum auffordern, darüber nachzudenken und einen guten Schluss für das Stück zu suchen, finde ich toll.«

»Stimmt denn der Satz von Shui Ta Ihrer Meinung nach?«, fragte Herr Zimmermann.

Wolfgang zögerte kurz. »Leben können natürlich auch gute Menschen. Aber ich denke, Brecht will damit sagen, dass gute, anständige Menschen es schwerer haben, vorwärts zu kommen, und von weniger guten oft ausgenutzt werden. Das zu ändern und eine gerechtere Gesellschaft zu schaffen, das wäre dann ein guter Schluss.«

»Herr Windbacher, ich muss zugeben, Sie erstaunen mich.«

Der Professor stand auf, ging zu seinem Schreibtisch und kam mit einem Blatt zurück. »Ich korrigiere gerade eine Geschichtsklassenarbeit. Die erste Frage lautet: Was versteht man unter Imperialismus? Wie würden Sie diese Frage beantworten?«

Wolfgang überlegte. »Wenn ein Staat versucht, seine Macht auszudehnen und andere Staaten zu beherrschen, spricht man von Imperialismus. Es gab auch eine Zeit, die man Imperialismus nennt. Das war vor dem Ersten Weltkrieg.«

Herr Zimmermann nickte. »Wie alt sind Sie?«

»Zwanzig.«

»Dann durften Sie vor zwei Wochen ja noch nicht wählen. Was wurde denn da gewählt?«

»Der Bundestag.«

»Kennen Sie auch das Ergebnis?«

Wolfgang nickte. »SPD und FDP haben eine knappe Mehrheit und wollen zusammen regieren.«

»Was wäre denn das Besondere an dieser Regierung?«

Wolfgang war nicht klar, was er damit meinte. Das sagte er auch.

»Welche Partei hat denn bisher immer den Kanzler gestellt?«, konkretisierte Herr Zimmermann die Frage.

»Ach so, jetzt verstehe ich«, sagte Wolfgang. »Willy Brandt wird der erste SPD-Kanzler in der Bundesrepublik.«

»Und was meinen Sie dazu?«

Achtung! dachte Wolfgang. Jetzt wird's gefährlich. Ich weiß ja nicht, wen er gewählt hat. »Ich meine, nach 20 Jahren ist es nicht schlecht, dass auch mal die SPD regieren kann. Und wenn sie es nicht gut macht, kann man ja in vier Jahren wieder die CDU wählen.«

Herr Zimmermann lächelte. »Ist denn so ein Wechsel auch in der DDR möglich?«

»Nein, dort regiert immer eine Partei, die SED.«

Der Professor schaute Wolfgang an, schüttelte wieder leicht den Kopf und sagte: »Herr Windbacher, Sie haben mich überzeugt – nein, mehr als überzeugt; Sie haben mich beeindruckt. Obwohl ich für den nächsten Kurs schon wieder mehr Anmeldungen von abgebrochenen Gymnasiasten und Mittelgereiften vorliegen habe, als Plätze zur Verfügung stehen, werde ich Sie diesmal aufnehmen. Sie haben eine Chance verdient.«

Wolfgangs Herz machte einen Sprung. »Danke, Herr Professor!«

»Nur, Herr Windbacher«, sagte er, stand auf, ging hinter seinen Schreibtisch und holte – wie bei Wolfgangs erstem Besuch – ein paar Blätter aus einer Schublade. »Das lesen Sie zu Hause in Ruhe alles durch. Der nächste Kurs beginnt am 31. August, Sie haben also genügend Zeit. Wo wohnen Sie denn?«

»In Winterlingen.«

»Winterlingen? Das ist doch oben auf der Alb.«

Wolfgang nickte.

»Da könnten Sie pendeln oder hier ein Zimmer nehmen. Ich rate Ihnen zu einem Zimmer, dann haben Sie mehr Zeit und Ruhe zum Lernen.«

Wieder nickte Wolfgang.

Herr Zimmermann brachte ihn zur Haustür. Dort sagte er noch: »Und nutzen Sie die Zeit, bis der Kurs beginnt, um Ihr Wissen zu vertiefen. Aber so, wie ich Sie einschätze, tun Sie das ohnehin.«

Wolfgang bedankte sich noch einmal, ging wie in Trance zu seinem Auto, schloss auf und setzte sich hinein, war jedoch unfähig loszufahren. Er spürte, wie ihm die Tränen kamen, ließ sie laufen und weinte hemmungslos.

# 42

»Du willst Lehrer werden?« Hilde Windbacher musste sich setzen. »Aber wie soll das gehen? Da muss man doch studieren.«

Wolfgang erzählte von seinen zwei Besuchen bei Gymnasialprofessor Zimmermann. »Als ich heute wieder vor ihm stand und sagte, dass ich alle Bücher gelesen habe, da hat's ihn fast umgehauen, das hab ich gemerkt. Dann hat er mir ein paar Fragen gestellt wie bei einer kleinen Prüfung. Ja, und dann hat er gesagt, dass er mich in den nächsten Kurs aufnimmt. Am Ende des Kurses gibt's eine Prüfung, und wenn ich die bestehe, kann ich studieren.«

»Jetzt ist mir auch klar, warum du immer in deinem Zimmer warst und gelesen hast«, sagte seine Mutter.

»Und wenn du die Prüfung nicht bestehst?«, murmelte sein Vater.

»Ich werde sie bestehen«, sagte Wolfgang. »Und selbst wenn ich es nicht schaffen sollte, könnte ich wenigstens sagen, ich hab's probiert. Aber das wird nicht passieren, ich werde es schaffen!«

»Studieren.« Eugen Windbacher schüttelte den Kopf, als wolle er sagen: Ich fasse es nicht. »Das ist nicht so einfach, wie du anscheinend denkst.«

»Ich denke überhaupt nicht, dass es einfach ist. Aber ich traue es mir zu«, entgegnete Wolfgang. »Und du könntest dich freuen, dass ich den ersten Schritt geschafft habe, statt nur zu meckern!«

»Ich meckere nicht.«

»Hört sich aber so an.«

»Ich kann mir auch noch nicht vorstellen, dass er studiert und Lehrer werden will«, sagte Hilde Windbacher zu ihrem Mann. »Aber er hat recht: Wir sollten uns freuen, dass er so fleißig ist.«

Eugen Windbacher brummte etwas vor sich hin, was bei wohlwollender Auslegung als Zustimmung verstanden werden konnte.

Bernhard war der nächste, dem Wolfgang die gute Nachricht brachte. Und der freute sich riesig. »Du schaffst wirklich alles; erst die Verweigerung und jetzt den Vorbereitungskurs. Mein Kompliment!«

»Ohne dich hätte ich beides nicht geschafft …«

»Da bin ich mir nicht sicher.« Bernhard grinste. »Dir trau ich langsam alles zu!«

»Danke!

»Dann können wir ja bald zusammen studieren!«

»Das dauert noch ein Weilchen.«

»Bine freut sich bestimmt auch.«

»Sie weiß es noch nicht.«

Bernhard stutzte. »Stimmt etwas nicht mit euch?«

Wolfgang zog die Schultern hoch.

»In den letzten Wochen lief's wohl nicht so toll bei euch«, sagte Bernhard. »Aber ehrlich, du hast es mit dem Lernen auch ein bisschen übertrieben.«

»Ich wollte eben unbedingt in den Kurs.«

»Das versteh ich ja …«

»Und mit Bine … ich weiß auch nicht … es ist nicht mehr so, wie es war.«

»Das wird wieder«, meinte Bernhard, »jetzt, wo du in den Kurs kommst. Jetzt hast du auch wieder mehr Zeit für sie.«

Wolfgang sagte nichts. Es war nicht nur die fehlende Zeit, die etwas zwischen ihnen verändert hat, das wusste er. Es war auch nicht die Beinahe-Schwangerschaft, die ihn ziemlich geschlaucht hat. Wolfgang war nicht mehr der, der er gewesen war, als sie sich im Januar kennenlernten. Er hat schon im Sommer immer öfter gemerkt, dass er mit Sabine nicht über die Dinge reden konnte, die ihn interessierten und beschäftigten. Sie war zwar mit ihm ein paar Mal im Theater gewesen, aber nicht wegen der Stücke, sondern nur ihm zuliebe. Und das war für Wolfgang zu wenig. Er wünschte sich eine Partnerin wie seine Wolfinia. Mit ihr hätte er über die Bücher und Stücke reden können, sie hätte ihn verstanden und unterstützt. Sabine verstand ihn nicht und konnte ihn nicht unterstützen. Es hatte keinen Sinn mehr.

Eine Stunde später war er auf dem Weg zu ihr. Er überlegte, wie er es ihr sagen konnte, ohne sie zu verletzen. In Gedanken spielte er verschiedene Situationen durch und formulierte mögliche Sätze. Als sie dann nebeneinander im Auto saßen, brachte er keinen davon heraus. Es war mehr ein hilfloses, flüsterndes Stammeln, das über seine Lippen kam. Und als Sabine weinte, war er nahe daran, alles zurückzunehmen. Doch er wusste, das wäre falsch, und tat es nicht.

Danach wollte Wolfgang allein sein. Er fuhr zurück Richtung Winterlingen, bog vor dem Ort nach rechts in einen Feldweg, stellte sein Auto ab und ging zu Fuß dem Wald entgegen. Ohne ein Ziel und ohne auf den Weg zu achten, durchquerte er ein Stück des Waldes und stellte irgendwann staunend fest, dass er auf dem »Kapf« gelandet war. Von der Weggabelung, an der er stand, führte ein schmaler, ausgetretener Fußpfad direkt zum Fels, den man von dieser Seite mit wenigen Tritten besteigen konnte. Oben ging Wolfgang mit vorsichtigen Schritten bis zum vorderen Rand, wo der Fels senkrecht abfiel. Im Tal unter ihm lag rechts Straßberg, links Kaiseringen, und zwischen den beiden Dörfern mäanderte die Schmeie.

Wolfgang setzte sich auf den Platz, auf dem er schon öfter gesessen hatte, und schaute hinüber nach Straßberg. Seine Augen wanderten über die Häuser, fanden den Bahnhof, und er musste daran denken, wie er Sabine dort zu ihrem Ausflug an den Bodensee abgeholt hatte. Dabei spürte er einen dumpfen Druck in der Brust.

»Das ist vorbei«, sagte er zu sich selbst, stand auf und wandte den Blick nach Kaiseringen. Er ging noch drei Schritte nach vorn, bis an den Rand, und schaute nach unten, wo ein Weg zwischen den Bäumen zu erkennen war.

Hier bin ich schon einmal gestanden, dachte Wolfgang. Zehn oder elf muss ich gewesen sein. Damals wollte ich wirklich nicht mehr leben. Wenn ich den einen Schritt noch gemacht hätte, stünde ich heute nicht hier. Und wenn der Waldschütz mich nicht gepackt und zurückgerissen hätte, hätte ich ihn gemacht – glaube ich. Oder vielleicht doch nicht? Schwer zu sagen. Der vorletzte Schritt ist noch einfach, aber der letzte, der endgültige – der ist unglaublich schwer. Damals war ich völlig verzweifelt, aber ob ich den letzten Schritt getan hätte? Das werde ich nie wissen. Heute bin ich froh, dass ich ihn nicht getan habe.

# 43

FÜR AUSSENSTEHENDE HATTE sich in Wolfgangs Leben nichts geändert: Von Montag bis Freitag stand er jeden Tag acht Stunden beim August Beck an der Schleifmaschine. Zweimal in der Woche ging er ins Training, und am Sonntag spielte er für den FCW. Seine sonstige Freizeit nutzte er vorwiegend zum Lesen. Doch seit der Zusage, in den Vorbereitungskurs aufgenommen zu werden, war alles anders. Wolfgang wusste, dass er nicht bis zur Rente Millionen Winkel an Bohrer und Reibahlen schleifen musste, sondern dass für ihn am 31. August 1970 ein zweites Leben beginnen würde. Das verlieh ihm eine Leichtigkeit, die er so noch nie empfunden hatte. Bei der Arbeit erlebte er das geschäftige Treiben um sich herum, als betrachte er es von außen. Wie schon früher beobachtete er manchmal seine Kollegen. Sie meckerten zwar hin und wieder über Vorgesetzte, über Arbeiten in niedrigen Lohngruppen oder über Maschinen, die nicht reibungslos liefen, aber sonst schienen sie mit ihrem Los zufrieden zu sein. Wenn sie keine Epsilons waren, lag das vermutlich daran, dass viele noch den Krieg und die Armut der Nachkriegszeit erlebt hatten. Dagegen war ein sicherer Arbeitsplatz mit einem Acht-Stunden-Tag und ordentlichem Lohn, der einen bescheidenen Wohlstand ermöglichte, wie ein kleines Stück vom Paradies.

Einerseits verstand Wolfgang, dass sie mit diesem Leben zufrieden waren; andererseits taten sie ihm leid. Denn er war sicher, dass keiner der Männer um ihn herum den *Nathan* gelesen hatte, ebenso wenig Goethes *Faust* oder eines der anderen Bücher, die man gelesen haben musste, um zu erkennen, was die Welt im Innersten zusammenhält, wie Faust es ausdrückt. Aber vielleicht wollten sie das gar nicht erkennen, vielleicht waren sie gerade deshalb glücklich und zufrieden, weil sie nicht so viel wussten, sich nicht so viele Gedanken über Gott und die Welt machten wie er. Aber genau das machte den Menschen doch aus und unterschied ihn von den Tieren, dass er über Gott und die Welt und sich selber nachdenken konnte. Adolf Burger, der von allen nur »Halbdackel« genannt wurde, war auch glücklich und zufrieden, wahrscheinlich war er sogar einer der glücklichsten Menschen in Winterlingen. Er hatte eine Schubkarre, einen Besen und eine Schaufel. Damit war er tagein tagaus unterwegs, kehrte vor den öffentlichen Gebäuden und an den Straßenrändern den Dreck weg, auch wenn keiner dalag. Dabei summte er meistens vor sich hin. Er wusste, dass es Tag und Nacht wird, Frühling, Sommer, Herbst und Winter, dass man Hunden am besten aus dem Weg geht, weil sie beißen können, und manchen Leuten auch. Wenn ihm einer der Männer am Sonntag auf dem Sportplatz oder anschließend im »Engel« ein Bier zahlte, war er besonders glücklich. Aber selbst wenn Adolf Burger der glücklichste Mensch in Winterlingen war, konnte es doch nicht erstrebenswert sein, so zu leben. Das war doch ein eingeschränktes, reduziertes Leben und nur ein ebensolches Glück. Natürlich waren Wolfgangs Kollegen nicht mit Adolf Burger zu vergleichen, schließlich hatten sie ihre fünf Sinne beieinander. Und dennoch fand Wolfgang, dass sie nicht grundsätzlich anders lebten als der Halbdackel. Sie gingen zur Arbeit, werkelten in ihrer Freizeit in Haus und Garten herum und hingen anschließend vor dem Fernseher, bis sie einschliefen. Am Samstag nach der Sportschau erledigten sie ihre eheliche Pflicht und am Sonntag gingen sie auf den Sportplatz. Was unterschied sie von den Epsilons in Huxleys *Schöner neuer Welt?,* fragte sich Wolfgang. Dass sie nicht von jemandem genormt worden waren, sondern freiwillig so lebten? Wie konnte man freiwillig so leben, ein Leben lang?

Keiner von ihnen hatte jemals davon geredet, dass er ein Buch gelesen hätte. Er hatte inzwischen viele Bücher gelesen, und sie hatten sein Denken radikal verändert. Und er würde noch mehr lesen, weil er noch viel wissen wollte, Antworten auf seine vielen Fragen suchte, um besser zu begreifen, was die Welt im Innersten zusammenhält.

Seit er die Bücherlisten von Professor Zimmermann abgearbeitet hatte, musste er wieder selbst entscheiden, was er lesen wollte. Zur Zeit arbeitete er sich durch eine *Einführung in die Sozialpsychologie* und fand es sehr interessant zu erfahren, wie unterschiedliche Erziehungsstile im Elternhaus sich auf die Entwicklung der Kinder auswirkten, wie verschiedene Verhaltensweisen und Motive entstehen.

***Beim Aggressionsmotiv lassen sich im wesentlichen zwei ältere Theorien und eine neuere unterscheiden:***

*1. Die Instinkttheorie der Aggression*
*2. Die Frustrations-Aggressions-Theorie*
*3. Die soziale Lerntheorie der Aggression*

*Nach der Instinkttheorie ist der Mensch von Natur aus aggressiv. Aggressivität soll sich innerlich laufend aufbauen, so daß es in gewissen Zeitabständen zu Entladungen der aufgestauten Impulse kommen muß. Dies ist in typischer Form die einfachste »Erklärung« von auffälligem Verhalten, nämlich seine Ursachen in den Handelnden selbst hineinzuverlegen. Damit geht man das Risiko zirkulärer Erklärungen ein, die, wie wir bereits erörtert haben, ein beobachtbares Verhalten auf einen Namen zurückführen, z. B. Spielen auf einen »Spieltrieb«.*

*Ein Vertreter der Instinkttheorie ist der Verhaltensforscher Konrad Lorenz. Ähnlich wie Sigmund Freud nimmt Lorenz an, daß im Organismus ständig eine Art aggressiver Triebenergie erzeugt wird, die sich bei Ausbleiben von auslösenden Reizen anstaue. In der Wissenschaft ist diese Theorie jedoch heftig umstritten.*

*Innerhalb der Psychologie hat sich demgegenüber seit über 30 Jahren die Frustrations-Aggressions-Theorie durchgesetzt. Nach dieser Theorie ist die Aggression kein autonomer, im Organismus entstehender Trieb, sondern die Folge von sog. Frustrationen, d. h. die Folge der Behinderung bzw. Vereitelung angestrebter Ziele.*

*Beide Theorieansätze nehmen an, daß aggressives Verhalten die angestaute Aggression vermindere, eine Annahme, die – wie wir sehen werden – sich nach dem gegenwärtigen Forschungsstand nicht mehr aufrecht erhalten läßt.*

*Am meisten erschüttert wird die Frustrations-Aggressions-Theorie durch die Beobachtung, dass Frustrationen häufig überhaupt kein aggressives Verhalten nach sich ziehen. Auch hierin unterscheiden sich Menschen. Manche geben auf, andere suchen Hilfe und Unterstützung, wieder andere betäuben sich mit Alkohol, einige werden aggressiv, einige entwickeln psychosomatische Störungen und die meisten suchen die Behinderungen durch angemessene Bemühungen zu überwinden.*

*Die soziale Lerntheorie der Aggression geht statt von Frustration von einer erhöhten emotionalen Erregung aufgrund unangenehmer Erlebnisse aus. Eine solche Erregung löst jedoch nur dann aggressive Formen des Verhaltens aus, wenn man z. B. durch Vorbilder-Beobachtung gelernt hat, auf diese Weise mit Belastungssituationen fertig zu werden.*

Wolfgang las alles noch einmal und redete dann leise mit sich selbst. Das machte er seit einiger Zeit, um Gelesenes besser zu verstehen:

»Wenn der Mensch von Natur aus aggressiv wäre, gäbe es uns überhaupt nicht mehr; dann hätten sich die Menschen schon längst selbst ausgerottet. Und es wäre auch nicht möglich, dass Menschen viele Jahre friedlich miteinander leben. Die Instinkttheorie halte ich für falsch.

Die Frustrations-Aggressions-Theorie leuchtet mir schon eher ein. Wer oft Misserfolge erlebt, enttäuscht und vielleicht ausgelacht und verspottet wird, kann schon mal durchdrehen und zuschlagen. So kenne ich einige. Aber ich kenne auch welche, die heulen und sich verkriechen. Wenn diese Theorie stimmen würde, müssten alle Menschen ähnlich reagieren. Dass sie das nicht tun, kann man jeden Tag sehen. Also kann sie auch nicht stimmen.

Bleibt nur noch die dritte, die sagt, dass aggressives Verhalten durch Vorbilder gelernt wird. Für Kinder sind ihre Eltern die ersten Vorbilder, für mich als Junge also mein Vater. Er war oft ziemlich aggressiv, hat herumgebrüllt und auch zugeschlagen. Beides habe ich nur ganz selten getan, dazu war ich viel zu ängstlich. Söhne müssen also nicht so werden wie ihre Väter. Das heißt, auch diese Theorie stimmt nicht. Aber eine muss doch stimmen! Oder? Vielleicht braucht man eine ganz neue Theorie, vielleicht werde ich die später entwickeln …«

»Spinner!«, sagte er zu sich selber, aber er meinte es nicht ganz ernst.

# 44

Anfang Juli bestellte Wolfgang beim Schreibwarengeschäft Oswald für den Samstag die »Rottenburger Post« und das »Schwäbische Tagblatt«, um nach einem Zimmer Ausschau zu halten. Er kreuzte fünf Inserate an, fuhr zur Telefonzelle beim Rathaus und wählte die angegebenen Nummern. Drei Eigentümer erreichte er und vereinbarte Besichtigungstermine, den ersten schon in einer Stunde.

Er machte sich sofort auf den Weg und fragte sich in Rottenburg zu der Klausenstraße 2 durch. Er hatte noch zehn Minuten Zeit und stieg aus, um sich die Gegend anzusehen. Da hörte er einen Zug heranbrausen und quietschend in den nahen Bahnhof einfahren.

Der macht ja einen Heidenlärm, dachte Wolfgang. Wenn alle paar Minuten so einer kommt, vielleicht sogar noch in der Nacht, hat man hier keine Ruhe. Er schaute sich das Zimmer trotzdem kurz an und sagte, er werde es sich überlegen, obwohl es für ihn nichts mehr zu überlegen gab.

Das zweite Zimmer befand sich im Dachgeschoss eines alten Hauses und muffelte, dass es Wolfgang beinahe übel wurde. Und für diese Bude wollte der Besitzer auch noch 80 Mark Miete im Monat!

Das dritte Haus, vor dem er hielt, stand in einem ruhigen Wohngebiet und machte von außen einen guten Eindruck. Das Besitzerehepaar stellte sich als Herr und Frau Grötzinger vor. Bevor sie Wolfgang die beiden Zimmer zeigten, die sie zu vermieten hatten, wollten sie von ihm wissen, wo er herkomme, was er bisher gemacht habe und warum er hier ein Zimmer suche. Wolfgang überlegte kurz, ob er sagen solle, das gehe sie alles nichts an, tat es nicht und beantwortete die Fragen knapp. Da klingelte es an der Haustür und Herr Grötzinger öffnete.

Eine junge Frau stand draußen. Sie hatte blonde Haare, die auf die Schultern fielen, ein schön geschnittenes Gesicht mit einer zierlichen Nase und vollen Lippen.

»Sie sind bestimmt Frau Vöhringer«, sagte Herr Grötzinger.

»Ja, ich habe heute morgen angerufen und würde mir jetzt gern das Zimmer anschauen.«

»Das trifft sich gut«, meinte der Hausherr. »Eben ist der junge Mann gekommen, der das auch möchte. Dann geht es in einem Aufwasch!« Herr Grötzinger lachte, als habe er einen Scherz gemacht.

»Eins möchte ich Ihnen noch sagen«, sagte seine Frau mit ernster Miene. »In unserm Haus wird nicht geraucht.«

»Das ist mir sehr recht«, sagte Frau Vöhringer.

Wolfgang nickte. »Mir auch, ich bin Nichtraucher.«

»Prima! Dann zeigen wir Ihnen jetzt die Zimmer.«

Eines lag unter dem Dach, war groß und hell; direkt daneben gab es ein kleines Bad mit Dusche und WC. Das zweite Zimmer befand sich im Erdgeschoss. Ein Bett stand drin, ein Kleiderschrank, ein Tisch mit zwei Stühlen und ein Kühlschrank. In einer Ecke war ein Waschbecken mit Spiegel angebracht. Damit war das Zimmer gut gefüllt.

Frau Grötzinger ging zum Fenster und sagte: »Von hier aus kann man die Wurmlinger Kapelle sehen.«

Als weder Frau Vöhringer noch Wolfgang reagierten, fügte sie hinzu: »Über die hat Ludwig Uhland das berühmte Gedicht geschrieben: *Droben stehet die Kapelle, schauet still ins Tal hinab.*«

»Das interessiert die jungen Leute doch nicht«, sagte ihr Mann.

»Leider.«

Zu dem kleinen Zimmer gehörte eine Toilette, die schräg gegenüber lag.

»Gibt's hier keine Dusche?«, fragte Frau Vöhringer.

Herr Grötzinger schüttelte den Kopf. »Aber dafür ist das Zimmer auch recht günstig.«

Wolfgang wollte wissen, wie viel es kosten solle. «Sechzig Mark.«

»Und das Zimmer oben?«, fragte Frau Vöhringer.

»Hundert.«

»Also ich würde das obere Zimmer nehmen – aber Sie waren ja zuerst da«, sagte sie zu Wolfgang.

»Das obere ist natürlich schöner, aber mir würde das untere reichen, glaube ich.«

»Glauben Sie?«, fragte Herr Grötzinger.

»Sie kommen zum Vorbereitungskurs«, sagte seine Frau zu Wolfgang, »da müssen Sie fleißig lernen. Das weiß ich von den jungen Leuten, die bisher bei uns waren. Hier unten ist es schön ruhig, da wird Sie niemand beim Lernen stören.«

»Sie … äh, du machst auch den Kurs?«, fragte Frau Vöhringer.

Wolfgang nickte.

»Dann können Sie sogar zusammen lernen!«, meinte Frau Grötzinger.

»Ich nehme das untere Zimmer«, sagte Wolfgang.

»Und ich das obere.«

»Dann sind wir uns ja einig.« Herr Grötzinger bat beide ins Wohnzimmer, um die Formalitäten zu erledigen.

Als das geschehen war und sie sich verabschiedet hatten, standen Frau Vöhringer und Wolfgang einen Moment unschlüssig zwischen ihren Autos.

»Ich heiße Margret«, sagte sie.

»Ich Wolfgang.«

»Sollen wir noch irgendwo einen Kaffee trinken – auf die erfolgreiche Zimmersuche?«

»Gern, wenn es dazu einen Kuchen gibt.«

»Aha, du bist ein Süßer!«

»Kann man so sagen.« Wolfgang lächelte.

Sie sei schon letzten Samstag hier gewesen, erzählte sie, habe aber kein geeignetes Zimmer gefunden. »Da hab ich mir gleich mal das Städtchen angeschaut.« Sie bot an, mit ihrem Käfer ins Zentrum zu fahren. »In der Nähe des Doms gibt's ein nettes Café, aber nur wenig Parkplätze.«

Sie erwischten einen der wenigen und bekamen im Café einen Fensterplatz mit Blick auf den imposanten Dom. Margret bestellte ein Kännchen Kaffee, Wolfgang eine Tasse und ein Stück Himbeertorte mit Sahne.

»Guten Appetit!«, wünschte sie, als Wolfgang die erste Gabel voll in den Mund schob.

»Danke. Hm, schmeckt lecker! Möchtest du mal versuchen?«

Margret winkte ab. »Danke, hab keinen Hunger.«

»Versteh ich nicht, Torte und Kuchen kann ich immer essen.«

Sie schmunzelte. Da sie demnächst im gleichen Haus wohnen würden und das gleiche Ziel hätten, sollten sie sich ein wenig kennenlernen, meinte sie und erzählte von sich, während Wolfgang sich die Himbeertorte schmecken ließ.

Sie komme aus Münsingen, habe die Realschule besucht und eine Verwaltungslehre gemacht. Wenn sie die Lehrzeit dazurechne, arbeite sie jetzt seit neun Jahren auf dem Münsinger Rathaus, die letzten fünf beim Einwohnermeldeamt. Das sei nie ihr Traumberuf gewesen, aber ihr Vater habe immer gesagt, wer beim Staat arbeite, habe einen krisensicheren Job und sei gut versorgt. Doch mit der Zeit sei ihr immer klarer geworden, dass sie etwas anderes machen möchte, am liebsten etwas mit Kindern. Und irgendwann habe sie gelesen, dass es die Möglichkeit gebe, auch ohne Abitur Lehrerin zu werden. Sie habe sich informiert, von dem Kurs in Rottenburg erfahren und sei zu Professor Zimmermann gefahren.

Wolfgang musste lachen.

»Was gibt's da zu lachen?«

»Dann bist du eine von den Mittelgereiften!«

»Ach so, das meinst du. Mittelgereifte und abgebrochene Gymnasiasten. Ja, das fand ich auch komisch.«

Nun erzählte Wolfgang kurz von sich und von seinen Begegnungen mit Professor Zimmermann.

Margret schaute ihn dabei aufmerksam an. »Und er hat dich in den Kurs aufgnommen, obwohl du … äh …«

»Obwohl ich nur Volksschüler bin. Sag's ruhig!«

»Das meine ich nicht so.« Sie wurde ein wenig rot. »Und du hast wirklich alle Bücher gelesen, die auf seinen Listen stehen?«

Wolfgang nickte.

»Warum willst du dann noch in den Kurs? Du könntest doch gleich die Eignungsprüfung machen.«

»Quatsch!«, sagte Wolfgang. »Die würde ich jetzt noch nicht schaffen.«

»Wenn ich höre, was du schon alles geschafft hast, bin ich da nicht so sicher.«

# 45

Die letzten Tage beim August Beck genoss Wolfgang in vollen Zügen. Er schwebte geradezu durch die Fabrik. Bei vielen Tätigkeiten sagte er sich: Nur noch dreimal, nur noch zweimal, nur noch einmal, zum letzten Mal! Es war fast wie früher, wenn er als Junge aufs Christkind gewartet hatte. Nur erlebte er jetzt alles viel bewusster.

Als er am Freitagnachmittag seine Karte zum letzten Mal in die Stempeluhr drückte, hätte er singen können vor Glück.

»Die würde ich mir einrahmen lassen«, sagte hinter ihm sein Kollege und Mannschaftskamerad Helmut.

»Das ist eine gute Idee, das mach ich!« Wolfgang ging mit der Karte ins Lohnbüro, um seinen letzten Lohn abzuholen.

Zuerst wollte der Lohnbuchhalter ihm die Karte nicht überlassen, gab schließlich nach, überreichte sie ihm mit der Lohntüte und wünschte ihm alles Gute.

Wolfgang bedankte sich, steckte die Lohntüte ungeöffnet ein, ging nicht die Treppe hinunter und zum Haupteingang hinaus, was der nächste Weg gewesen wäre, sondern zurück in die Produktionshalle, die sich inzwischen geleert hatte. Es war ungewohnt still. Er ging noch einmal zu seiner Maschine und von dort langsam durch die Halle zum hinteren Ausgang.

»Nie mehr«, murmelte er dabei. »Nie mehr!«

Drei Tage später machte er sich mit vollgepacktem 12M auf den Weg in sein neues Leben. Um elf Uhr hielt er vor dem Haus der Grötzingers, direkt hinter Margrets Käfer. Wolfgang trug die Sachen in sein Zimmer und richtete sich fürs Erste ein. Seine Mutter hatte ihn mit Wurst, Speck, gekochten Eiern, Käse, Brot, Butter, Honig, Marmelade und Milch reichlich versorgt, außerdem für ihn vorgekocht und ihm den Schweinebraten mit Spätzle und Gemüse in einem dreistufigen Frischhaltetopf mitgegeben, den sie extra gekauft hatte. Auch eine Doppelkochplatte hatte sie für ihren Sohn besorgt, auf der er das vorgekochte Essen warm machen konnte, damit er in der Fremde wenigstens zweimal etwas Richtiges zu essen bekommen würde. Und einen Marmorkuchen hatte sie auch noch für ihn gebacken.

Nachdem alles an seinem Platz war und Wolfgang auch das Bett bezogen hatte, machte er in einem kleinen Topf Wasser heiß, goss es in eine Tasse mit Kaffeepulver und schnitt den Marmorkuchen an. Als er beim zweiten Stück war, klopfte es an der Tür. »Ist offen!«

Margret kam herein und schmunzelte. »Hallo! Bis du schon wieder beim Kuchenessen?«

»Willst du auch ein Stück?«

»Nein, danke. Ich wollte nur fragen, ob bei dir alles klar ist und ob wir uns demnächst zusammen auf den Weg machen sollen.«

»Zweimal ja.«

Margret schüttelte lächelnd den Kopf. »In zehn Minuten?«

Er nickte. »Ich warte draußen.«

Sie ist wirklich hübsch, dachte er. Sogar sehr hübsch. Oder schön. Ein bisschen wie Anna. Nach ihrer ersten Begegnung hatte er sich das noch nicht eingestehen wollen, aber es war nicht zu leugnen.

Er schob den Rest Kuchen in den Mund, trank die Tasse leer und spülte sie im Waschbecken aus. Dann schaute er in den Spiegel, wandte den Kopf so weit nach links und nach rechts, dass er sich gerade noch sehen konnte, nahm den Kamm aus der Gesäßtasche und kämmte sich. Er nickte sich zu, als wollte er sagen: Ich bin mit dir zufrieden.

Seine Schultasche, die noch aus seiner Berufsschulzeit stammte, stand auf dem zweiten Stuhl. Er warf noch mal einen Blick hinein, obwohl er wusste, dass außer einem Block, seinem Mäppchen und dem neuen Zirkelkasten noch nichts drin war.

»Jetzt geht's los!«, sagte er.

Draußen wartete er auf Margret und machte sich mit ihr auf den Weg zum Eugen-Bolz-Gymnasium, wo der Unterricht stattfinden würde.

»Ich find's schön, dass wir uns schon ein wenig kennen«, sagte Margret. »Zu zweit ist man nicht so allein.«

Wolfgang nickte und schielte zu ihr hinüber. Ob sie das nur sagte, weil sie froh war, den Neuanfang nicht allein machen zu müssen, oder ob dahinter mehr steckte?

Nach knapp zehn Minuten hatten sie ihr Ziel erreicht. Vor dem Sekretariat standen schon etliche junge Leute. Margret und Wolfgang stellten sich zu ihnen und warteten. Kurz vor zwei kam Herr Zimmermann aus dem Sekretariat und führte sie in ein Klassenzimmer, wo sich Wolfgang und Margret in der dritten Reihe wie selbstverständlich nebeneinandersetzten. Als alle einen Platz gefunden hatten, begrüßte Herr Zimmermann sie offiziell und sagte ein paar freundliche Worte. Dann überprüfte er anhand einer Liste, ob alle Angemeldeten erschienen waren.

»Niemand fehlt, niemand hat sich verspätet, das ist schon mal ein guter Beginn.« Er bat sie, Papier und Schreibzeug bereitzulegen, diktierte den Stundenplan und erläuterte ein paar organisatorische Dinge. »Gibt es dazu noch Fragen?«

»Haben wir immer in diesem Raum Unterricht?«, wollte einer aus der ersten Reihe wissen.

»Nennen Sie bitte in der ersten Zeit Ihren Namen, wenn Sie sich melden.«

»Dieter Schreiber.«

»Ja, das ist sozusagen Ihr Klassenzimmer, Herr Schreiber«, beantwortete der Lehrer die Frage.

»Ich heiße Helen Meisinger. Haben wir jeden Nachmittag Unterricht?«

Herr Zimmermann hob die Augenbraunen. »Ihre Frage erstaunt mich, Frau Meisinger. Ich bin mir ziemlich sicher, dass ich Ihnen das bei unserem Gespräch gesagt habe. Und auf dem Informationsblatt steht es doch auch.«

»Ja, schon …«

»Und wie kommen Sie darauf, dass das nun anders sein könnte?«

»Ich hab ja nur gefragt.«

Herr Zimmermann räusperte sich. »Wenn wir nun schon beim Thema sind, muss ich Ihnen dazu noch einmal sagen: Der Lernstoff ist sehr umfangreich und erfahrungsgemäß nur zu bewältigen, wenn Sie im Unterricht fleißig mitarbeiten *und* an den Vormittagen zu Hause alles nacharbeiten und das Gelernte vertiefen. Deswegen steht auf dem Informationsblatt ausdrücklich, dass Sie während der Dauer des Kurses keiner Beschäftigung nachgehen können. Ich rate Ihnen, sich danach zu richten!«

Nach diesen eindrücklichen Worten meldete sich niemand mehr mit einer Frage.

»Dann holen Sie jetzt bitte Ihre Bücher«, sagte Herr Zimmermann. »Von jedem Stapel eins. Und denken Sie bitte daran, sie noch diese Woche im Sekretariat zu bezahlen. Ebenso die 480 Mark Kursgebühren.«

Als alle mit den Büchern wieder an ihren Plätzen saßen, hob Herr Zimmermann das Geschichtsbuch hoch. »Angesichts der kurzen Zeit, die uns zur Verfügung steht, können wir uns leider nicht mit den Griechen und Römern beschäftigen und schon gar nicht mit der Zeit davor, obwohl das natürlich sehr interessant wäre. Wir beginnen im Fach Geschichte eigentlich mit der Neuzeit, machen aber zuerst einen kurzen Abstecher ins Mittelalter. Wenn Sie Mittelalter hören, woran denken Sie da?«

Die Antworten reichten von Ritter über Hexenverbrennungen bis zu Pest und Dreißigjährigem Krieg. Herr Zimmermann notierte alles an der Tafel. »Noch etwas?«

»Reformation!«, rief jemand von hinten.

»Darf ich um Ihren Namen bitte?«

»Reinhold Eichfeld.«

»Wissen alle, was mit Reformation gemeint ist?«

Die Reaktionen waren nicht eindeutig.

»Herr Eichfeld, können Sie es kurz erklären?«

»Es hat etwas mit den Kirchen zu tun«, murmelte er.

»Hm«, machte Herr Zimmermann und schaute in die Runde.

Wolfgang wurde es warm. Nun saß er zwischen all den Mittelgereiften und abgebrochenen Gymnasiasten und schien als Einziger eine bessere Antwort geben zu können. Er zögerte, hob schließlich doch die Hand, vergaß vor lauter Aufregung seinen Namen zu nennen und sagte: »Ja, es war so: Luther war mit der katholischen Kirche nicht einverstanden. Vor allem den Ablasshandel kritisierte er scharf und wollte einiges ändern. Das passte den Bischöfen und dem Papst nicht. Sie verlangten von Luther, seine Ansichten zu widerrufen. Aber dazu war er nicht bereit, weil er sich im Recht fühlte. Dann hat er eine eigene Kirche gegründet, und seither gibt es die evangelische Kirche.«

»Wenn Sie bitte noch Ihren Namen nennen!«

»Wolfgang Windbacher.«

Herr Zimmermann nickte. »In einer Kürzestform kann man es so zusammenfassen, Herr Windbacher. Obgleich die Sache natürlich viel komplizierter ist. Und weil die Reformation bis in unsere Zeit wirkt, werden wir uns mit ihr beschäftigen. Daran können Sie auch schon das Leitmotiv unseres Unterrichts sehen: Wir beschäftigen uns mit geschichtlichen Ereignissen nicht um ihrer selbst willen, sondern um besser zu begreifen, wie die Welt so geworden ist, wie sie heute ist.«

Als Wolfgang den letzten Satz hörte, musste er wieder mal an Goethes *Faust* denken: Besser zu begreifen, wie die Welt geworden ist und was sie im Innersten zusammenhält, darauf kam es an. Und wenn es in diesem Kurs auch darum ging, dann war er hier richtig.

# 46

Schon nach zwei, drei Wochen hatten sich die Kursteilnehmer sortiert. Einige arbeiteten am Vormittag, obwohl das eigentlich verboten war. Sie wollten einfach versuchen, den Kurs ohne großen Aufwand hinter sich zu bringen und am Ende die Prüfung zu bestehen. Sollte das nicht klappen, würden sie eben etwas anderes machen. Ein paar abgebrochene Gymnasiasten gingen jeden Abend »auf Tour« und verpennten die Vormittage. Die Prüfung würden sie mit links schaffen, meinten sie. Zwei junge Frauen versuchten, die rein männliche Lehrerschaft mit ihrem Äußeren, vor allem mit weit aufgeknöpften Blusen zu bezirzen.

Der große Rest bemühte sich redlich, dem Unterricht zu folgen. Manchen gelang das leichter, andere taten sich schwer. Bei vielen lag die Schulzeit schon etliche Jahre zurück, so dass sie sich erst wieder daran gewöhnen mussten, Schüler zu sein.

Wolfgang hatte damit kein Problem, im Gegenteil, er genoss es, lernen zu dürfen. Für ihn kam auch nicht in Frage, abends durch Kneipen oder Diskotheken zu ziehen und morgens ewig im Bett zu liegen. Nach dem Unterricht lief er meistens eine Runde, um den Kopf wieder frei zu bekommen. Manchmal lief Margret mit ihm. Sie hatte Wolfgang auch schon in der ersten Woche angeboten, ihre Dusche zu benutzen; er hatte das Angebot zögernd, aber dankend angenommen. Wenn er geduscht und etwas gegessen hatte, machte sich Wolfgang an die Hausaufgaben. Seit er seinen Fernseher mitgebracht hatte, schaute er zwischendurch die Nachrichten an und Sendungen, bei denen man etwas lernen konnte. Nur wenn ein Fußballspiel übertragen wurde, konnte er trotz allem Lerneifer nicht widerstehen. Morgens stellte er den Wecker auf sieben, war aber oft schon vorher wach. Spätestens um halb acht saß er wieder an den Büchern. Dabei machte ihm Mathematik von Anfang an die größten Schwierigkeiten. Rechnen war noch nie seine Stärke gewesen. Und als sie auch noch mit Buchstaben rechnen mussten, tat er sich besonders schwer. Zum Glück konnte ihm Margret dabei helfen; sie war ein Ass in Mathe. Wenn sie ihm zu Hause in Ruhe die Rechenwege und Formeln erklärte, verstand er sie besser als bei Herrn Schmitz, ihrem Mathelehrer.

»Du wirst eine gute Lehrerin«, sagte Wolfgang, wenn er mit ihrer Hilfe mal wieder etwas begriffen hatte.

»Du auch«, gab sie das Kompliment zurück. »Ohne dich könnte ich mir die Dinge in Deutsch nicht halb so gut merken. Du kannst alles so anschaulich auf den Punkt bringen und laberst nicht ewig drum herum wie der Bachmüller.«

Die beiden ergänzten sich bestens. Wolfgang konnte ihr in Deutsch, Geschichte und Sozialkunde helfen, Margret ihm in Mathematik und Biologie. Und in Erdkunde halfen sie sich gegenseitig.

Wenn sie gemeinsam lernten, taten sie das in ihrem Zimmer, weil sie da mehr Platz hatten.

An einem Morgen im Oktober saßen sie über einem Eichendorff-Gedicht und sollten das Romantische herausarbeiten.

*Sehnsucht*

*Es schienen so golden die Sterne,*
*am Fenster ich einsam stand*
*und hörte aus weiter Ferne*
*ein Posthorn im stillen Land.*
*Das Herz mir im Leibe entbrennte,*

*da hab ich mir heimlich gedacht:*
*Ach, wer da mitreisen könnte*
*in der prächtigen Sommernacht!*

*Zwei junge Gesellen gingen*
*vorüber am Bergeshang,*
*ich hörte im Wandern sie singen*
*die stille Gegend entlang:*
*Von schwindelnden Felsenschlüften,*
*wo die Wälder rauschen so sacht,*
*von Quellen, die von den Klüften*
*sich stürzen in die Waldesnacht.*

*Sie sangen von Marmorbildern,*
*von Gärten, die überm Gestein*
*in dämmernden Lauben verwildern,*
*Palästen im Mondenschein,*
*wo die Mädchen am Fenster lauschen,*
*wann der Lauten Klang erwacht,*
*und die Brunnen verschlafen rauschen*
*in der prächtigen Sommernacht.*

»Am besten unterstreichen wir zuerst die Worte, die wir für romantisch halten«, schlug Wolfgang vor. »Oder hast du einen anderen Vorschlag?«

Margret reagierte nicht.

»Hallo!«

Sie schien von weit her zu kommen. »Was ist?«

»Ich habe vorgeschlagen, die Worte zu unterstreichen, die wir in dem Gedicht für romantisch halten.«

Margret schaute ihn mit einem eigenartigen Blick an. »Ich halte dich nicht für romantisch, und das finde ich sehr schade.«

Wolfgang verharrte einen Moment regungslos. Da beugte sich Margret vor und küsste ihn. Er ließ es geschehen, ohne den Kuss zu erwidern. Sie löste sich von ihm, richtete sich auf und murmelte: »'tschuldigung.«

»Du brauchst dich doch nicht zu entschuldigen.«

»Hat sich aber so angefühlt.«

»Ich war einfach überrascht.«

»Sag bloß, du hast bisher nie gemerkt, dass ich …« Sie brach den Satz ab.

»Manchmal hab ich schon gedacht …«

»Gedacht, gedacht!«, unterbrach sie ihn. »Du solltest nicht immer nur denken, du solltest auch mal fühlen!« Sie stand auf und stellte sich ans Fenster.

Durch Wolfgangs Kopf schossen viele Bilder: Erste Begegnung im Flur, Fahrt im Käfer, Sitzen im Café, Rückfahrt am Eugen-Bolz-Gymnasium vorbei, Augen beim Abschied, Augen beim Wiedersehen, Gang zum ersten Unterricht, nebeneinander in der Schulbank, nebeneinander hier, Margret im Handtuch vor der Dusche. Er stand auf, stellte sich hinter sie und flüsterte: »Tut mir leid.« Langsam hob er die Hände und legte sie auf ihre Schultern.

Sie drehte sich um und hatte Tränen in den Augen.

»Tut mir leid«, murmelte er noch mal, nahm sie in die Arme und drückte sie an sich.

Sie löste sich, schaute ihn an und fragte: »Bist du jetzt bereit?«

Als Antwort küsste er sie zärtlich. Margret schob ihn rückwärts zum Bett, drückte ihn sanft drauf und legte sich zu ihm. Sie liebkosten sich und zogen sich dabei aus, bis sie fast nackt waren. Als Margrets Hand in Wolfgangs Unterhose glitt, hielt er den Atem an. Die beinahe schwangere Sabine tauchte vor seinem inneren Auge auf, und er dachte daran, dass er sich geschworen hat, nur noch mit ihr zu schlafen, wenn sie die Antibabypille nahm und er noch dazu ein Kondom benutzte. Er hatte aber jetzt kein Kondom, und ob Margret diese Pille nahm, wusste er nicht.

»Was ist?«

»Nichts«, sagte Wolfgang, weil er Margret doch jetzt nicht fragen konnte, ob sie die Pille nähme. Das würde alles zerstören. Und das wollte er nicht. Er wollte sie, wollte sie schon vom ersten Tag an, hatte sich das nur nicht eingestanden, aus Angst, es könnte sein Ziel gefährden. Nun überließ er sich seinen Gefühlen.

»Schön«, sagte Margret leise, als sie wieder bei Sinnen waren.

»Ja.«

Sie streichelten sich noch eine Weile und schauten sich dabei in die Augen.

»Wie alt bist du eigentlich?«, fragte sie.

»Einundzwanzig. Und du?«

»Man fragt eine Frau nicht nach ihrem Alter!«, sagte sie gespielt vorwurfsvoll.

»Ich weiß es sowieso«, sagte er. »Jedenfalls ungefähr.«

»Woher?«

»Als wir uns die Zimmer angesehen haben und du dann im Café von dir erzählt hast, habe ich mitgerechnet.«

Sie lächelte und gab ihm einen Kuss. »Ich war dir also schon damals nicht gleichgültig. Und warum hast du das bis heute so gut versteckt?«

Wolfgang zögerte mit einer Antwort.

»Ich glaube, ich kann's mir denken«, sagte sie. »Du willst möglichst viel lernen und die Eignungsprüfung unbedingt bestehen. Und da hast du gedacht, du könntest es dir nicht leisten, dich zu verlieben und Zeit mit mir zu vergeuden.«

Er sagte nichts dazu.

»Stimmt's?«

»So ungefähr«, gab er zu. »Aber ich war von Anfang an gern mit dir zusammen.«

»Ja, zum Lernen!«, sagte sie mit vorwurfsvollem Unterton.

»Nicht nur.« Jetzt küsste er sie. Dann fragte er: »Nimmst du eigentlich diese … die Antibabypille?«

»Glaubst du, ich hätte sonst mit dir geschlafen?«

»Ist die sicher?«

»Ach, jetzt verstehe ich! Das kommt noch dazu«, sagte Margret. »Du hattest Angst, ich könnte schwanger werden, wenn du und ich …«

Sie streichelte ihn zärtlich. »Nein, ein Kind können wir beide nicht gebrauchen. Ich möchte die Prüfung nämlich auch bestehen und dann studieren. Aber ich möchte dafür nicht auf alles andere verzichten, jedenfalls nicht auf dich.«

Sie begann wieder, ihn zu streicheln, und er hielt sich nicht mehr zurück. Sie liebten sich noch einmal, als wollten sie das Versäumte nachholen.

# 47

Wolfgang und Margret verbrachten noch mehr Zeit miteinander als zuvor und auf eine andere Art. Hatten sie bis dahin nur gemeinsam gelernt, machten sie nun fast alles gemeinsam, oft 24 Stunden am Tag. Als er mit Anna zusammengewesen war, hatte Wolfgang sich immer gewünscht, zu ihr zu ziehen und mit ihr zu leben. Das hatte er sich wunderschön vorgestellt. Aber jetzt wurde ihm die gelebte Nähe manchmal zu viel. Er traute sich jedoch nicht, das Margret zu sagen, weil er sie nicht verletzen wollte. Doch sie spürte, dass er mit ihrem neuen Leben Probleme hatte und thematisierte das. Es kam zu einer Aussprache, bei der sie sich darauf verständigten, sich gegenseitig mehr Freiraum zu lassen. Das betraf vor allem die Nächte, die Wolfgang nun wieder überwiegend allein in seinem Bett verbrachte. Und auch an den Vormittagen hockten sie nicht mehr ständig zusammen. Im Unterricht saßen sie natürlich weiter nebeneinander. Einige Kursteilnehmer, denen nicht verborgen geblieben war, dass es bei Wolfgang und Margret »gefunkt« hatte, machten spitze, manchmal auch anzügliche Bemerkungen. Das tat auch der Mathelehrer, der die beiden – wenn sie nicht dabei waren – süffisant »unser Liebespärchen« nannte.

»In der Mathematik helfen Gefühle leider nicht weiter, Herr Windbacher«, sagte er einmal, als Wolfgang an der Tafel eine Aufgabe lösen sollte und auf halbem Weg steckenblieb.

Wolfgang wollte sich nicht mit ihm anlegen, weil sich schnell herumgesprochen hatte, dass Herr Schmitz ein Lehrer der übleren Sorte war. Wenn er einen Schüler »auf dem Kieker«

hatte, stellte er ihn gern vor der ganzen Klasse bloß und gab auch entsprechende Noten.

Einmal schweiften Wolfgangs Gedanken während einer Mathestunde ab. An seinem Gesichtsausdruck konnte Herr Schmitz erkennen, dass Wolfgang nicht bei der Sache war. Da fragte er: »Wie heißt die Formel, mit der wir die Fläche eines Kreises berechnen? Herr Windbacher!«

Wolfgang hörte wie von fern seinen Namen und schaute nach vorn. Ihm wurde klar, dass Herr Schmitz ihn etwas gefragt hatte. Aber er hatte die Frage nicht gehört, jedenfalls nicht bewusst, und konnte sie deshalb auch nicht beantworten.

Einige Köpfe drehten sich in seine Richtung.

Wolfgang hörte Margret flüstern, verstand jedoch nur »hoch zwei« und wusste nichts damit anzufangen.

»Wir warten!«, sagte Herr Schmitz fordernd.

Wieder flüsterte Margret, und auch von hinten hörte Wolfgang leise eine Antwort. Er versuchte, aus dem Gehörten auf die Frage zu schließen, was ihm nicht gelang.

Herr Schmitz stand vor der Tafel, den Blick stur auf Wolfgang gerichtet. Der fühlte sich von diesem Blick aufgespießt, spürte, wie ihm heiß wurde, wie die Hitze in den Kopf stieg, war zu keinem Gedanken und zu keiner Bewegung mehr fähig.

»Pi mal r hoch zwei«, flüsterte Margret etwas lauter.

Wolfgang hörte es deutlich. Pi mal r hoch zwei war also die richtige Antwort. Aber jetzt nützte sie ihm nichts mehr, jetzt konnte er sie nicht mehr geben. Der Zeitpunkt für eine Antwort war längst überschritten. Wie lange er an Herrn Schmitz' Augenspieß hing, wusste Wolfgang nicht; er hatte kein Zeitgefühl mehr. Er fühlte nur noch, wie sich der Spieß immer tiefer in seine Brust bohrte.

Irgendwann sagte Herr Schmitz etwas, was Wolfgangs Gehirn nicht erreichte, und rief jemand anderen auf.

Wolfgang stand immer noch, spürte wie an seinem linken Arm gezogen wurde, drehte den Kopf ein wenig, sah Margret, las von ihren Lippen die Worte »Setz dich« ab und setzte sich. Sie nahm seine Hand und drückte sie fest.

Es dauerte eine Weile, bis wieder Leben in Wolfgang kam und ihm seine Gedanken einigermaßen gehorchten. Von dem, was der Lehrer erklärte, bekam er nichts mit. Zu sehr beschäftigte ihn, was vorhin geschehen war.

Kaum war Pause und Herr Schmitz draußen, empörten sich einige über das Verhalten dieses Lehrers.

»Man sollte Herrn Zimmermann mal sagen, wie der manche behandelt!«, sagte Hubert Leibinger, der hinter Wolfgang saß.

Das würde nichts bringen, meinten andere.

Wolfgang beteiligte sich nicht an dem Gespräch. Er stand am offenen Fenster und atmete tief durch. Margret stellte sich zu ihm und fragte: »Geht's wieder?«

Er nickte, ohne sie dabei richtig anzusehen.

In der letzten Stunde hatten sie Geschichte. Zu Beginn zeigte Herr Zimmermann ein Zeitungsbild, auf dem der kniende Willy Brandt zu sehen war.

»Das habe ich gestern Abend in der Tageschau gesehen«, sagte Dieter Schreiber. »Das war in Warschau.«

»Weil die Nazis in Polen so viele Juden umgebracht haben«, ergänzte sein Nebensitzer Reinhold Baumann.

Es entspann sich eine Diskussion darüber, ob es angemessen sei, dass der deutsche Bundeskanzler vor einem Denkmal in Warschau auf die Knie falle. Einige fanden das übertrieben und unterstellten ihm Schauspielerei. Doch die meisten hielten den Kniefall für eine beeindruckende Geste, mit der Willy Brandt deutlich gemacht habe, dass dem polnischen Volk von Deutschen großes Unrecht angetan worden war.

Weil Wolfgang teilnahmslos auf seinem Stuhl saß, was bei Diskussionen noch nie der Fall gewesen war, fragte Herr Zimmermann: »Ist Ihnen nicht gut, Herr Windbacher?«

»Es geht schon.«

Der Lehrer wartete noch einen Moment, ob noch etwas komme, und machte dann mit dem Unterricht weiter.

Nach der letzten Stunde verließen Wolfgang und Margret sofort das Klassenzimmer. Noch auf dem Schulhof nahm sie seine Hand. Schweigend gingen sie nach Hause.

Im Flur sagte Wolfgang: »Ich muss jetzt zuerst laufen. Allein.«

Sie nickte. »Komm einfach hoch zu mir, wenn dir danach ist.«

»Danke.« Er ging in sein Zimmer, zog sich um und lief in die Dunkelheit hinaus. Er nahm die bekannte Strecke, weil er hier nicht auf den Weg achten musste, sondern sein Tempo laufen konnte. Es dauerte nicht lange, bis er seinen Rhythmus gefunden hatte und spürte, wie mit jedem Atemstoß der Druck aus ihm wich und die Bilder von Herrn Schmitz verschwammen. Schon nach etwa einem Kilometer fühlte Wolfgang sich leer und leicht, konnte nicht mehr denken, nur noch Fuß vor Fuß setzen und atmen, ein und aus, ein und aus, ein und aus.

Wolfgang lief die Strecke zweimal, erhöhte gegen Ende das Tempo und stand nach einer dreiviertel Stunde ziemlich ausgepumpt vor dem Grötzinger-Haus.

Im Flur traf er auf Frau Grötzinger. »Sie sind ja völlig außer Atem«, sagte sie. »Sie sollten es mit dem Laufen nicht übertreiben!«

»Ich pass schon auf«, entgegnete er keuchend.

»Trainieren Sie etwa für die Olympiade?«

Jetzt musste Wolfgang sogar lächeln. »Dann müsste ich noch viel mehr und viel schneller laufen.«

»Noch mehr laufen, das kann doch nicht gesund sein.«

»Mir tut's gut.«

»Das hoffe ich«, murmelte Frau Grötzinger.

Wolfgang ging an ihr vorbei, schloss die Tür auf und verschwand in seinem Zimmer. Wenig später spähte er vorsichtig hinaus, um zu sehen, ob sie weg war. Dann lief er mit frischen Klamotten und einem Handtuch leise nach oben, klopfte bei Margret und sagte, er gehe schnell duschen, dann komme er.

Als er einige Minuten später eintrat, schaute sie ihn gespannt an.

»Jetzt geht's mir wieder besser«, sagte er.

Margret atmete erleichtert aus.

Sie setzten sich aufs Bett und griffen gleichzeitig nach der Hand des andern.

»Möchtest du darüber reden?«, fragte Margret.

»Ich habe mich noch nie so … so … Ich weiß gar nicht, wie ich es beschreiben soll … So hilflos, so klein, so ausgeliefert, so nichts gefühlt. Nicht einmal früher bei meinem Vater oder beim Bund, wenn mich der Hacker fertig machen wollte. Ich habe so etwas noch nicht erlebt.«

»Du hast mir so leidgetan.«

»Wie lange hat es denn gedauert?«

»Nicht lange; vielleicht eine Minute, länger bestimmt nicht.«

»Eine Minute? Das kann ich kaum glauben. Mir war, als hätte er mich aufgespießt und eine Ewigkeit hängenlassen.«

Sie streichelte zärtlich seine Wange.

»In Geschichte hat sich die Szene wie ein Endlosfilm in meinem Kopf abgespult. Erst beim Laufen habe ich die Bilder aus dem Kopf gebracht. Und unter der Dusche habe ich mir geschworen: Wenn ich jemals Lehrer werde …«

»Du wirst Lehrer!«

»… und vor einer Klasse stehe, niemals werde ich einem Schüler das antun, niemals!«

# 48

Je näher der Prüfungstermin rückte, desto nervöser und hektischer wurden die Schüler. Manche versuchten nun noch nachzuholen, was sie in den vergangenen Monaten versäumt hatten, baten andere um Aufschriebe und Unterlagen. Auch bei den Lehrern stieg die Anspannung spürbar. Sie hofften auf ein gutes Prüfungsergebnis, das ihnen eine gute Arbeit bescheinigen würde.

Wolfgang fuhr an den Wochenenden nicht mehr nach Hause zu seinen Eltern, um nicht unnötig Zeit zu verlieren. Er büffelte noch mehr als zuvor, wiederholte den gesamten Lernstoff, schrieb Probeaufsätze und bat den Deutschlehrer, sie zu korrigieren, ließ sich von Margret Matheaufgaben stellen und mühte sich an ihnen ab. Wenn er etwas nicht kapierte, beschlichen ihn Zweifel, dass er die Prüfung schaffen würde.

»Du machst dich unnötig verrückt«, sagte Margret. »Du bist gut vorbereitet, besser als die meisten. Wenn du die Prüfung nicht schaffst, schafft sie keiner.«

»Und Mathe?«, entgegnete er.

»Da brauchst du ja keine Eins«, sagte sie. »Zum Bestehen reicht eine Vier, und die schaffst du garantiert!«

»In Bio bin ich auch nicht so gut …«

»Nicht so gut!« Margret schüttelte den Kopf. »Du bist vielleicht nicht der Beste, aber du musst ja auch nicht überall der Beste sein, oder?«

»Mir ist egal, ob ich der Beste bin oder nicht, ich will nur bestehen.«

»Das wirst du«, sagte sie. »So, und jetzt Schluss damit! Wir laufen erst mal eine Runde.«

»Ich habe keine …«

»Doch, dafür hast du Zeit!«, unterbrach sie ihn. »Und hinterher gehen wir noch weg, damit wir mal wieder etwas anderes sehen als Schule und Bücher!«

»Vielleicht hast du recht …«

»Endlich wirst du vernünftig«, sagte sie und gab ihm einen Kuss.

Nach dem Laufen und einem guten Essen beim Griechen verbrachte Wolfgang zum ersten Mal seit langem wieder eine Nacht mit Margret. Und sie liebten sich wie schon seit Wochen nicht mehr.

Am nächsten Morgen konnte Wolfgang nichts gegen den unguten Gedanken machen, etwas versäumt zu haben. Er sagte zu Margret, er wolle die Vererbungslehre und die Mendelschen Gesetze schriftlich zusammenfassen, um sie sich besser einprägen zu können. Sie hatte nichts dagegen, und er verschwand bis zum Mittag in seinem Zimmer.

Am Nachmittag stand in der ersten Stunde Mathe auf dem Stundenplan. Herr Schmitz hatte Wolfgang seit jenem Vorfall nie mehr aufgerufen. Doch jetzt bat er ihn nach vorne, um an der Tafel eine Gleichung mit zwei Unbekannten zu lösen.

Bevor Wolfgang etwas sagen oder tun konnte, sagte Margret: »Es hilft ihm nicht weiter, wenn Sie ihn an die Tafel holen.«

Herr Schmitz machte ein erstauntes Gesicht. »Schön, dass Sie sich für Ihren Freund einsetzen, Frau Vöhringer. Aber meine Unterrichtsmethode müssen Sie schon mir überlassen.«

»Diese Methode ist veraltet und überholt.«

»Sie wollen mir sagen …«

»Ob die Methode veraltet ist oder nicht«, fiel ihm Wolfgang ins Wort, »ich komme nicht nach vorn. Das bringt mir nichts, und was es Ihnen bringt, weiß ich nicht. Ich kann auch von hier aus sehen, was Sie mir zeigen wollen.«

Herr Schmitz hatte Mühe, die Fassung zu bewahren, das war ihm deutlich anzusehen. Er wandte sich zur Tafel, stand eine Weile da, als wolle er die Gleichung selbst lösen, wandte sich wieder um und sagte: »Lösen Sie bitte alle die Gleichung in Ihrem Heft.«

Man hätte eine Stecknadel fallen hören. Niemand sagte ein Wort, alle waren froh, dass sie sich über ihr Heft beugen und rechnen konnten. Herr Schmitz schrieb weitere Aufgaben an die Tafel, ließ die Schüler rechnen, ohne dabei durch die Reihen zu gehen wie er es üblicherweise tat. Er setzte sich an den Lehrertisch, schien etwas zu lesen, erhob sich erst mit dem Läuten und verließ grußlos das Zimmer.

Sofort stieg der Geräuschpegel an.

»Habt ihr den Schmitz gesehen? Der hat wie ein Fisch an Land nach Luft geschnappt!«

»So was hat der noch nie erlebt.«

»Deswegen war es auch höchste Zeit.«

»Die Methode ist veraltet und überholt, das war gut!«

Solche und ähnliche Kommentare schwirrten durch den Raum.

»Danke«, sagte Wolfgang leise zu Margret und liebkoste sie mit den Augen.

»Das habt ihr gut gemacht«, meinte Hubert Leibinger. »Ihr seid ein tolles Paar!«

Auch von anderen wurden sie für ihr Handeln gelobt.

»Ich bin schon gespannt auf morgen«, sagte Helen Meisinger.

Da war sie nicht die einzige.

Am nächsten Tag kam Herr Schmitz ins Zimmer, legte seine Aktentasche auf den Tisch, nahm das Buch heraus, grüßte und verkündete, worum es in der Stunde ging. Alles so wie immer. Er verhielt sich so, als hätte es die Stunde zuvor nicht gegeben. Allerdings holte er niemand an die Tafel. Und das tat er bis zur letzten Stunde nicht mehr.

Zu der kleinen Feier am letzten Schultag kam er nicht, und niemand war deswegen traurig. Jürgen Dehner, der Kurssprecher, bedankte sich mit einer kurzen Rede im Namen des Kurses bei den Lehrern für ihre Arbeit und überreichte jedem ein Geschenk. Auch Herr Zimmermann hielt eine Rede und wünschte allen viel Glück und Erfolg bei der Prüfung. Anschließend wurde bei Häppchen und diversen Getränken noch ein wenig geplaudert.

Herr Zimmermann ging reihum, kam auch zu Wolfgang und Margret und sagte leise: »Wie ich gehört habe, scheint unser Kurs für Sie beide nicht nur im Bereich Bildung positiv gewesen zu sein. Das freut mich für Sie.«

Wolfgang und Margret wussten nicht so recht, was sie dazu sagen sollten.

»Herr Windbacher, Ihnen möchte ich noch sagen, dass Sie mich sehr beeindruckt haben. Sie wissen, ich habe ursprünglich nicht geglaubt, dass Sie den Anforderungen des Kurses gewachsen sein würden. Aber was Sie in den sechs Monaten – und auch schon davor – geleistet haben, verdient großen Respekt. Heute bin ich sicher, Sie werden die Prüfung bestehen und auch das Studium meistern.«

»Danke, Herr Zimmermann! Danke für alles!«

Er lächelte und wandte sich an Margret: »Das Letzte gilt auch für Sie, Frau Vöhringer.«

»Danke! Und danke, dass Sie Wolfgang eine Chance gegeben haben.«

»Die hat er sich verdient.«

# 49

Die Prüfung, die vier Tage dauerte, mussten die Kursteilnehmer an der Pädagogischen Hochschule ablegen, an der sie studieren wollten. Für Wolfgang war das Weingarten, weil dort auch Bernhard studierte. Margret hatte ursprünglich an Reutlingen gedacht, das nur eine halbe Stunde von Münsingen entfernt lag. Doch da sie dort ihre Wohnung gekündigt hatte und ohnehin eine neue brauchte, konnte sie genauso gut mit Wolfgang in Weingarten studieren. Ob sie dort in eine gemeinsame Wohnung ziehen würden, konnten sie immer noch entscheiden. Für die Prüfung nahmen sie im Gasthof »Linde« jedenfalls zwei Einzelzimmer, damit sie zusammenwaren, aber auch für sich sein konnten, wenn sie wollten.

Helen Meisinger, Jürgen Dehner und Dieter Schreiber hatten sich ebenfalls in der »Linde« einquartiert, um nicht das Risiko einzugehen, morgens auf der Herfahrt eine Autopanne zu haben oder in einen Unfall verwickelt zu werden und deswegen zu spät zu einer der Prüfungen zu kommen.

Am Sonntagabend saßen sie noch eine Weile im Lokal zusammen, um sich redend und scherzend von der Matheprüfung am nächsten Morgen abzulenken. Doch bei allen war die große Anspannung deutlich spürbar. Um halb elf bezahlten sie und gingen auf ihre Zimmer. Wolfgang und Margret saßen noch kurz bei ihr, sprachen sich noch einmal Mut zu und wünschten sich eine möglichst gute Nacht, schon ahnend, dass sie wohl eher unruhig werden würde.

Beim Frühstück am nächsten Morgen fehlten Helen Meisinger und Dieter Schreiber. Margret trank nur eine Tasse Kaffee. Mehr bringe sie noch nicht runter. Auch Wolfgangs Hals war enger als sonst. Trotzdem aß er ein Brötchen mit Butter und Honig drauf. Nur Jürgen Dehner schien es zu schmecken. Er müsse richtig frühstücken, sonst könne er nicht vier Stunden rechnen. Als Wolfgang das hörte, nahm er sich ein zweites Brötchen, gab aber nach einer Hälfte auf, weil er befürchtete, ihm könnte alles wieder hochkommen.

Eine halbe Stunde später machten sie sich auf den Weg zur Hochschule, die sich zwei Steinwürfe von der »Linde« entfernt auf dem Martinusberg in barocken Gebäuden befindet, die ehemals zur Abtei Weingarten gehörten. Überragt wird die gesamte Anlage von der berühmten Basilika, die über dem beschaulichen Städtchen thront.

Oben angekommen folgten sie im Schlossbau den Schildern »Eignungsprüfung«, bis sie vor der Aula standen, wo sie mit etwa fünfzig anderen jungen Leuten den Einlass herbeifieberten, damit es endlich losging und die beinahe unerträgliche Spannung ein Ende hatte. Ein untersetzter Mann mit schütterem Haar, Pausbacken und dunkler Hornbrille, der sich als Professor Landerer vorstellte, begrüßte die Wartenden und sagte, sie brauchten nicht zu drängeln, ihre Plätze seien schon bestimmt und mit einem Namensschild gekennzeichnet. Als Wolfgang und Margret feststellten, dass sie weit auseinander sitzen mussten, waren sie sehr enttäuscht, denn sie hatten gehofft, sich neben sich zu haben.

Professor Landerer führte noch eine Belehrung durch, deren Kernpunkt besagte, wer unerlaubte Hilfsmittel benutze, werde von der Prüfung ausgeschlossen.

»Es ist jetzt fünf Minuten nach acht, Sie haben vier Stunden Zeit. Späteste Abgabe ist also fünf Minuten nach zwölf. Ich wünsche Ihnen viel Erfolg!«

Wolfgang machte sich an die erste Aufgabe, so, wie sie es besprochen hatten. Er sollte auf keinen Fall zuerst alle Aufgaben überfliegen, weil er sonst bestimmt glauben würde, es niemals schaffen zu können. Erfahrungsgemäß stieg der Schwierigkeitsgrad mit jeder Aufgabe. Und Wolfgangs Ziel war es, die einfacheren zu lösen und sich erst dann, wenn er noch Zeit hatte, an den schwierigeren zu versuchen.

Als Margret die Aufgaben überflog, war sie sicher, dass er die ersten drei schaffen konnte. Danach wurde es für ihn schon schwierig. Sie selbst traute sich zu, alle sechs zu lösen. Bevor sie sich an die erste Aufgabe machte, drehte sie den Kopf, um nach Wolfgang zu sehen. Er schrieb schon etwas auf, was Margret als gutes Zeichen betrachtete.

»Hallo!«, sagte Professor Landerer. »Schauen Sie bitte nur auf ihre Sachen!«

Margret zuckte zusammen, drehte den Kopf und machte sich an die Arbeit.

Nach etwas mehr als drei Stunden war sie fertig. Sie kontrollierte alles noch einmal aufmerksam, entdeckte dabei einen Rechenfehler, korrigierte ihn und gab ab. Beim Hinausgehen schaute sie zu Wolfgang, der mit den Schultern zuckte, was sie so deutete, dass er nicht mehr weiterwusste.

Vor ihr hatten erst zwei andere abgegeben, die im Flur standen und sie mit der Frage empfingen: »Was hast du bei Aufgabe fünf für ein Ergebnis?«

Margret überlegte kurz. »X gleich a hoch drei.«

»Siehst du!«, sagte einer zum andern.

»Bist du sicher?«, fragte der.

»Ich glaub schon.«

»Glauben tut man in der Kirche, nicht in der Mathematik!«

»Du mich auch!«, sagte Margret, drehte sich um, ging den Gang entlang und wartete am Ende in einer Fensternische auf Wolfgang. Er kam zusammen mit den anderen »Rottenburgern« erst kurz nach zwölf heraus. Und alle wollten von Margret die Lösungen wissen.

»Dann hab ich alles falsch«, klagte Helen Meisinger.

»Ich auch«, sagte Dieter Schreiber.

»Macht euch doch nicht verrückt!«

»Du hast leicht reden«, sagte Dieter Schreiber. »Du bist gut in Mathe, aber ich ...«

»Jetzt haben wir es hinter uns«, unterbrach ihn Wolfgang. »Das ist das Wichtigste. Und machen können wir eh nichts mehr.«

»Genau! Und deswegen verschwinden wir jetzt hier.« Jürgen Dehner tätschelte sich auf den Bauch. »Ich hab nämlich Hunger und muss unbedingt etwas essen!«

Sie machten sich auf den Weg zurück in die »Linde«.

Nach dem Mittagessen verbrachten sie den Rest des Tages auf unterschiedliche Weise. Wolfgang und Margret liefen ein schönes Stück, um den Kopf wieder freizubekommen. Dann gingen sie in Wolfgangs Zimmer noch einmal die Aufsatzthemen der vergangenen Jahre durch, lasen und besprachen ihre Aufschriebe und die Musteraufsätze, die ihnen Herr Bachmüller gegeben hatte.

»Wenn nicht nur saublöde Themen kommen, schreiben wir bestimmt gute Aufsätze«, meinte Margret.

»Nur saublöde Themen kommen nie«, sagte Wolfgang. »Mindestens ein gutes Thema war immer dabei, oft sogar zwei.«

Und so war es auch diesmal. Von den vier Themen, die zur Auswahl standen, fand Wolfgang zwei wirklich gut. Er entschied sich schließlich für die *Analyse eines poetischen Textes,* auch weil ihn *Das Fenstertheater* von Ilse Aichinger an die Kurzgeschichten von Wolfgang Borchert erinnerte.

Die Aufgabe dazu lautete: »Beschreiben Sie den gedanklichen Aufbau sowie die erzählerische und sprachliche Gestaltung des Textes und interpretieren sie ihn!«

Wolfgang machte sich an die Arbeit. Nachdem er den Text beim ersten Mal nur überflogen hatte, las er ihn nun sehr aufmerksam, unterstrich ihm wichtig scheinende Stellen und Wörter mit unterschiedlichen Farben, so, wie er es bei Herrn Bachmüller gelernt hatte, und machte sich Notizen auf dem Konzeptpapier.

Einige gaben schon nach drei Stunden ab. Wolfgang gehörte nicht zu ihnen. Er war ohnehin ein langsamer Schreiber, aber nicht nur deswegen reichten ihm die vier Stunden nicht.

Als er wieder mal auf die Uhr schaute und sah, dass es schon Viertel vor zwölf war, geriet er in Panik. Er hatte noch nicht mal alle seine Gedanken, die er stichwortartig auf Konzept notiert hatte, ins Reine geschrieben. Und einen Schluss hatte er auch noch nicht. Ohne Schluss konnte er doch nicht abgeben! Aber ohne einen Teil seiner Gedanken war sein Aufsatz nicht vollständig. Zum ersten Mal seit vielen Jahren fühlte er sich wieder so, wie er sich bei den Diktaten in der Schule gefühlt hatte, wenn er Fräulein Thiedemanns Tempo nicht mehr folgen konnte. Damals hatte er während der Diktate zu zittern begonnen, den Füller und das Wasser nicht mehr halten können. Auch jetzt spürte er, wie ihm alles zu entgleiten drohte, setzte sich ruckartig aufrecht hin und schlug sich an die Backe, dass es klatschte und die andern zu ihm herschauten. Dann atmete er tief durch und entschied, sein Konzept mit abzugeben und noch einen Schluss zu schreiben.

Als die Aufsicht sagte: »Bitte geben Sie jetzt ab!« krakelte Wolfgang schnell einen letzten Satz aufs Blatt, der kaum noch lesbar war.

Wie am Tag zuvor standen die jungen Leute vor der Aula und redeten sich die Köpfe heiß. Wolfgang wollte jetzt nichts mehr hören und verließ mit Margret und den anderen »Rottenburgern« die Hochschule.

# 50

AN DEN NÄCHSTEN beiden Tagen standen jeweils zwei mündliche Prüfungen auf dem Programm. In Biologie hatte Wolfgang die Vererbungslehre als Spezialgebiet angegeben, doch darauf gingen die beiden Prüfer nur kurz ein. Dann sollte er das Leben in einem Bienenvolk schildern und erläutern, wie sich die Bienen untereinander verständigen. Wolfgang wusste, dass jedes Volk eine Königin hat, die die Eier legt, dass es Arbeiterinnen gibt und männliche Bienen, die nur die Aufgabe haben, die Königin zu befruchten. Er wusste auch, dass sie sich mit Tänzen verständigen, doch wie das genau funktioniert, konnte er nicht sagen. Ihm fiel nur noch der Name eines Tanzes ein: Schwänzeltanz.

Zum Schluss sollte er noch erklären, welche Funktionen der Wald hat und wie er aufgebaut ist.

»Aufgebaut ist er in verschiedene Stockwerke«, antwortete Wolfgang und nannte sie der Reihe nach, so, wie er es gelernt hatte: »Bodenschicht, Moosschicht, Krautschicht, Strauchschicht und Baumschicht.« Der Wald sei wichtig für die Sauerstoffproduktion, biete Lebensraum für Tiere und Pflanzen, liefere Holz und sei ein Erholungsraum für die Menschen. Er hatte noch mehr Funktionen, das wusste Wolfgang, aber ihm fiel keine mehr ein.

In Geschichte und Sozialkunde fühlte er sich sicherer als in Biologie. Die Prüfer ließen ihn zuerst über sein Spezialgebiet »Hitlers Machtergreifung« referieren, stoppten ihn, als sie merkten, dass er gut gelernt hatte, fragten nach der Bedeutung der Französischen Revolution und nach den Ursachen des Ersten Weltkriegs. Dann sollte er die unterschiedlichen Entwicklungen in den beiden deutschen Staaten skizzieren.

Nach einer halben Stunde nickten die Prüfer anerkennend und entließen Wolfgang, der – im Gegensatz zu Biologie – ein gutes Gefühl hatte. Bei Margret war es umgekehrt. In ihrem Zimmer erzählte sie Wolfgang, was sie in Geschichte alles nicht gewusst habe, und dass sie schon befürchte, es würde nicht zu einer Vier reichen. Dabei liefen ihr Tränen über die Wangen. Wolfgang nahm sie in die Arme und versuchte, sie zu beruhigen.

»Wie oft hast du zu mir gesagt, ich solle mich nicht verrückt machen, und damit hast du recht gehabt. Jetzt darfst du dich aber auch nicht verrückt machen!«

»Und wenn nun alles umsonst war?«, schniefte sie.

»Es war nicht umsonst, da bin ich ganz sicher, so wenig wie bei mir in Bio«, sagte er. »Auch wenn man nicht alles richtig beantworten kann, ist man nicht gleich durchgefallen.«

»Da bin ich nicht so sicher.«

Er küsste ihre Tränen weg und flüsterte: »Komm, wir laufen eine Runde. Danach siehst du bestimmt nicht mehr so schwarz.«

Zuerst wollte Margret nicht, wollte sich lieber hinlegen, ließ sich aber schließlich mehr überreden als überzeugen.

Nachdem sie vierzig Minuten zügig in Richtung Baienfurt und wieder zurück gelaufen waren und geduscht hatten, sagte Margret beinahe trotzig: »Ich schau heute in kein Buch und keinen Aufschrieb mehr rein! Entweder reicht das, was wir gelernt haben, oder es reicht nicht!« Sie drückte Wolfgang sanft auf ihr Bett, erstickte seine möglichen Einwände mit Küssen und brachte auch ihn mit Lippen, Zunge und Händen auf andere Gedanken.

Gegen zehn verabschiedete sich Wolfgang, ging in sein Zimmer und las noch einmal in seinen Erdkunde-Aufschrieben, weil er sich in diesem Fach nicht sicherer fühlte als in Biologie. Doch schon nach einer halben Stunde wurden seine Augen schwer. Zuerst wehrte er sich gegen den Schlaf, wollte weiterlesen, merkte, dass die Sätze sein Gehirn nicht mehr erreichten, gab auf und legte sich ins Bett.

Am nächsten Morgen gingen die »Rottenburger« wieder gemeinsam den Martinusberg hinauf und machten sich gegenseitig Mut. Wolfgang, Margret und Jürgen Dehner mussten wie am Tag zuvor zum Fruchtkasten, wo die Prüfungen in Erdkunde, Geschichte und Biologie stattfanden. Für Helen Meisinger und Dieter Schreiber begann der letzte Prüfungstag mit Deutsch im Fischhalterhaus.

»Viel Glück!«, wünschte Jürgen Dehner, als er zu Biologie abbog.

»Dir auch!«

Wolfgang und Margret waren nacheinander an der Reihe, sie zuerst. Während Margret im Prüfungszimmer war, ging Wolfgang im Flur auf und ab wie ein Tiger im Käfig, bis die Tür geöffnet wurde und sie herauskam. Er schaute sie fragend an.

»Die sind ganz nett«, sagte sie. »Sie haben mich lange zu meinem Spezialgebiet gefragt. Und auch sonst war ich ganz gut, glaube ich.«

»Na, siehst du.«

»Das schaffst du auch!«

Und Margret sollte recht behalten; Wolfgang brachte die Prüfung ordentlich hinter sich. Jetzt stand nur noch Deutsch vor ihnen. Bis sie an der Reihe waren, verließen sie Hand in Hand das Hochschulgelände, um nicht dauernd jemandem zu begegnen, der etwas wissen oder loswerden wollte.

»Jetzt hätte ich Lust auf ein schönes Stück Torte«, sagte Wolfgang unterwegs.

Margret lächelte. »Dann kann dein Lampenfieber ja nicht mehr so schlimm sein.«

»Das Schlimmste haben wir überstanden, meinst du nicht auch?«

Sie zuckte mit den Schultern.

»Na komm, jetzt trinken wir einen Kaffee, der tut uns sicher gut!«, sagte Wolfgang. »Und Deutsch schaffen wir auch noch!«

Sie fragten einen Mann, der die Hofeinfahrt kehrte, nach einem Café, bekamen eine etwas komplizierte Auskunft und mussten unterwegs noch einen Passanten fragen, der ihnen den richtigen Weg wies.

Margret bestellte wie meistens ein Kännchen Kaffee, Wolfgang eine Tasse und ein Stück Schwarzwälder Kirschtorte.

»Das brauche ich jetzt.«

Sie schüttele lächelnd den Kopf.

»Willst du mal versuchen?«

»Um Himmels Willen!«, wehrte sie ab.

»Schade, du weißt nicht, was dir da entgeht.« Er schob eine Gabel voll in den Mund und verdrehte die Augen.

»Es ist kaum zu glauben, aber bei einem Stück Torte vergisst du sogar die Prüfung«, sagte Margret. »Jedenfalls sieht es so aus.«

»Vergessen tu ich sie nicht, aber sie ist ein bisschen weiter weg.«

»Dann hat sich der Weg hierher ja gelohnt.«

»Hat er!«

Eine gute halbe Stunde später saß Wolfgang im Fischhalterhaus vor den beiden Prüfern. Einer war etwa fünfzig, der andere etwas älter, hatte volles graues Haar und ein fein geschnittenes Gesicht mit freundlich blickenden Augen. Er führte das Gespräch. Zu Beginn sollte Wolfgang im Rahmen seines Spezialgebiets die Unterschiede zwischen dem klassischen und dem epischen Theater erläutern. Das konnte er ohne zu stocken.

»Haben Sie denn schon mal ein Stück von Brecht gesehen?«

Wolfgang nickte. »*Der gute Mensch von Sezuan*.«

»Und was sagen Sie zu dem Stück?«

»Ich finde es gut, dass Brecht die Zuschauer auffordert, über das, was auf der Bühne gespielt wird, nachzudenken«, antwortete Wolfgang.

»Ist das denn nötig? Denken die Leute, die sich im Theater klassische Stücke ansehen, nicht darüber nach?«

Wolfgang überlegte. »Doch, ich glaube schon.«

»Haben sie auch mal eines dieser Stücke gesehen?«

»Ja, *Nathan der Weise* und *Wilhelm Tell* und den ersten Teil von *Faust*.«

Der Prüfer hob die Augenbrauen. »Und was meinen Sie, haben Sie über diese Stücke weniger nachgedacht als über den guten Menschen von Sezuan?«

Diesmal brauchte Wolfgang nicht zu überlegen. »Bestimmt nicht. Vor allem der *Faust* beschäftigt mich bis heute.«

»Inwiefern?«

»Er hat viel gelernt und weiß mehr als die meisten Leute, trotzdem ist er nicht zufrieden, weil er glaubt, sein ganzes Wissen sei zu nichts nütze. Es hat ihn weder wirklich klug noch glücklich gemacht. Ihm genügt das oberflächliche Wissen nicht mehr, das jeder erwerben kann, er möchte erkennen, was die Welt im Innersten zusammenhält. Aber er ist klug genug, um zu wissen, dass er das aus eigener Kraft nicht schaffen kann. Deswegen schließt er einen Pakt mit dem Teufel und verspricht ihm seine Seele, wenn er ihm hilft.«

Wolfgang hielt inne. Als der Prüfer nicht nachfragte, redete er weiter: »Mir imponiert Faust, weil er sich nicht zufrieden gibt wie die meisten Leute. Die wollen gar nicht so viel wissen, sondern lieber ihre Ruhe haben. Sie gehen zur Arbeit, hängen am Abend vor dem Fernseher, putzen am Samstag ihr Auto, machen am Sonntag einen Ausflug und fahren im Urlaub nach Italien oder sonst wohin. Alles andere kümmert sie nicht. Sie leben wie die Epsilons in dem Roman *Schöne neue Welt*. Faust will mehr, er will wirklich leben, mit allem, was dazugehört. Dafür ist er bereit, nach dem Tod in der Hölle zu schmoren. Ich finde das unglaublich!«

»Ist das nicht ein sehr hoher Preis?«, fragte der Prüfer.

»Ja, schon«, sagte Wolfgang. »Ich möchte auch möglichst viel wissen, aber mir wäre er zu hoch.«

Beide Prüfer lächelten.

»Na, da bin ich ja beruhigt«, sagte der ältere.

»Aber ich finde es einfach interessant, dass Goethe einen Mann erfunden hat, der dazu bereit ist, und dass wir uns heute noch mit ihm beschäftigen.«

»Sie scheinen das intensiv getan zu haben, so, wie Sie uns hier von ihm erzählen«, sagte der Prüfer. »Aber hat Goethe den Faust wirklich erfunden?«

»Ich habe gelesen, dass es im Mittelalter mal einen Johann Faustus gegeben haben soll. Von ihm hat Goethe …«

»Ist gut«, unterbrach ihn der Prüfer. »Ich sehe, Sie kennen sich aus.«

Nun meldete sich der Jüngere erstmals zu Wort: »Mich würde noch interessieren, ob es ein Buch gibt, das Ihnen besonders wichtig ist.«

»Ja … äh … aber eigentlich ist es kein richtiges Buch?«

»Wie sollen wir das verstehen?«

»Es ist von Wolfgang Borchert und heißt *Draußen vor der Tür*«, antwortete Wolfgang. »Aber darin stehen auch seine Kurzgeschichten.«

»Und warum ist Ihnen gerade dieses Buch wichtig?«

Wolfgang erzählte den beiden Prüfern, was er damals Professor Zimmermann erzählt hatte. Und wie er schienen sie beeindruckt zu sein.

Als der Ältere sagte, die Zeit sei um, war Wolfgang erstaunt. »Aber … schon …«

»Ich muss gestehen, auch für mich verging die Zeit schneller als bei vielen anderen Prüfungen.« Er lächelte. »Das ist ein gutes Zeichen.«

Wolfgang verabschiedete sich, verließ das Zimmer und blieb draußen wie benommen stehen.

»Was ist?«, fragte Margret, die auf ihn gewartet hatte.

Er schaute sie an und murmelte: »Ich glaube, ich war gut.«

Zwei Stunden nach der letzten mündlichen Prüfung versammelten sich alle Prüflinge in der Aula, um ihr Zeugnis entgegenzunehmen. Die Spannung war noch größer als vier Tage zuvor.

»Und ist die Lage noch so trübe, immer hoch die blasse Rübe!«, rief einer durch den Raum.

Doch niemand lachte.

»Das nennt man Galgenhumor«, flüsterte Jürgen Dehner.

»Wie unter dem Galgen komme ich mir auch vor«, murmelte Dieter Schreiber.

»Nun übertreib mal nicht!«

Die »Rottenburger« saßen beieinander und erwarteten mit erhöhtem Puls ihr Urteil.

Professor Landerer kam mit zwei Assistentinnen im Gefolge herein, stellte sich vorne hin, sagte ein paar freundliche Worte und sprach von einem guten Gesamtergebnis der Prüfung. Dann rief er die 52 Prüflinge alphabetisch auf und überreichte ihnen ihr Zeugnis.

»Wir sind natürlich wieder bei den Letzten«, sagte Margret zu Wolfgang. »Die könnten auch mal mit Z anfangen, nicht immer mit A!«

Die Letzten werden die Ersten sein, lag ihm schon auf der Zunge, aber er sagte es nicht.

Sie beobachteten die Reaktionen der Aufgerufenen. Manche strahlten, andere verließen schnell den Raum, einige jubelten. Zu ihnen gehörte Jürgen Dehner.

Helen Meisinger und Dieter Schreiber hatten keinen Grund zum Jubeln. Beide trotteten mit hängenden Schultern hinaus.

»Das ist ja nicht mehr zum Aushalten«, murmelte Margret, die immer blasser wurde.

Wolfgang drückte ihre Hand ganz fest.

»Frau Vöhringer!«

»O mein Gott!«, sagte sie, erhob sich und ging nach vorne.

Wolfgang schaute ihr mit offenem Mund hinterher. Als Margret ihr Zeugnis in der Hand hielt, konnte sie die Tränen nicht mehr zurückhalten. Aber Wolfgang sah, dass es Freudentränen waren. Während sie zurückkam, wurde er aufgerufen.

»Gratuliere!«, sagte er im Vorübergehen.

»Ich drück dir die Daumen!«, sagte sie.

Professor Landerer überreichte Wolfgang das Zeugnis mit den Worten: »Ich gratuliere Ihnen.«

»Danke!« Wolfgang blieb einen Moment regungslos stehen, so, als wolle er noch etwas sagen. Aber er blieb stumm.

# 51

WOLFGANG HATTE SICH von den »Rottenburgern« und von Margret verabschiedet und war auf dem Weg nach Hause. In seinem Kopf schwirrten die Gedanken immer noch wild durcheinander. Situationen aus den vergangen Tagen tauchten auf, Bilder von der weinenden Helen Meisinger und dem fassungslosen Dieter Schreiber, Szenen aus Rottenburg, dabei immer wieder Herr Schmitz, der ihn mit seinem Blick aufgespießt hatte, und die Worte von Herrn Zimmermann: Sie werden die Prüfung bestehen und auch das Studium meistern.

Den ersten Teil dieser Prophezeiung hatte er wahrgemacht, und Wolfgang nahm sich vor, noch einmal zu Herrn Zimmermann zu fahren und sich mit einem persönlichen Geschenk bei ihm zu bedanken. Aber jetzt drängte es ihn nach Hause; er konnte es kaum erwarten, seiner Mutter und seinem Vater das Zeugnis zu zeigen. Auch Anna kam ihm in den Sinn, und er spürte einen kleinen Schmerz in der Brust, als er an sie dachte. Ihr hätte er sein Zeugnis auch gern gezeigt, denn ohne sie wäre er nicht der geworden, der er nun war.

Als er durch Ostrach fuhr und ein Hinweisschild Richtung Pfullendorf sah, musste er an seine kurze Soldatenzeit denken und an die Verhandlung im Kreiswehrersatzamt in Tübingen. Zwei Jahre war das nun schon her.

»Kaum zu glauben«, murmelte Wolfgang. Was war in diesen zwei Jahren nicht alles geschehen!

Wolfgang fuhr einem nachfolgenden Auto zu langsam. Der Fahrer hupte wie wild und setzte zum Überholen an, obwohl die Straße in der Dunkelheit dafür viel zu unübersichtlich war.

»Du hast sie doch nicht mehr alle!«, rief Wolfgang. »Dir sollte man das Autofahren verbieten!«

Die Straße von Sigmaringen führte über Jungnau und Veringendorf und schlängelte sich dann durch den Wald auf die Albhochfläche hinauf. Oben lag noch Schnee, was für Anfang März nicht ungewöhnlich war.

Als er von Benzingen kommend zur Rechten die Lichter seiner Heimatgemeinde aus dem Dunkel auftauchen sah, spürte er vom Magen aufsteigend eine heiße Welle, und ihm wurde schwummerig. Er verlangsamte das Tempo, fuhr rechts ran, lehnte sich zurück und weinte wie als kleiner Junge.

Nach ein paar Minuten fuhr er weiter, bog kurz nach der Aral-Tankstelle links ab und sah schon die erleuchteten Fenster seines Elternhauses. Er parkte im Hof, nahm seine Schultasche und stieg aus. Die Haustür war wie immer um diese Zeit noch unverschlossen. Er ging hinein, die Treppe hoch, verharrte kurz vor der Stüble-Tür, atmete tief durch und öffnete sie. Sein Vater saß am Tisch und schaute von der Zeitung auf, seine Mutter stopfte Socken. »Wolfgang!«, sagte sie freudig.

»'n Abend.« Wolfgang drückte die Tür hinter sich zu und blieb stehen, als warte er auf etwas.

»Wir haben schon gevespert«, sagte seine Mutter. »Hast du Hunger, soll ich dir etwas machen?«

Wolfgang schüttelte den Kopf, öffnete seine Tasche, holte das Zeugnis heraus und legte es vor seinem Vater, der noch kein Wort gesagt hatte, auf den Tisch.

»Was ist das?«, fragte die Mutter, erhielt aber keine Antwort.

Eugen Windbacher las das Zeugnis, und sein Kinn begann zu beben. Langsam schaute er hoch, hatte feuchte Augen und sagte mit belegter Stimme: »Jetzt darfst du dir den großen Brockhaus kaufen.«

Wolfgang war völlig überrascht von diesen Worten und brauchte eine Weile, bis er ihre Bedeutung begriff. Vor längerer Zeit hatte er mal gesagt, er brauche ein Lexikon, damit er nachschlagen könne, wenn er etwas nicht wisse. Sein Traum wäre der große Brockhaus, aber der koste leider über 2000 Mark. Und nun hatte sein Vater gesagt: Jetzt darfst du dir den großen Brockhaus kaufen. Das bedeutete, er schenkte ihm dieses eigentlich unbezahlbare Lexikon.

Wolfgang schluckte, konnte die Tränen aber nicht zurückhalten und brachte nur ein leises »Danke« heraus.

Eugen Windbacher schob seiner Frau das Zeugnis hin. Sie las es und murmelte den Schluss: »... berechtigt zum Studium an einer Pädagogischen Hochschule des Landes Baden-Württemberg.«

Auch sie wischte sich Tränen aus den Augen und schaute ihren Sohn an. »Wolfgang, Wolfgang«, sagte sie, »du bist mir vielleicht einer!« Sie gab ihm das Zeugnis und erhob sich. »So, und nun mach ich dir Rührei mit Speck. Setz dich schon mal hin.«

Sie stellte eine Pfanne auf den Herd, und Wolfgang setzte sich zu seinem Vater an den Tisch.

**Textzitate**



Verlag und Autor danken den Rechteinhabern
für die Abdruckgenehmigungen.